獣人隊長の（仮）婚約事情

突然ですが、狼隊長の仮婚約者になりました

JN203432

百門一新

ISSHIN MOMOKADO

一迅社文庫アイリス

獣人隊長の(仮)婚約事情
突然ですが、狼隊長の仮婚約者になりました

CONTENTS

獣人隊長の(仮)婚約事情

突然ですが、狼隊長の仮婚約者になりました

characters profile

クライシス・バウンゼン	バウンゼン伯爵家当主。平和脳の持ち主でよく泣く。息子セシルと姪のカティを溺愛している。
セシル・バウンゼン	バウンゼン伯爵の一人息子。数ヶ月年上のカティを実の姉のように慕っている。
セバス	バウンゼン伯爵家に仕えている優秀な執事。主人を支え、一族を見守ってきた。
アーサー・ベアウルフ	ベアウルフ侯爵家の当主で軍部総帥。狼の最強獣人。バウンゼン伯爵とは幼馴染で親友。
エリザベス・ベアウルフ	ベアウルフ侯爵夫人。老いの見えない美貌の貴婦人。猫科の頂点に位置する獣人。
ヴィンセント	犬科の獣人貴族の少年。カティが所属する治安部隊第七班の頼もしいリーダー。
ウルズ	猫科の獣人貴族の少年。カティが所属する治安部隊第七班のメンバー。
ザガス	公爵家の人間でありながら、庶民派で自由を愛する治安部隊の隊長。苦労性。

… 用語 …

獣人

戦乱時代には最大戦力として貢献した種族。人族と共存して暮らしている。祖先は獣神と言われ、人族と結婚しても獣人族の子供が生まれるくらい血が濃く強い。家系によってルーツは様々。

仮婚約者

人族でいうところの婚約者候補のこと。獣人に《婚約痣》をつけられることによって成立。獣人は同性でも結婚可能で、一途に相手を愛する。

求婚痣

獣人が求婚者につける求婚の印。種族や一族によってその印は異なる。求婚痣は二年から三年未満で消える。

レオルド・ベアウルフ
獣人貴族で、代々軍部総帥を務めるベアウルフ侯爵家の嫡男。王都警備部隊の隊長で最強の獣人・軍人として畏れられ《狼隊長》と呼ばれている。《成長変化》の暴走中にカティに噛み付き《求婚痕》をつける。カティを男だと思い込んでいる。
カティルーナ・ジェラン
（カティ）
両親を失い、一人逞しく生きてきた少女。男性名の愛称であるカティを名乗っていた。《成長変化》の暴走中のレオルドに襲われて、仮婚約者にされてしまう。剣術・体術に長け、男装をしているためか少年に間違えられる。明るく前向きな性格。

イラストレーション◆晩亭シロ

JYUUJINTAICYOU NO KARI KONYAKUJIJYOU

獣人隊長の（仮）婚約事情

突然ですが、狼隊長の仮婚約者になりましたカティルーナ・ジェラン――十歳で両親と死に別れてから、彼女は「カティ」と男性名の愛称を名乗り、現在十三歳になっていた。

カティは、今、初対面の貴族の豪邸敷地内を全力疾走している。

どうしてこんな事になったのか分からない。玄関先で、まさに軍人の出で立ちをした凛々《りり》しい貫禄《かんろく》のある、ベアウルフ侯爵と顔を会わせたところで、何かが豪邸の窓を蹴破《けやぶ》って飛び出してきたのだ。

三階の窓から着地したのは赤茶色の短髪の男で、これまで見た事もないほど大きく屈強な身体《からだ》をしていた。ひどく汗をかいて乱れたシャツから、筋が目立つ太い首と腕が覗《のぞ》き、服越しにも引き締まった筋肉の盛り上がりが見て取れる。

目が合った途端、カティは本能的に、獣にロックオンされたような危機感を覚えた。

防衛本能が働き、くるりと背を向けた瞬間、男が雄叫《おたけ》びを上げて向かってきたので、カティも「うっぎゃぁあああ！」と悲鳴を上げて反射的に即逃走に入った。

しつこく追い駆けてくる男は、射殺すような恐ろしい形相で眼《め》を血走らせていた。チラリと後方を盗み見ると、男の金緑の瞳《ひとみ》がより一層刃物のように鋭くなる。

多分、正気ではないのだろうとは分かる。十三歳のカティなど、あの腕一つで簡単に首を折られてしまうだろう。そう考えると戦慄《せんりつ》が止まらない。

「畜生！　なんでこうなるッ」

カティは、少女らしかぬ叫びを上げた。

あの異常者を敷地の森で撒《ま》き、一旦玄関先まで戻ることを考えた。幼いカティの体力は、既に限界に近づいてもいた。

「こんな異常者がいるならッ、前もって告知しとけってんだよぉぉおおおおお！」

森に飛び込んだカティは、木々に身を隠すように変則的に走り抜けた。しかし、男はまるで本物の獣のような俊敏さで、ぴったりとついてくる。

というか、距離を縮められてない？

苦しい呼吸に顔を歪《ゆが》めながら、カティは背後の様子を窺《うかが》った。疲弊しきった自分の足が遅くなっているのか、男がぐんと距離を狭めてくるのが見えて血の気が引いた。

「うっそぉ!?」

慄《おのの》いて筋肉が震え上がった拍子に、足がもつれた。しまった、と思った時は、身体が大きくバランスを崩していて、顔面から地面に向かっていた。

不意に後ろから手を掴《つか》まれ、顔面に迫っていた堅い木の根が遠ざかっていった。

助かったと思ったのも束《つか》の間、何故《なぜ》か柔らかい方の地面に押し倒されていた。男が背中に跨《また》がってきて、カティの口から「ぐぇッ」と空気がこぼれた。

「ツくそ、離しやがれ異常者野郎！」

どうにか横目に睨《にら》み上げると、そこには、歯を剥《む》き出しにこちらを睨み降ろす男の形相があった。

正気ではないらしい男は、「ふーッ、ふーッ」と荒々しい鼻息を繰り返していた。こんなに怖い男を、カティはこれまで見た事がなかったから、一瞬、本能的に委縮してしまった。

「……ッ待て待て早まるな、とりあえず一旦話し合おう！　一体なんの怨《うら》みがあって私を追い駆けんの!?」

怖さを払拭《ふっしょく》するべく喚《わめ》き立てた。自由になっている両足をばたつかせるも、背中に跨る男の身体には届かなかった。

すると、男がぐいっと乱暴にカティの肩と首をそむけさせて、首筋を露《あら》わにした。

狙《ねら》いを定めるように大きく口を開けるのを見て、カティは、急所を噛《か》み千切る気だと強く戦慄した。全力で危険回避に努めるべく思い切り身をよじった瞬間、服の上から思い切り肩に噛みつかれ、服を突き破って肉まで裂かれる痛みに悲鳴を上げた。

「痛ぇ！　ッ畜生はな、せ……！」

男は暴れるカティを抑えつけ、離すまいと強く肩に噛みついてきた。ギリギリ、と歯が肉に深々と突き刺さる激痛と熱に、カティの視界がチカチカし始めた。

抵抗力の薄れたカティを嘲笑《あざわら》うかのように、男が両手で押さえこんだまま、より深く歯を食い込ませるようにぐいっと頭を埋める。宥《なだ》めるように、掴まえている首と肩を指の先でそっと撫《な》で、今度はゆっくりと顎《あご》に力を加えていった。

グルルルル、と喉《のど》で鳴らされる野太い声は、朦朧《もうろう》とし始めたカティに、村によく出ていた狼《おおかみ》を連想させた。

「……ッぐぅ、阿呆《あほ》かッ、それでも痛いんだってば！」

歯先が更に肉の中に侵入する痛みが脳髄を貫いて、カティは一瞬、意識が飛びかけた。噛まれ続けている肩が沸騰しそうなほど熱く、恐怖なのか痛みのせいなのか、生理的な涙で視界が霞《かす》んだ。

ああ、もう駄目かもしれない。

そう意識が遠のきかけた時、多くの足音が近づいてきて「やめんか！」という怒声と共に、背後で豪打音が上がり、肩がふっと軽くなった。

カティは安堵感《あんどかん》と共に緊張が解けて、あっという間に意識を失った。

一章　十三歳、仮婚約者が出来ました

広大なイリヤス王国の王都には、獣人《じゅうじん》と呼ばれる種族がいる。

数百年前までの戦乱時代には、自国最大の戦力として貢献し、現在は王都を中心に治安と平和を守り続けていた。

獣人は家系によって基《もと》となっている動物が様々あるが、祖先は獣神だといわれているぐらいに血が強く、人族と結婚しようと、血統の高い獣人族の子が生まれる――らしい。

「獣の性質を受け継いでいるから、人族よりも五感とか身体能力が高くて、すんごく優秀。成人するまでは、獣の耳とか尾を持っているのが特徴なの。僕もねぇ、『成長変化』までは鱗《うろこ》と角があったのよ。最古の竜の一族だけど、僕らの一族って基本的にそういう格式とか、細かい事は気にしないっていうか。まぁ、今は僕の事はどうでもいっか」

うん、どうでもいい。というか、獣人って何さ？

ベアウルフ侯爵邸の医務室で、カティは開いたシャツから包帯を覗《のぞ》かせたまま、茫然《ぼうぜん》と老人医師レイの話を聞いていた。彼女のくすんだ金髪は少し乱れ、瞬《まばた》きも忘れて大きなエメラルドの瞳《ひとみ》を見開いていた。

カティは、治療が終わってから温かいココアを手渡されていたが、飲む気も起こらずにベッドの端に腰かけていた。そんな彼女のそばでは、伯父であるバウンゼン伯爵が椅子《いす》に腰かけ、めそめそと泣き続けており、まるで葬式のような重い空気を漂わせていた。

「成人した獣人はねぇ、相性の良い気に入った相手に噛《か》みついて『求婚痣《きゅうこんあざ》』を残すの。まぁ種族によって噛む位置はまちまちだけど、最古の大狼《おおおおかみ》の一族であるベアウルフ侯爵は、肩とか首かな？　夫人は猫科の獣人だから、首ってのもありえるね」

医師であるレイは、身体《からだ》の細い華奢《きゃしゃ》な老人だったが、人生経験を長く積んだにしては不似合いなほど若く軽い口調をしていた。低過ぎない声にも若々しい張りがあり、のんびりとした余裕のある雰囲気だけが年相応だった。

「待って、待って下さい。つまりこれって、……え、求婚？」

「あははは、パニックになってるねぇ。君はさ、ベアウルフ侯爵の一人息子に求婚された形になってる。しかも、その痣は正式な求こ――」

その時、呑気《のんき》に話し続けていたレイの台詞《せりふ》を、バウンゼン伯爵が「みぎゃぁぁああ！」と情けない悲鳴を上げて遮った。

レイが白い眉《まゆ》をそっと寄せて、子供のような金色の丸い瞳を「もう、煩《うるさ》いなぁ」とバウンゼン伯爵に向けた。カティと同じくすんだ金髪に目を引くエメラルドの瞳をした、三十九歳には見えない童顔のバウンゼン伯爵が、レイに向かって涙目で激しく首を左右に振った。

「……ふうん、なるほど？　ま、いいけどね」

レイは、治療に使っていた道具をのんびり片付けながら、茫然自失のカティへ説明を再開した。

「どこまで説明したっけ。そうそう、『求婚痣』ね。この人と結婚してもいいかもって相手に残すやつだから、人族でいうところの候補みたいなものなの」

「候補……？」

「うん、婚約者の候補。獣人の法律では『仮婚約』って呼ばれる制度なんだけれど、一種のアプローチみたいなものかな。人気のある人ほど求婚者は多いから複数の『求婚痣』を持っているのも珍しくはないし、それがモテ度のステータスにもなってる」

「獣人の、法律……」

「獣人の法律って結構細かくてねぇ。家柄も大事だけど、純愛派だからさ。結婚には相性と気持ちが優先されて、仮婚約に関しても交流の決まりとか多いのよ。上位の獣人貴族の場合だと、保護法に基づいて『仮婚約者』は王都から出られない制限もある」

「マジか」

「うん、マジだよ。魔術契約みたいなものだから、正式に婚約の誓いを立てると、他者の『求婚痣』は消えてしまう仕組みなんだ。結婚して正式に夫婦になると、お互いの身体に対称の同じ紋様が刻まれる」

つまり、とレイはそこで言葉を切り、カティににっこりと笑いかけた。

「君は『求婚痣』を刻まれた事で、ベアウルフ侯爵家の一人息子の、一番目の仮婚約者に見事収まったってわけさ」

「はぁ!? なんでそうなるッ。というか、私は男の恰好《かっこう》をしてるのに、何故《なぜ》噛まれた!?」

「勘違いされていたとしても関係ないよ。相性の問題もあって、獣人は同性同士の結婚もあるにはあるよ。だから、安心して？」

「安心出来るかぁ！」

「煩《うるさ》いなぁ。だ～か～ら～、君の肩には、しっかりベアウルフ一族の『求婚痣』がついちゃってるの。獣人法に従って、君はもう彼の仮婚約者だよ。ただの候補者なんだから、そんなに考え込まなくても大丈夫だって」

それに安心するといいよ、とレイが朗らかに笑って続けた。

「今回はちょっと暴走しちゃったようだけどさ、獣人は純愛主義だし、基本的に紳士な種族なの。二次性徴を遂げた相手から、匂《にお》いとかで相性をみて惚《ほ》れたら結婚ってのが相場だし、しばらくは仮婚約者として上手《うま》く付き合いな」

何が紳士で純愛主義だ。成長変化で大変な状態だったとはいえ、子供を押し倒して、真っ先に首を狙《ねら》ってくるとは恐ろしく不出来なバカ男である。

先程、出会い頭でカティを襲ったのは、この家の一人息子らしい。診察したレイが言うには、噛まれた場所には、『求婚痣』と呼ばれる紋様が浮かび上がっているという。まだ傷が癒《い》えていないため、熱が引くまでは包帯《ほうたい》を取らないようにとも言われた。

今回の暴走の原因は、獣人が大人《おとな》になる段階で迎える『成長変化』と呼ばれるもののせいだった。それは、外見に残された獣の特徴が人化する大きな変化で、意識も飛ぶぐらいに辛《つら》いのだとか。

獣人は生まれた時には、その種族の特徴である耳や尾を持っている。成長変化が訪れると、獣耳は人耳となり、尾は退化するように小さくなって消え、その外見は完全に人族と同じになる。

それは外見の変化のみで、身体能力や嗅覚《きゅうかく》といった部分まで人化するわけではない。獣人によっては、成長変化で更に能力が向上し強化される者もいて、獣であった祖先の名残が人の姿に落ち着くだけで獣眼と獣歯も残る。

ベアウルフ侯爵の息子は、異例なほど成長変化が遅かった。大抵の成長変化は十八歳では迎え終えるのだが、彼は現在二十五歳らしい。今朝《けさ》になってようやく、身体に残されていた獣の耳と尾の人化が済んだばかりだという。

精神的な錯乱が続いていた彼は、暴走し、その結果窓を破壊するに至ったのだ。

「……あの、これってどのぐらいで消えるんですか？」

「ん？　そうねぇ、噛む度合いにもよるけど、多く見積もると、だいたい三年ぐらい？」

「三年!?」

「あははは、大丈夫だって。噛んだ獣人が、別の人と正式に婚約まで済ませちゃったら消えるからね。まぁでも、これがただの暴走じゃなくて、本能的な一目惚れなら面白――」

「僕の『カティ』に!? そんなの絶対にないから！ というか断固拒否！」

バウンゼン伯爵が、青年にしか見えない可愛《かわい》らしい泣き顔で、猛然と反論した。

カティはまだ十三歳だ。しかも、貴族ですらないのに婚約者候補になってしまった戸惑いは大きかった。

ベアウルフ侯爵の執務室へと案内される道中、カティは肩の痛みと不安に苛《さいな》まれながら、泣き虫な伯父との出会いを思い返した。

※

カティは、王都から随分離れた田舎《いなか》の村で生まれた。

母は冒険者として高い称号を持っており、いつも馬を飛ばして隣町まで仕事に行き、教養と深い知識のあった父は、短い時間だけ村の子供達に勉強を教えていた。

カティルーナと正式に名乗っていた頃《ころ》、両親や親友は、カティの事を『ルーナ』と可愛らしい愛称で呼んでくれていて、大人しくなかった性格から男友達には『カティ』と男性名称で呼ばれた。スカートなんて穿《は》いた事はなかったから、カティも、男みたいな呼び名は気に入っていた。

カティは父に生活力を、母から戦う術《すべ》を叩《たた》き込まれた。

十歳にして並みの冒険者レベルに達した頃、両親が突然、流行《はや》り病で亡くなった。一人で生きていく事を決心したカティは、少年風の外見でよく誤解される事もあって、男性名称の愛称を名乗る事にした。

両親の葬儀直後、村が魔物の襲撃に遭い、カティは剣を握って村の大人達と一緒に戦った。騎士団が駆け付けて全《すべ》ての魔物を倒した後、彼女は騒がしさに紛れて村を出た。

カティは、山を超えた先の町を目指して旅をした。その道中、出てくる山賊にことごとく少年と間違えられながら、返り討ちにして実践経験を積んだ。

辿《たど》り着いた町に入って早々、カティは、治安の悪い地区の少年グループの抗争に巻き込まれた。仲違《なかたが》いで深くこじれてしまった彼らの抗争に情が移り、カティは、しばらく世話になろうと考えて、グループの一つに所属して戦った。

結局、彼らの決着が付く十三歳までをそこで過ごし、二つのグループが町を守っていくのを見届けた後、入手した地図を片手に傭兵《ようへい》ギルドの支部がある町を目指した。

傭兵ギルドは、十二歳から登録が可能だった。手っ取り早く稼げるうえ、冒険者としてのランクが上がれば、推薦で仕事の依頼も受けられるとは母から聞かされていた。

地図の通りに進んだ先には、商業が盛んな大きな町が広がっていた。

カティは、期待を胸に傭兵ギルドに足を向けた。しかし、ギルドに登録しようとした矢先に、バウンゼン伯爵家から捜索願が出ているとして拘束されてしまい、王都にある彼の屋敷まで連行されたのである。

連れてこられて早々、カティは、母の兄だと名乗る伯爵家の当主、クライシス・バウンゼンと対面した。カティは、バウンゼン伯爵を目にした途端、用意していた悪口を言えなくなってしまった。

バウンゼン伯爵は、母やカティと同じくすんだ金色の髪と、明るいエメラルドの瞳をしていた。童顔でやや中性的なせいか、若々しい彼の目鼻立ちは驚くほど母とよく似ていた。

頼りなさそうで棘《とげ》のない表情からは、まるで母とは正反対の性格である事が窺《うかが》えたが、心配そうに眉尻《まゆじり》を下げる様子は母の姿と重なった。心底困り果てている彼が可哀《かわい》そうに思えて、カティは、ひとまず話を聞く事にした。

話し合いの席について早々、バウンゼン伯爵は、妻が命をかけて産んだ一人息子について話し始めた。

名前は、セシル・バウンゼン。カティよりも三ヶ月遅く生まれた彼は、魔力欠乏症という疾患を持ち、一日の大半をベッドの上で過ごさなければならないほど弱っていた。

魔力欠乏症という病は、生命活動に自身の魔力を必要とする者が、魔力を生産する器官が未発達のまま生まれてしまう病気だった。魔法使いではないので、魔術を扱う事は出来ないが、魔力持ちは記憶力や知能の発達が高く、早いうちから優秀な人材に育つ特徴があった。

セシルは、生まれた時に体内に宿していた魔力でどうにか持ちこたえている状態で、このまま身体が成長すると、成人を迎える前には心臓が止まるだろうと推測されていた。

彼を生きながらえさせるためには、同じ血族の魔力を定期的に与える方法があるが、バウンゼン伯爵自身は魔力持ちではなかった。家を継げる養子を取るべきかと本気で悩んでいた時、妹の死亡を知らせる手紙が騎士団から届けられたのだ。

手紙には、妹夫婦の葬儀は既に済んでいる事。当人達の遺言を受けて、村の人々が墓を作り、大事に管理している事。そして、貴族籍から外れていたために届け出はされていないようだが、彼らには珍しく魔力持ちだった子供が一人いたようだ、という内容が記されていた。

魔物の騒動の際、騎士達は、その地方にはいない金色の髪をした子供を目撃していた。騒ぎの後に行方《ゆくえ》が知れなくなってしまい、町長に話を聞いて初めて、バウンゼン伯爵の妹夫婦がこの村で生活し、つい数日前に他界した事を知って連絡を寄越してきたのだった。

バウンゼン伯爵は、妹とは密《ひそ》かに連絡を取っていた仲だった。妹の子が路頭に迷っている件も含め、魔力持ちである事も期待して捜した。

田舎地方では珍しい、金色の髪とエメラルドの瞳を持った子供の行方を追っていたところ、彼の信頼のおける部下が、バウンゼン伯爵や、特にセシルにそっくりなカティに気付いたのだ。

「そこまで似てるかなぁ？　母さんよりも、父さん似だってよく言われるけど」

「びっくりするぐらいそっくりだよ。僕と妹も似ていたけど、セシルと並んだら、双子だって思われるんじゃないかな。髪の長さも一緒だし」

バウンゼン伯爵は声も高く、まるで当主とは思えない幼い話し方をした。時々泣きそうな顔をして、背を屈《かが》めてカティを真《ま》っ直《す》ぐ覗き込みながら「ぐすっ、もう彼女がいないだなんて」と鼻を啜《すす》った。

カティは、自分が魔力持ちと聞かされたのは初めてだったが、何となく納得もしていた。一桁の年齢の頃には、既に大人を負かすぐらいに剣術・体術を体得していたので、魔力持ちという体質が、その才能を急激に伸ばしたのだろうと思えたのだ。

セシルに魔力を定期的に与えてくれないか、というのが、バウンゼン伯爵の頼みだった。魔法使いでなくとも、魔力譲渡については方法がいくつかあるらしい。

「私が本当に魔力を持っているのだとしたら、魔力器官ごと全部あげられないかな？　私は魔力とか要らないから、問題なければ丸ごとあげるよ」

「魔力を必要としない身体であれば、可能だと思うけれど……本当にそれでいいの？　魔力器官があれば、君の才能は多分これからも伸び続けるんだよ？」

「私には必要ないよ。魔力器官ってやつがあれば、その子も元気になってくれるんでしょう？　なら、全部あげる」

自分にそっくりだというセシルを想像しながら、カティは、歯を見せるように笑った。両親が亡くなって一人になったと思っていたから、血の繋《つな》がりのある誰《だれ》かがいるというのは、不思議と嬉《うれ》しくもあった。

誰かの役に立てるのなら全力で。

そう教えられて育ったカティが、少年のようにはにかむと、バウンゼン伯爵がまた泣き出した。笑ったところが妹にそっくりなのだと彼は言い、カティはしばらく、泣き虫な母の兄を慰めていた。

そのすぐ後、バウンゼン伯爵邸に、魔力器官の診察が行える専門家が呼ばれた。

カティは、診察の際に上着を脱いだのだが、そこでバウンゼン伯爵が初めて気付いたと言わんばかりに「女の子だったの」と呟《つぶや》いた。訪ねてきた中年の魔法使いも、同じように驚いた表情をした。

「女の子だったのですね……あ、いや、シャツは全部脱がなくとも結構ですよ」

診察の結果、カティは魔力持ちである事が確認された。使用も活用もされていないので、魔力器官を魔術で移植するのは可能である、と中年の魔法使いは告げた。

カティは、魔術による移植を二つ返事で了承した。

「よし。すぐにでもやっちゃって下さい」

「あのね、お嬢さん。一応これ手術だからね？　普通なら、よくよく考えてその結論を出すものであって……とりあえず説明を聞いて下さい」

中年の魔法使いは、カティの微塵《みじん》の迷いもない漢《おとこ》らしい決断力に呆《あき》れ、どこか諦《あきら》めたように「いいですか」と話を続けた。

「まず、お二人の間に『魔術回路』と呼ばれる見えないパイプを作ります。あなたの魔力器官を身体から引き剥《は》がすために、他《ほか》の器官を傷つけないよう魔術で切り取って、魔力で治癒しながら二ヶ月掛けて器官を転移させます。これが、魔術移植です」

「ゆっくり掛けて移植するってことだよね。うん、分かった！」

「何が『分かった』なんですか、絶対に分かっていないでしょう。切断面はすぐに縫合されるので痛みはないでしょうが、内部を切ることになるんですよ？」

「平気だよ。元気で健康なところが取り柄だし、痛くないって聞いて、余計に安心した」

　予想していたものと違って痛くないらしい。カティの笑顔にその言葉を見て取った中年の魔法使いが、ふっと吐息をこぼし「痛みがあるかもしれないと考えたうえで決めていたとは、恐れ入ります」と苦笑した。バウンゼン伯爵が、涙腺《るいせん》を刺激されたように、ぐっと涙ぐんだ。

　魔法使いは、カティに最後の説明を行った。

　魔術回路は、互いの身体が離れ過ぎると切れてしまうため、移植が完了するまでは屋敷の敷地外には出ない方がいい。また、二人の年齢が幼い事もあり、体調に変化が現れた場合には、中断する可能性も示唆された。

　移植には高度な技術がいるとの事で、魔術医療に長《た》けた専門家が、新たに呼ばれる事になった。

　一旦その魔法使いを見送り、当日中には事を起こせそうだと落ち着いたところで、それまできちんと話し合いに参加していたバウンゼン伯爵が、唐突に仕事モードが切れたように騒ぎ始めた。

「というか女の子だったの、うちの妹よりも可愛いのになんで髪を短くしたのッ。ねぇ、可愛い恰好をしようよ。僕がいろいろ買ってあげるし、パパと呼んでくれてもいいから！」

「ちょッ、突然どうしたのさ、というか抱きつくな！　魔力器官とやらをあげるまでは大人しくするけど、私は自分で稼ぐから、そういう援助とかいらないしッ」

「でも王都では――」

「私は母さんみたいな立派な冒険者になるから、移植が済んだら王都を出るよ。王都を出たところに、ギルドの本部があるって聞いたし」

　バウンゼン伯爵は、何か言いたそうな表情をしていたが、カティがせっつくと、息子の私室へ案内してくれた。

　魔術医療に長けた専門家の到着を待つ間に、カティは、セシルと初の顔会わせを行った。まるで鏡を見ているように似ていて、互いに見合った瞬間「わぁ」と呆《ほう》けた声を上げ、目を見開いた。

　共に十三歳であり、男女の身体つきの変化もあまりない事から、一卵性双生児と言われても違和感がないぐらい、カティとセシルはそっくりだった。

違いをあげるとすると、セシルの方が表情も穏やかで、その優しそうな目元は、女であるカティよりも可愛らしく見える事だろう。

とはいえ、セシルの肌は、日差しを知らない病的な白さが目立ち、覗いた首も、筋肉のない手足も折れそうなほど細かった。嬉しそうに笑った顔は儚《はかな》げで、三ヶ月違いというよりは、一、二歳は年下の印象をカティに抱かせた。

「初めまして。突然お邪魔して、驚かせてごめん」

「うん、初めまして。ふふふ、なんだか初めて会った気がしないなぁ。兄弟が出来たみたいで嬉しい。ぼくは、セシル」

「私は——」

彼の可愛い微笑《ほほえ》みにつられて、そのまま本名を答えようとしたカティは、ふと我に返った。

こちらを期待の眼差《まなざ》しでこちらを見ている、バウンゼン伯爵の視線に躊躇《ちゅうちょ》を覚えた。先程の鬱陶《うっとう》しいやりとりを思い出して気が引けたが、セシルの嬉しそうなエメラルドの瞳を見て、名を隠したくないとも思った。

「——私は、カティルーナ・ジェラン。出来れば『カティ』の方で呼んでもらえると助かるかな。両親が亡くなってから、ただの『カティ』で活動しているから」

今更『カティルーナ』『ルーナ』と、少女らしい名で呼ばれるのは恥ずかしい気がして、カティは、そうお願いした。セシルは「いい名前なのに、もったいない」と言い、どこか羨《うらや》むように目を細めた。

互いの自己紹介が済んだところで、バウンゼン伯爵が、魔術による移植手術について説明した。

セシルは驚いたように目を瞠《みは》り、心配する表情をカティに向けた。出会って数十分も経《た》っていなかったが、彼の愛らしく幼い表情は、カティの庇護《ひご》欲をかき立てた。

「心配しなくても大丈夫だよ。さっき診察してくれたおっさんも、『移しても平気』だって言ってたし。私としても、セシルがそれで元気になってくれるなら嬉しいよ」

だから気にしないで、とカティは笑い掛けた。

けれど、セシルの顔色はますます悪くなった。

「……父様に、血の繋がりがある子だよって紹介されて、本当に嬉しかったんだ。ぼく、純粋に仲良くしたいと思ったのに、自分が助かるために仲良くしようとしているって勘違いされたら嫌だなって……だって、最後の我が儘《まま》でもいいから、なかよく、し、たいって、そう、思……………」

静かに視線を落としたセシルの瞳から、ぽろぽろと涙がこぼれ始めた。十三歳の子供らしくなく、彼は声も上げずにはらはらと泣き出した。

カティは慌てて、自分も本当に仲良くしたいと思っていると伝えながら、父や母にされていた事を思い出して、彼の顔を両手で包んで指先で涙を拭《ぬぐ》った。彼の瞳から溢《あふ》れる涙を何度も拭うが、中々泣き止《や》んでくれなかった。

一人になったと思っていたから、兄弟が出来たみたいで嬉しいと感じていたのは自分も一緒なのだ。カティは、そう必死に説明しながら「よしよし」とセシルの頭を撫《な》で、額をさすって「泣かないで」と言い聞かせた。

泣き出した息子の様子に動揺したバウンゼン伯爵が、どうしよう、と二人の周りをうろうろとしながら、身振り手振りで「彼女はお前の姉さんになるんだよ」「父さんだって仲良くするし、もう二人のパパだよッ」とよく分からない事を口走った。

どちらの言葉に反応したのか分からないが、セシルが反応を遅らせて「本当に？」とバウンゼン伯爵とカティを見た。とりあえず一つの嘘《うそ》も口にはしていなかったので、二人は、何度も強く肯《うなず》いてみせた。

呼吸が落ち着いた頃、セシルが、バウンゼン伯爵から手渡されたハンカチを目元にあて、ベッドに片膝《かたひざ》をついて自分の頭を撫で続けるカティを、上目遣いにしばし眺めた。

「――あったかくて、優しい人だね」

「そう？　普通だよ。セシルの泣き虫は、お父さん譲り？」

「ふふっ、ぼくは泣き虫じゃないよ」

そこでようやく、セシルが思い出したように笑みをこぼした。

もはや少女にしか見えないセシルの笑顔に、カティは、どうして同じ顔なのに彼は美少女じみて映るのだろうかと、庇護欲に煽《あお》られて、くらりとした。

「本当に兄弟が出来たみたいに良い気分だな。ねぇ、人の目がない時であれば『ルーナ姉さん』って呼んでもいい？」

「…………たまに、なら……」

彼の上目遣いに長らく逡巡《しゅんじゅん》し、カティはそう答えた。

バウンゼン伯爵が一度退席したので、二人は、魔術移植の専門家を待つ間、話をした。もっとお話しして欲しい、と素直に慕ってくるセシルは本当に可愛くて、『姉さん』と呼ばれるのも不思議と嫌ではなく、カティは、旅の道中に見掛けた珍しい花や食べ物について聞かせてあげた。

しばらくすると、バウンゼン伯爵と共に、白衣を着た小柄な老婆が部屋を訪ねてきた。

老婆は、カティとセシルを見比べると、にっこりと微笑み「なるほど。良い兄弟だね」と言った。カティ達は、何だか恥ずかしくなって、互いのはにかむ顔を見合って「「兄弟だって」」と声を揃《そろ》えて笑った。

魔術回路を繋げた直後、セシルは、足りなかった分の魔力を補い馴染《なじ》ませるように深い眠りに落ちた。カティも眠たくなってしまって、与えられた一室のベッドに潜り込んで早々に、朝まで熟睡した。

その翌日、カティは、自分の身が伯爵家に保護され、バウンゼン伯爵が養育者になっている事を知らされた。

バウンゼン伯爵が自慢げに見せた書類には、『カティルーナ・バウンゼン（一時保護）』とあった。王都に滞在するには、十六歳までは身柄を証明する保護者が必要なのだという。

正式に籍を入れている訳ではないので、現在、書類上ではバウンゼン伯爵は父親ではない。けれどバウンゼン伯爵自身は、いずれは引き取りたいと思っているので、考えて欲しいとカティに言った。

「いや、あの、私は養子に入るつもりは全然なくて……」

「うんうん、貴族籍になる事に不安はあるだろうから、返事はすぐでなくていいんだよ。僕としてはもう家族のつもりだから、僕がパパで、セシルは君の弟だよ！」

「………」

バウンゼン伯爵は、変な人だと思う。

カティとしても、セシルの事は可愛いので「それなら今日《きょう》から私がお姉ちゃんだな」とあっさりと受け入れたのだが、大人の彼がどうして、そんなに構ってくるのか不思議でならなかった。

滞在一日目から、バウンゼン伯爵は「とりあえずパパと呼んでッ」としつこくねだってきた。カティの荒々しい言葉遣いに悲鳴を上げ、ドレス姿が見たいと頬《ほお》を染めたりする様は、心底ウザいが、どうしてか憎めないでいる。

屋敷に不慣れな間、カティは、老執事のセバスに面倒を見てもらった。セバスは冷静な面持ちの男で、ほとんど白髪でありながら背中もぴしゃりと伸び、すらりとした体躯《たいく》をしていた。一見すると洗練された厳しい執事長、という風貌《ふうぼう》をしていたが、セバスは面倒見の良い男だった。優しげに笑うと目尻《めじり》に柔らかい皺《しわ》が刻まれ、困ったように片方の眉を引き上げたりと、表情も豊かだ。カティは、すぐに彼の事が好きになった。

伯爵邸での生活を始め、毎日セシルの部屋を訪問している間に、カティは屋敷に勤める少ない使用人とも早々に打ち解けた。

外に出られないカティは、毎日敷地内を探索するべく走り回り、面白いものを見付けるとセシルに報告して笑わせていた。もっと面白いものはないだろうかと調子に乗って、「危ないですからッ」と周りの者に止められる事も多かった。

そういった交流もあったせいか、滞在して一週間も過ぎると、使用人達は「カティルーナ様」「ルーナ様」「お嬢様」と慣れた口調で呼び始めた。カティが「『カティ』でお願いしますッ」と堪《たま》らず指摘しても、笑うばかりで誰も止めてくれなかった。

セシルの食は目に見えて増え、二週間もかからずに、休憩を挟めば屋敷内を歩き回れるまでに回復した。一階の食卓で家族揃って食事をとれるようになり、細過ぎた四肢も次第に肉が付き始めた。

そうやって順調に二ヶ月が経過した後、セシルの身体に、カティの魔力器官が完全に移植された事が確認された。体力を戻すために、これからは、日常生活に必要な筋肉を鍛えるためのリハビリが行われる事が決まった。

後日に先生を招いてリハビリの予定を立てるとの事で、カティは、セシルのリハビリを応援すべく今後の計画を立てた。まずは、リハビリの予定を把握してから、王都を出た先にあるギルドへ登録に行き、仕事を週の半分ぐらいにとどめて時間も調整する。

自立するための金銭を稼ぎつつ、しばらくはセシルにも付き合える素晴らしい計画だと思った。

しかし、そう計画立てた後日、カティは、リハビリの先生と話をするセシルを、こっそり窺《うかが》っていたところで、バウンゼン伯爵に呼ばれた。

「これからちょっと仕事の書類を届けるんだけど、カティルーナも外に出られるようになった事だし、一緒に行こうよ。ね？」

えへへへ、と心底嬉しそうに、だらしのないバウンゼン伯爵の笑顔を見たカティは、養子縁組の書類で見た彼の『三十九歳』という年齢を疑ってしまった。

「というかさ、伯父さん、それって仕事だよね？　私がついていくとか相手側にすごく失れ――」

「大丈夫だよ～、僕の親友のところだから！　あ、ちゃんと外では『カティ』って呼ぶから安心してね？　よしッ、それじゃあ行こうか！」

訪問先は安全な場所なので、武器は置いていくようにと説明もそこそこに、カティはセバスに担がれて、断る術もないまま馬車に放り込まれた。

その訪問先が、獣人貴族、ベアウルフ侯爵邸だったのである。

◆

「……」

ベアウルフ侯爵の執務室に向かいながら、これまでの日々と今日の出来事を思い返すと、巻き込まれ損の不運に思えてきて、カティは沈黙した。

怖くて痛い思いをしたあげく、凶暴な男の婚約者の候補になってしまい、そのうえ王都から出られないという制限まで付いた。近いうちに、王都を出た先にあるギルド本部に足を運んでみようと思っていたのに……。

「ほんっとうに、ウチの愚息が申し訳なかったッ」

応接席に腰かけたカティとバウンゼン伯爵の前に紅茶が運ばれてすぐ、先程、玄関先で顔を会わせたベアウルフ侯爵が、改めて強く謝罪した。

ベアウルフ侯爵は、赤茶色の髪を後ろへと撫でつけた屈強な男だ。さすがは侯爵といった貫《かん》禄《ろく》で、すっかり日に焼けた肌と彫りの深い目鼻立ちをしており、黙っているとさぞ怖いであろう鋭い金緑の瞳をしている。

しかし、申し訳ないと心の底から謝る表情からは威圧感が薄れ、一人の父親としての一面が窺えた。

「本来なら愚息を連れて謝罪するべきだが、あれの成長変化は完全に終わっていなくてな……恐らく、あと数日は熱も引かないだろう。回復次第、直接謝罪に向かわせる」

そう告げた彼は、カティを見下ろすなり「こんなに小さいのになぁ」と目尻を更に下げた。

「成長変化が遅かったとはいえ、まさか二次性徴もきていない同性に噛みつくとは……。まぁ、幸いにして君は男の子だから、大事にはな――」

「アーサーッ、ごめん！　ぼ、ぼぼぼ僕のカティルーナは……ッ実は女の子なんだよぉぉおおおおお！」

耐え切れないといった様子で、バウンゼン伯爵が手で顔を覆って泣き出した。

ベアウルフ侯爵が目を丸くし、「カティルーナ」と口の中で女性名を反芻《はんすう》した。嘘だろ、マジか、と露骨に言葉が浮かぶ眼差しで、彼は勢い良く友人へ顔を向けた。

「……おまッ、来る時に『カティ』だと知らせを寄越していただろう⁉」

「だってッ、まさか君の息子が成長変化中だって思わなかったんだもんッ。婚約者もない若い男がいるところに、突然『女の子なんですぅ』なんて連れていったら、紹介しているんだと勘違いされて交際なんかがスタートしたら、ぼ、僕は泣いちゃうよぉ！」

「クライシス落ち着け、お前の被害妄想はいつも斜め方向にぶっ飛び過ぎなんだ！　というか、さすがの私も勘違いしないわ！」

「ぐすっ。だって、連れて来てから『実は女の子なの～』って自慢したかったんだもん」

「……なんだ、そのくだらん自慢方法は」

「可愛い恰好させちゃったら、絶対に、どこの馬の骨とも知らない野郎に惚れられるでしょう？」

バウンゼン伯爵が同意を求めるように、青年にしか見えない童顔で、友人を上目遣いに見つめ返した。

途端に、ベアウルフ侯爵が項垂《うなだ》れた。なんでお前は、いつも面倒な方向に強化されていくんだろうな、と頭を抱えた彼の口から、ちらりと犬歯が覗いた。

言葉のやりとりから、二人が親しい友人同士であることは見て取れたが、カティとしては、性別を知らされたベアウルフ侯爵の反応が気になって仕方がなかった。

「あの、同性でなかったら不味《まず》いんですかね……？」

恐る恐る尋ねてみると、ベアウルフ侯爵が難しそうにテーブルを見つめたまま、浅く顎《あご》を引いて肯定を示した。

「私の妻に知られたら、『本能的な暴走？　年齢を超えた一目惚れかしらね。あの子、全然結婚について考えてくれないし、良い機会だから本格的に婚約させられないか手配してみましょ』となるだろうな」

「……うっかり噛まれただけなのに？」

「愚息は、遊びはするが特定の恋人も作らず、結婚適齢期の獣人貴族としての見合いもしていない。君が人族という事を踏まえると、『獣人が怖い存在でない事を、徹底して教育し直してあげるから、とりあえずその女の子を、わたくしに預けてちょうだい』となるな」

カティが、思わず問うように眉を顰《ひそ》めると、ベアウルフ侯爵は、妻が猫科の中で最強の獣人貴族の女性である事を告げた。これまで一度も、彼女が思うように出来なかった事はないらしい。

「獣人の場合は同性婚もあるが、彼女は母性本能が一際強い種族で、早く義娘と孫が欲しいんだ。同性の人族の子供をうっかり噛んだ、というのであれば問題ないが――、今の状況で君が女性だと知られると、何がなんでも正式な婚約に運ばれる恐れがある」

ベアウルフ侯爵夫人、怖ぇ！

というより、あの凶暴で不出来なバカ息子は女遊びが酷《ひど》いのか。奴《やつ》が恋人を作らなかったせいで正式な婚約まで運ばれるなんて、とんだ不幸だ。カティは想像して怒りに震え上がり、

「絶対に嫌です！」と叫んでいた。

その時、バウンゼン伯爵が唐突に立ち上がり、「アーサー！」と涙目で、ベアウルフ侯爵に人差し指を突き付けた。

「僕のカティルーナは、まだ未成年ッ。暴走していたとはいえ、十三歳の彼女に『求婚痣』をつけるとか言語道断！　獣人貴族の『婦人会』が黙っていないぐらいのレベルでの失態だよ⁉」

「ぐぅッ、それに関しては本当に申し訳なく――」

「ここは腹を括《くく》って、君は僕に協力すべきだと思う！」

訝《いぶか》しげに目を上げたベアウルフ侯爵が、友人の考えに気付いて、げんなりと表情を崩した。

その顔には、「あ、嫌な予感がするな」と露骨に浮かんでいた。

どういう事だろうか、とカティは伯父を見上げた。バウンゼン伯爵は、一人の大人としても、父親としても、むしろ伯爵としてさえも威厳のない様子で、ぷるぷると震えながら、非常に可愛らしい泣き顔を膨らませて友人を睨みつけていた。

「刻まれた紋様が消えるまでの約三年、僕はカティルーナの性別を偽る。君は家の人間に、『カティは男の子だ』と思わせて、出来るだけ早く息子の婚約と結婚を進めるんだ」

「……正気か？　今はよくても、いずれ『匂い』でバレるぞ」

「君もカティルーナの『匂い』に気付かなかっただろう？　実は僕の息子は、魔力欠乏症だったんだよ。彼女が、自分の魔力器官を全部譲ってくれたんだ。持っていても使わないからあげるって、魔術移植も知らないのに、二つ返事で」

「魔力器官を、この歳《とし》で魔術移植したのか……？」

ベアウルフ侯爵に唖然《あぜん》とした視線を寄越されて、カティは首を傾《かし》げつつ「そうですけど、それが何か？」と答えた。彼は労《いた》わるように眉を寄せ、視線をそらしながら「そうか、セシルは魔力欠乏症だったのか」と半《なか》ばショックを受けたように声を潜めた。

その呟きを聞いたバウンゼン伯爵が、小さな声で「黙っていてごめんね」と謝り、気持ちを切り替えるようにこぼれかけた涙を袖《そで》で乱暴に拭った。

「――君達は、微々たる魔力からも『匂い』を嗅《か》ぎ分けるけど、魔力器官ごと匂いがリセットされていて、なおかつ『求婚痣』が刻まれた今の状況で、本来の『匂い』を嗅げる獣人がいると思う？」

バウンゼン伯爵は話しながら涙声になったが、強い口調で、どうにかそう言い切った。

しばし思案したベアウルフ侯爵が、「……いないな」と呟いた。

「今の条件なら、魂の『匂い』を嗅げる竜種のレイぐらいか。――だが、時間の問題だぞ？彼女が女性としての二次性徴を遂げる前には、リセットされた『匂い』も戻るだろう」

「だからこそ、君の妻が息子の見合いに積極的に動くよう、アーサーには発破《はっぱ》を掛けて欲しいんだよ。仮婚約の申請書に関しては、君が提出すれば性別の項目を見られないで済むし」

「ふむ。養子の申請はしていないんだったな……？」

「保護預かりの状態だよ。貴族籍ではないから管理局の管轄外だし、保護者である僕の許可なしには、役場から彼女の個人情報を引き出す事は出来ない。例えそれが、王都警備部隊長である君の息子だろうと、元は公爵家の人間であった君の妻であろうと、不可能だ」

カティは、肩のじくじくとした痛みに耐えながら、勘違いさせてしばらくは男だと偽る必要がある事を理解した。

伯父達の話には、匂いや申請書やらと、いろいろと分からない点が多かったものの、カティは微々たる疑問は放り投げてもいいと思えるほど、早く身体を休めたく思っていた。絶対に仮婚約以上にさせてなるものか、と意気込む伯父の様子には、初めて心強いとさえ感じた。

ベアウルフ侯爵が、顎に手をあてて、じっとカティを見据えた。「言われても男の子にしか見えん」と実に不思議そうに首を捻《ひね》り、それから深い溜息《ためいき》をついた。

「まぁ、本能的な一目惚れという線は薄いだろうし、いいだろう。クライシスの提案に乗ってやる」

「本当!?　やったね、さすがアーサー！」

「でも、バレたら覚悟しろよ。私はお前を生贄《いけにえ》にして逃げるぞ。アレは、昔からお前を泣かすのが好きだからな」

その後、書類三枚分のサインで、カティは望んでもいないのに仮婚約者が出来た。

ただの婚約者候補とはいえ、庶民思想で育ったカティとしては、その関係に縛られる事も不服だった。特に、『求婚痣』が消えない限り王都から出られない制限が、非常に腹立たしい。

カティは、襲われた恐怖を押さえ込むべく、芽生えた怒りに意識を集中させた。噛まれた傷口の痛みと熱で、段々思考が上手く回らなくなって来て余計に苛々《いらいら》が積もった。

あのバカ男には早々に正式な婚約者を決めてもらうとして、まずは、受けた被害について後日にしっかり文句を言わせてもらおう。そう心に決めて、カティはバウンゼン伯爵と共に侯爵邸を出た。

伯爵邸に帰宅すると、出迎えたセシルが、負傷したカティを見て「姉さんがッ」と悲鳴を上げて倒れた。

よし、あの変態野郎は一回ぶっ飛ばそう。

文句だけでは割に合わないと判断し、カティは、改めて拳《こぶし》を固めたのだった。

◆

侯爵家のバカ息子に一発見舞ってくれる、と意気込んだのも束《つか》の間。意識を失ったセシルが、使用人達に介抱されて運ばれ始めた様子を見届けたカティは、緊張が抜けた途端、肩の傷による発熱で倒れた。

一晩で意識が戻ったカティは、心配したバウンゼン伯爵邸の使用人達に「看病は必要ないから」「自分の事は自分で出来るから」と断り、更に翌日の日中までベッドで大人しくしていた。

二日かけてようやく熱が治まった頃、カティは肩の様子を確認して絶句した。そこには予想以上に大きい、黒く絡み合う美しい円状の紋様が浮かんでいたのだ。

生まれてこの方、これといった大きな裂傷痕《こん》を負った経験もなかったカティは、白い肌に刺《いれ》青《ずみ》のようにこびりつく『求婚痣』を見て、年頃《としごろ》の娘らしい衝撃を受けた。

うわぁ、これはないわぁ……。

ただのアプローチにしては過度ではないだろうか、と思うほど、獣人の『求婚痣』とやらは禍々《まがまが》しい黒い紋様をはっきりと刻んでいた。傷のような凹凸はなかったが、触れると治りかけの傷口のようにピリピリとする。

「これはまた、見事な『求婚痣』をつけられましたな」

バウンゼン伯爵家の老執事セバスが、朝一番、カティの肩を確認してそう言った。

「紋様は一族ごとに異なっておりますが、ベアウルフ侯爵家は、別名『狼侯爵』と呼ばれる高潔な獣人貴族なのです」

「狼侯爵、ねぇ」

「狼侯爵の紋様は、鬣《たてがみ》を思わせるような繊細なラインを持ち、五本の指に入る美しさともいわれています。彼らは正式な婚約相手を決めた際には、もっとも美しい『求婚痣』を刻むとか」

「紋様が美しいとか、そんな情報要らない……というか、道理で狼っぽいなと思ったよ

「…………」

もしくは性質の悪い野犬である。あの勢いで首を噛まれていたとしたら、確実に死んでいただろう。

カティは、思い出して苦々しく呟いた。含む言い方をしたセバスが、『求婚痣』をそっと一瞥《いちべつ》した。セシルが傷でない事に安堵《あんど》しているそばで、バウンゼン伯爵が、胸中複雑そうに眉根《まゆね》を寄せている。

「……うっかりとはいえ、娘の身体に求婚された証《あかし》があるのは嫌だなぁ。いつか嫁いでいってしまう想像がかき立てられて、ぐすっ」

「旦那《だんな》様、気が早過ぎます。鬱陶しいので落ち着いて下さいませ。そのための作戦会議だったではありませんか」

バウンゼン伯爵家一同、外ではカティの正式名、及び女性名の愛称は絶対に口にせず、他人の目があるところでは子息として扱い、性別が知られるような言動は、徹底して避ける事などが決められていた。

これから貴族学院に通うセシルも、協力する事を約束しており、昨夜も改めて作戦内容の確認を行ったばかりだった。

「でもね、僕としては真っ白な身体でいて欲しいっていう、父親心があるというか」

「あなた様が、きちんとベアウルフ様に交渉出来てようございました。でなければ、私も黙っていなかったでしょうから。何せご子息様は立派ですが、性格に問題がありますからね」

「伯父さん気持ち悪い。というか性格に問題があるって、どういう事？」

カティがシャツを整えながら尋ねると、セバスは、少し考えるように顎に触れて「そうですねぇ」と明後日《あさって》の方向へ視線を向けた。

「ご子息様は、狼侯爵の男児として相応《ふさわ》しい強さを持ち、王都警備部隊長として『狼隊長』の名に劣らぬ好戦的な性格ですが、『女性関係にだらしがなく、少々紳士さに欠けた方』とでも申しましょうか」

そういえば、実の父親が女遊びの件を言ってたな、とカティは思い起こした。

セバスは言い方をぼかしてくれてはいたが、カティの中で、改めてベアウルフ侯爵の一人息子へのイメージが悪くなった。侯爵家の専属医であるレイが口にしていた、獣人が基本的に紳士、という言葉の信憑性《しんぴょうせい》も完全に消える。

「――とにかくッ、そういう訳だから、皆でカティルーナが女の子だと知られないよう頑張るぞぉ！」

ようやくカティが戻って来た朝食の席で、バウンゼン伯爵が全使用人を集めて、改めてそう宣言した。

「任せて下さいッ」

「俺《おれ》ら、頑張ってお嬢様をお守りします！」

「許せないわッ。ドレスで着飾らせたかったのに、あの狼ボンボンめ……！」

何故かコックや庭師、メイド達ものり気で、一部の使用人の中には禍々しい怨念《おんねん》を吐き捨てる者もあった。

それから数日後、成長変化による息子の不調が完全に治まったと、ベアウルフ侯爵から知らせがあり、仮婚約の挨拶《あいさつ》兼謝罪に向かわせると連絡があった。侯爵の方は上手くやっているようで、既に三十人の獣人貴族の女性との見合い予定を、妻が詰めているのだという報告も記載されていた。

そして、ベアウルフ侯爵家の息子の、謝罪訪問の当日。

朝一番だというのに、伯爵邸の一階フロアでは、当主であるバウンゼン伯爵の「みぎゃぁぁああ！」という情けない泣き声が響き渡っていた。

「ヤだ視察なんて行きたくない！　僕のカティルーナを一人で会わせるなんてッ」

「だから、そのために私がつくと何度も説明しているではありませんか」

「何でこんな時に急な視察が入るのぉぉおお⁉」

「仕方がないでしょう。旦那様は、普段あまり役に立たないのですから、こういう時ぐらいしっかり仕事をなさってきて下さい」

カティがドン引きする中、一人息子を持った父親だとは到底思えない青年面で、バウンゼン伯爵は「いぃぃいいやぁあああッ」と泣き喚いたが、問答無用で執事のセバスに担ぎ上げられ、馬車に放り込まれた。

それから二時間が経った頃、予定の時刻に、ベアウルフ侯爵の一人息子が訪ねてきた。

レオルド・ベアウルフ、二十五歳。

王都警備部隊の隊長を務める彼は、仕事の途中だと一見して分かる黒い軍服を着込み、所属する王都警備部隊の馬一つで、バウンゼン伯爵邸にやってきた。

改めて向かい合ったレオルドは、十三歳のカティにとって、見上げると首が痛くなるほど大きな男だった。ベアウルフ侯爵よりも背丈が高く、どこもかしこもがっしりと太くて、体格だけでも威圧感が半端ない。

顔立ちは男性然として整ってはいるが、凶暴さの滲《にじ》む凛々《りり》しくも険しい顔には、愛想という文字がなかった。赤茶色の癖のある短い髪に、眼力の凄《すご》みが漂う切れ長の金緑の瞳は、慣れ合いを好まない狼のようにも見えた。

レオルドは、野太い声で所属と名を口にした後、口の中で余分にこう呟いた。

「なんで俺がこんなガキに……」

「は？　それはこっちの台詞なんですけど？」

出迎えた玄関先で、カティは自己紹介も済ませないまま、負けじとレオルドを睨みつけた。

文句は自分の口から言ってやろう、と心に決めている彼女を邪魔せず、セバスはそばに静々と控えていた。

レオルドのまとう雰囲気は、近い距離で対面すると怯《ひる》みそうになるほど威圧的だったが、カティは震えそうになる四肢を叱咤《しった》し、怒りを気力に変換して、大きく息を吸い込んだ。

カティは、嫌悪感に思い切り顔を歪めると、随分と高い位置にあるレオルドの凶悪顔に向かって、勢い良く指を突き付けた。

「こちとら一方的に噛まれて大変迷惑してんのッ。成長期が遅れたとかはよく知らないけどさ、十代の童貞だって発情で見境なく襲いかかるとかねぇよ！　お前がしっかり噛んでくれちゃったおかげで、バカデカい刺青みたいのが出来て、薄地のシャツが着れなくなっただろうが！　これ、もはや特注品並みのシャツなんだけど!?」

「あまり覚えてねぇが、どことなく聞き覚えのある口の悪さだな！　本当に俺の『求婚痣』があるとは……そもそも俺だって、未熟なオスのガキを噛む予定は………」

畜生、と口の中で呟いたレオルドが、視線をそらしながら苦悶《くもん》するように頭を力任せにかきむしった。

まるで肩にある『求婚痣』を直視したような確信振りには、少し違和感を覚えたが、今のカティには、そんな些細《ささい》な事はどうでも良かった。

謝罪さえ出来ない彼の態度が癇《かん》に障った。大人であれば、もう少しましな対応があったのではないだろうか、とカティは図体だけがデカい男を睨み上げた。

セバスは、対面早々、穏やかではない仮婚約者同士の様子を観察するように、ゆったりと視

線を往復させる。

「ッもう頭に来た！　悪いと思ってんなら一発ぶん殴らせろッ、変態野郎！」

「させるかッ。ガキだからといって容赦はしない。俺は、必ず返り討ちにする」

先手を打ってカティが突き出した拳を軽々と避《よ》け、レオルドは、ジロリと睨み下ろして指の関節を鳴らした。

その凄みに本能的な危機感を覚え、カティは、思わずファイティングポーズを取ったまま硬直した。「ぐぅ」と奥歯を噛みしめ、逃げ出したい恐怖を抑え込む。

「くっそ、マジで大人げない奴ッ。というか女遊びが激しいとかも最悪！　そんなんだったらとっとと嫁をもらえ、今すぐ婚約とやらを取りつけてこい！　こっちはこの痣がある限り王都から出られないんだからな⁉」

声を張り上げていると、不思議と胸の底から勇気じみた気力が漲《みなぎ》ってきた。

今なら返り討ちに遭《あ》うと分かっていても、一発食らわせてやれそうな気がする。

カティはそう判断するや否や、レオルドに飛び蹴《げ》りを食らわせようと地面を蹴って跳躍した。

その瞬間、それまで傍観者に回っていたセバスが両手を出し、空中でカティの小さな身体を確保した。暴れる彼女の小さな身体を持った彼は、小さく溜息を吐くと、「どうか落ち着いて下さいませ」と冷静な口調で告げた。

「旦那様が聞いたら失神されてしまう台詞のオンパレードでしたね。そこは本当に、旦那様の妹上様にそっくりで驚かされます。切れると好戦的なところも、そっくりでございますよ」

「セバスさんッ、こいつに一発食らわせるんだから、はーなーせー！」

「『カティ』様はお小さいのですから、それは機会を窺ってから改めて挑戦下さいませ。また怪我《けが》でもされたら、今度はセシル様だけではなく、使用人一同失神するやもしれません。この老体の寿命を縮めるおつもりですか？」

「ぐぅッ、それは、その……」

ここでレオルドと殴り合いになったら、この場を任されているセバスに迷惑が掛かると気付いて、カティはうろたえた。セバスを困らせたくはないと思って、両手で抱え持ち上げられたまま力を抜く。

冷静さが戻ってきたカティは、ふと、レオルドがこちらを睨みつけて、喉《のど》で低く唸《うな》っている事に気付いた。

「……」

まるで、恐ろしく巨大で凶暴な狼に、威嚇されているような威圧感を覚えた。これは、無事に殴れるような雰囲気ではないと察して、カティの中の勇気も途端に萎《しぼ》んだ。彼女は渋々「分かった」とセバスに答え、地面に下ろしてもらった。

こんなに怖い男とは関わりたくないが、仮婚約者として付き合っていかなければならない以上、いつかの機会に、肩の痣の怨《うら》みと暴言の報復は晴らそう。逃げるような弱いところは、絶対に見せたくない。

　仮婚約者同士である二人が改めて向かい合ったところで、セバスが、レオルドに向かって丁寧に頭を下げた。

「このたびは、仮婚約のご挨拶に来て頂き誠にありがとうございます。約三年間ではございますが、あなた様に良縁がありますよう、バウンゼン伯爵家一同、心より願っております」

「――……バウンゼン伯爵家の返答、確かに受け取った。このたびは色々と騒がせて申し訳なかったと、改めてバウンゼン伯爵に言伝《ことづて》を頼みたい」

　レオルドが威圧感を半ば抑え、落ち着いた低い声でそう言った。

　セバスは、カティの横で頭を下げたまま、「かしこまりました」と言葉を続けた。

「見届け人として、謝罪の件につきましては、旦那様に報告させて頂きます。『カティ』様につきましては、現在保護預かりの身となっておりますので、貴族のマナーなども受けておられません。こちらの無礼についても、お見逃し頂けたら幸いにございます」

　そこでセバスがようやく顔を上げ、憮然《ぶぜん》とした顔で立つレオルドに向かって、にっこりと愛想笑いを浮かべた。

　しかし、老執事の薄い水色の瞳は、一切笑っていなかった。

「この方は貴族ではございませんので、本人の自由意思でいつでも婚約が可能な身。どうぞ気に病みませんようにと、ベアウルフ侯爵様にもお伝え下さいませ」

人族の貴族が『求婚痣』を受けた場合、恋愛結婚を擁護する獣人法により、一時的に政略結婚からは外される。しかし、カティは庶民籍なので、セバスは遠回しに「カティにとっては『たかが仮婚約』であり、今後の誰かとの婚約に関して影響はない」とレオルドに告げていた。

すると、レオルドが渋い表情をした。彼はちらりとカティを見たが、ふいと視線をそらすと、セバスに向き直って軍人らしく背筋を伸ばし、礼を取った。

「――こちらも、言葉が悪くなってしまって申し訳なかった。仕事があるので、ここで失礼する」

そう告げると、彼はカティを見る事もなく踵《きびす》を返し、待たせていた馬に跨がって去っていった。

◆

法律はよく分からないが、獣人法が定める『仮婚約に対する課題的な取り決め』をどうにかして欲しいと思う。

仮婚約者同士の相性を長い目で確かめるため、顔を会わせる機会がないのであれば、必ず週に二回は互いの家を訪問し、使用人などの目が届く範囲内で茶会を行う、というのもそうだ。

双方が嫌々ながら迎えた一回目の茶会は、ベアウルフ侯爵邸の外のテラス席で行われたのだが、カティとレオルドは、席に座ってしばらくもしないうちに口喧嘩《くちげんか》を始め、どちらも紅茶にさえ手をつけなかった。

周りの使用人達も心配そうに見守っていたが、数を重ねると、カティとレオルドが互いに喧嘩っ早い性格である事を見切った。

特に、ベアウルフ侯爵邸の人間は、二人を体育会系の青年と少年と見ていたから、四回目の茶会が殴り合いの喧嘩に発展する前に、「こちらをどうぞ」と木刀を渡すという、斜め方向にずれた気遣いをした。

カティは、報復のチャンスが巡ってきたと思い、迷わず木刀を手に取った。

しかし、現役の軍人とあって、レオルドは恐ろしいほどに強かった。自信のあったカティの剣は一本も届かず、もうトラウマになるレベルで負かされた。

圧倒的な力の差を見せつけられたものの、カティは当初から予定立てていた「一発食らわせてやるッ」という目標を諦めてはいなかった。意地もあって、小馬鹿《こばか》にするように剣で負かしてくるレオルドにも腹が立っていた。

剣術で続けて負かされた後、カティは「やられたらやり返す！」を心に決めて戦法を変えた。柔らかい身体で繰り出される体術はレオルドを翻弄《ほんろう》し、一、二回蹴りを叩きこんでやる事に成功した。

「このクソカギッ、卑怯《ひきょう》な手を使うな！　剣の試合で足技を出す奴があるかッ」

「木刀で人の足ばっかり払ってくる奴に言われたくないし！」

悔しくて、噛みつくように言い返すと、途端にレオルドが呆れたような眼差しをした。

「相手にならないんだから仕方がないだろう」

うちの新人部隊員以下だ、とレオルドが真面目《まじめ》な顔で考察を口にした。うっかり怪我もさせられないから、こっちはほとんど力を抜いており、それでも勝てないのは純粋にカティの剣の技術が低過ぎるせい、と軍人らしい観点でそう告げる。

カティの中で、プチンと何かが切れる音がした。

「これでも並みの冒険者ぐらいには強いんだけど!?　チクショーッ、もう一発蹴らせろ！」

「させるかッ」

しばらく茶会が行われるたびに木刀戦が行われ、最後はカティが体術戦を交えて、レオルドに最低でも一回は蹴りを食らわせて、その日の仮婚約者同士の交流が終了となる事が続いた。

結局、二人は菓子にも紅茶にも手を付けず、口喧嘩と木刀喧嘩が繰り返された。

その間にも、セシルのリハビリは順調に進んだ。魔力器官が移植されてから四ヶ月が経つ頃には、軽く走り回れるまでに体力が戻り、更に二ヶ月が過ぎた頃にリハビリが終了し、冬先に貴族学校に通う事が決まった。

屋敷に連れてこられて四ヶ月目で、可愛い弟のリハビリが無事に終わって一安心したカティは、バウンゼン伯爵に働ける場所を紹介するよう要求した。

「長くて三年は王都から出られないし、世話になっているから、せめて食費ぐらい払えるように仕事がしたいんだけど」

「えぇぇぇ!? 必要ないよッ。だって——」

「伯父さん、『働かざる者食うべからず』だよ。世話になりっぱなしで環境に甘えるなんて、私には耐えられない」

「もっと甘えていいんだよッ、お小遣いが欲しいならいくらでもあげちゃうから!」

「却下、自分で使う分は自分で稼ぐ。——仕事先を紹介してくれなかったら、私、ストレスで家出するかも」

カティは、一人で立派に生きてゆくと決めていたから、しっかり働いて稼ぎたかった。伯父達にお金を受け取ってもらえないにしても、いずれ一人立ちする資金として貯《た》めておいて損はないだろう。

半ば脅迫されたバウンゼン伯爵が、泣きながら「すぐに探します!」と約束した。

その後日に伯父は、どうにか性別が隠せそうで、なおかつギルドに雰囲気の似た組織を、カティに教えた。

それは、王都だけに置かれている、治安部隊という組織だった。

治安部隊は、王都警備部隊に直属する部隊であり、治安維持に努める雇用部隊兵のような立場にあった。

実力が全てで、庶民と貴族が半々ずつ所属しており、堅苦しい組織が苦手な自由人が多く集まっている。立場的にも花形の職業ではなく、騎士学校での卒業資格がなくとも実績と推薦があれば王都警備部隊への入隊も可能なので、そちらの線で入隊してきた人間は、早々に移っていってしまうらしい。

そのため、週に四日以上の勤務と、町の荒事を取り締まれる程度の度胸と実力があれば、誰でも入隊出来る組織でもあった。しかも、申請書には名前と年齢、未成年の場合は保護者の名前と、その関係性の項目だけしか設けられていなかった。

カティは早速、男性名の愛称で申請書を提出した。支部まで足を運び、入隊審査で相手になった人族と獣人の部隊員達を物の数分で叩きのめした事で、即合格の認定をもらい、翌週から働ける事となった。

正式に治安部隊員としての所属証明書が送られてきたタイミングで、バウンゼン伯爵宛てに、仮婚約について新たな通達も届けられた。

レオルドは王都警備部隊の隊長であり、いわば治安部隊長の上司にあたる。仕事での行き来が多く、顔を会わせる機会が発生するとの事で、これまで一週間に二回はあった義務的な茶会が、二週間に一回に減ってくれたのだ。

ただし条件として、月に一回以上は手紙のやりとりをするように、と通達には併せて明記されていた。その細か過ぎる法律を誰が決めたのか、判断基準の見えない決まり事は心底不思議でならなかった。

まぁ茶会よりはマシだと、カティは、そう思い直して深くは考えない事にした。

通達をもらった翌日、カティは、治安部隊員として初出勤した。紺色の隊服は着心地が良く、首回りもしっかりと作り込まれたジャケットは、飛び回ろうが着崩れしないように出来てもいて、個人的にも気に入った。

治安部隊の支部は、三階の建物となっていた。男性九割、事務所員として勤める女性一割の、全五十八名が所属している。

部隊員はカティの十三歳が最年少で、十代はほんの一握りしかいなかった。走り回る業務がほとんどで、王都警備部隊への引き抜きもある事から中年層はおらず、部隊員は二十代が大半を占めていた。

王都を歩くようになってから、カティは、耳と尾を持った獣人の子供も多く見掛けていた。治安部隊にいる少ない十代のうち、カティの面倒を見てくれる事になった、十四歳の少年ウルズとヴィンセントも獣人だった。

「僕らは身体能力が高いからね。うちの部隊も、三割は獣人だよ。軍の半数は、獣人だって聞いたなぁ」

そう語るウルズは猫科の獣人で、男性にしては華奢で、目鼻立ちのいい顔を引き立てるような、艶《つや》のある少し長めの黒い髪をしていた。髪と同色の猫耳と尾を持ち、人懐っこい猫のような黒い目も愛嬌《あいきょう》がある。

「俺らの他は成人を迎えているから、耳も尾もないけどな。獣歯はそのまま残っているし、まぁ話しているうちに分かるようになるだろ」

対するヴィンセントは、犬科の獣人で、小振りな茶色い耳と手触りの良いゴージャスな尻尾《しっぽ》を持っていた。カティとウルズよりも、拳二個分背丈が高く、清潔感のある茶色い短髪をしている。通った鼻筋は凛々しく少しきついようにも見えるが、明るいはしばみ色の瞳は優しげだ。

仕事について丁寧に説明してくれるのは、いつもヴィンセントの方で、カティは業務報告書の書き方も彼から教わった。

「というか、カティは字が汚ねぇな……。ウルズより駄目な奴って、俺、初めて見るかも」

「…………しょうがないじゃん。人間には、得意不得意があるんだよ」

字を習っていたのは十歳までであり、これまで字を書く機会もあまりなかったから、カティの字は壊滅的に汚なかった。それは、巡回にあたる部隊員達の報告書については、直に受け取る事をモットーにしている治安部隊長ザガスが、頭を抱えるほどだった。

ザガスは、四十代の痩せ型の男で、赤毛の髪を後ろでざっくりと一つにまとめにしていた。目鼻立ちの彫りは深いが、肉付きが悪いので頬骨《ほおぼね》が目立ち、数日に一回は無精髭《ぶしょうひげ》のままで少々不健康にも見える。

いつも皺のよったジャケットを着ているザガスは、カティの報告書を見るなり、申請書の保護者を改めて確認し、「お前はちゃんと教育を受けるべきだ」と嘆いた。カティは、思わず鼻頭に小さな皺を作って「すみません」と答えた。

男性として偽装入隊出来た事は安堵するが、カティは、組織の管轄が緩過ぎるのではないだろうか、と入隊から数日もしないうちに心配になってきた。

王都では見ないがさつな仕草のせいか、剣と体術の強さのためか、治安部隊員は揃いも揃って、カティを少年だと信じて疑わなかった。仕事帰りに「銭湯に行こうぜ」と誘う同僚達もいた。

一人称を変えているわけでもないのに、何故気付かないのだろうか。

今は女であると見破られるには不味《まず》い状況だが、微塵も気付かれないというのも、カティとしては複雑な心境だった。ひとまず、申請書類には性別の記載欄ぐらいは必要だろうな、とは思った。

王都警備部隊長であるレオルドは、いつも数人の部下を引き連れて、治安部隊の支部を訪れた。

カティは一回目に見掛けた際は、仕事を始めて三日目であったし、わざわざ嫌味を言い合うのも嫌で知らぬ振りをした。しかし、その後日、外回りから戻ってきたタイミングで、これから出ていこうとするレオルドとばったりと遭遇してしまった。

どうやら、奴は二、三日に一回の割合では、治安部隊を訪問しているらしい。

そうカティが推測していると、レオルドが露骨に顔を顰《しか》めた。やはり正面に立たれると彼は大きくて、舌打ちをされた一瞬、カティは身体が強張《こわば》ってしまったが、負けじとすぐ睨み返して、先手を打って「さっさと出てけ」と言い放った。

瞬間、周りにいた部隊員達が凍りついた。

レオルドはむっつりと口をつぐんだが、険悪な空気をまとったまま、結局は何も言わず去っていった。

「……あのさ、チビ隊員？　お前、あの狼隊長と知り合いなのか？」

「世話になってる屋敷の人伝えで知り合っただけのッ、ただの顔見知り！」

「おいおい、突然怒るなよ。よく分からんような関係だなぁ……」

「というか、よく狼隊長様にあんな口聞けるよな。お前なんてチビ、千切って投げられて終わりだぞ？　あの人、素手でコンクリートも砕くぐらいバカ強いからな？」

「ふんッ、投げられる前にぼっこぼこにしてやる！」

自分でも強がりだとは分かっていたが、怒りを口にすると胸の内の恐怖心も小さくなるので、カティは意気込まずにはいられなかった。

治安部隊の支部で顔を合わせるたび、カティとレオルドは、目が合えば鼻を鳴らして眉間《みけん》に皺を刻んだ。出会い頭に睨み合う姿は、狼と仔猫が威嚇し合っているようだ、と治安部隊で例えられたりした。

しかし、それから一ヶ月も経たずに、虫の居所が悪かったカティとレオルドが、支部の前で抜刀するという騒ぎが起こった。初めレオルドには、本気で切りかかるような殺気はなかったのだが、同僚達が慌てて両者を止めに入ったところ、何故かレオルドの機嫌が急降下し大騒ぎになった。

それからというもの治安部隊では、カティとレオルドの相性は最悪であるので、出来るだけ双方を近づけないでおこうと暗黙のルールが出来た。

そのせいもあって、カティは新人期間が終わらないうちに、『部隊一の小さなトラブルメーカー』という不名誉なレッテルまで貼られたのだった。

二章　十六歳まであと数ヶ月、衝撃の事実を知りました

カティとレオルドの、仮婚約者としての義務的な茶会は続いた。初めの数ヶ月は木刀でやり合う事が続いたが、回数を重ねると無駄な体力消費だと互いが気付き、大人《おとな》しく座るようになった。

とはいえ、どちらもテーブルの上のものには手を付けず、親睦《しんぼく》を深める様子はなかった。

カティとしても、もはや相手にするだけ疲れるだけだと早々に見切り、憮然《ぶぜん》と顔をそらしていた。面白くない様子のレオルドの視線に気が付いて、「何だよ」と顔を上げたのをきっかけに、文句の交し合いが始まる。

「というか、早く誰《だれ》かと婚約しろっての」

「……クソチビの癖に」

「お前はデカいだけじゃん」

「ガキ」

「変態野郎」

出会った頃《ころ》のような敵視はされなくなったが、レオルドは、いつも機嫌が悪かった。顔を合わせてすぐは眉間《みけん》の皺《しわ》は薄いのだが、カティが無視を決め込んで腕を組んで黙っていると、苛《いら》

々《いら》しながら頬杖《ほおづえ》をついて見てくるのだ。

「おい」

「何だよ？　眉間の皺増やすぐらいなら、こっち見んな」

「言っておくが、俺《おれ》は変態じゃない」

「そうだったんだ、ごめ——…………いや、説得力ねぇよ！　そうなの？　とか一瞬流されそうになったけど、女遊びしている時点でアウト！」

カティが指を突き付けて指摘すると、レオルドは、むっと口をつぐんで視線をそらした。

木刀の一件で相手にならないと理解したからなのか、茶会で、彼が大人げなく応戦するような事はなくなっていた。見合いが上手《うま》くいかないのは女たらしのせいだと、カティが喧嘩《けんか》を吹っ掛けるように説教しても、「そうかよ」と、面白くなさそうに呟《つぶや》くばかりだ。


そんな仮婚約者としての交友が続いて、二年と数ヶ月。

カティは今年の秋に十六歳の誕生日を控え、治安部隊員として二回目の春を迎えた。

王都の春は雨が少なく、暖かい日差しの下で涼しい風の流れがあり、非常に過ごしやすい季節だ。そんな穏やかな気候には、心浮かれる人間が多くなるようで、何故《なぜ》か馬鹿《ばか》げた騒ぎが続けて起きるという忙しい時期でもあった。

しかも、今年の治安部隊は、新たな入隊者もない状態で五人ほど警備部隊へ移ってしまい、人員が不足していた。週六日勤務に加えて、早朝出勤と残業もしなければ間に合わないという激務が続いている。

特に、祝日に当たる今日《きょう》は、朝から大変だった。

幼馴染《おさなな じ》みへのプロポーズの指輪を、浅瀬の水路に落とした男から助けを求められ、その時間帯に支部にいたカティと、七人の部隊員でズボンの裾《すそ》をまくり上げて捜索にあたった。

それが済んだ直後、酔い潰《つぶ》れた芸術家と音楽家の、軍人顔負けの殴り合いの仲裁に入ったのだが、彼らは唐突に酔いが回ったように倒れてしまった。大慌てで緊急介抱にあたっていると、チカンが出たと助けを求められ、部隊員の中で一番瞬発力のあるカティと、ヴィンセントとウルズで「仕事を増やすなよ！」と怒りのままに犯行者を叩《たた》きのめした。

その後も、「結婚して！」と恋人を追いつめる女性を説得し、泣きついてくる相手の男を慰め、フライパン同士で激しく語り合う新婚夫婦の痴話喧嘩を収束させ……。

カティは、一旦支部に戻ったところで、早々に机に突っ伏してしまった。

書かなければならない報告書が、山のようにあった。治安部隊という仕事には愛着も持ち始めているので、仕方のない忙しさだと諦《あきら》めてもいる。そう、仕事に対して強い不満はない。

解せない事は、プライベートな件で二つだ。

まず、あれから二年と半年が過ぎたが、依然肩の『求婚痣』が健在のままである事だ。つまり、未《いま》だに仮婚約は解消されていない。クソ忙しい中であろうと、二週間に一回の茶会も続いている。

それもこれも、見合いを失敗に終わらせているのか、選り好みしているのか、未だに正式な婚約者を決めていない、狼《おおかみ》隊長と呼ばれている例の『おっさん』のせいである。非常に残念な事に、レオルドの見合いは現在も続行中だった。

「カティ、大丈夫？」

「お前、持久力ねぇよなぁ」

カティは顎《あご》を机に置いたまま、怨《うら》めし気に視線を持ち上げて、ヴィンセントとウルズを睨《にら》み付けた。

入隊当時、行動を共にしていた最年少部隊員グループは、カティの新人期間を終えて、正式に第七班として三人のメンバーを組まされた。現在十七歳になった彼らは、二年と数ヶ月で随分と身長も伸び、青年の面影が覗《のぞ》く凛々《りり》しい顔立ちへ変わりつつある。

とはいえ、年の差は一歳、彼らはまだ十七歳のはずなのだ。

カティは、一年で頭一個分以上の身長差をつけられたうえ、ここ半年で更に彼らの視線が高くなった現状が悔しかった。しかも、彼らは大きくなるごとに、体力が底なしになっているような気がする。

バウンゼン伯爵邸で、栄養バランスの行き届いた食事にありつけるようになった事もあり、カティだってそれなりに成長した。服や靴のサイズも何回か新調し、手の届く棚の位置も増えた。

しかし、王都の同年代の少女の平均に比べると、カティの身長は低いままだった。胸は控えめながらも膨らんだが、そこにではなく身長にいけよ、と遺伝子に訴えたい。

町の同年代の女の子達に「弟にしたい」と可愛《かわい》がられるのも解せないし、同じ歳《とし》であるセシルにも、そろそろ頭一つ分もの身長差をつけられてしまうだろう焦りもあった。少し前までは背丈もほぼ一緒で双子のようであったのに、今は兄と妹と言われてもおかしくない。

治安部隊では、今のところ第七班が最年少の班だ。

獣人《じゅうじん》の成長は早いからと周りは慰めるが、その目は、カティが小さい事を同情しているようでもあった。すっかり世話になっている治安部隊長ザガスも、「……お前って、いつまでも子供みたいだよな」と、遠回しで憐《あわ》れみを向けてくる。

それを思い出したカティは、堪《たま》らず机を叩いた。

「何故だッ。たかが一歳の違いだというのに、この成長スピードの違いは⁉」

「何だ、またそれ？　だからあれだよ、獣人と人族の違い。それにカティって小食じゃん。そのせいじゃないの？」

ウルズが呆《あき》れたように頬杖をつき、長く黒い尻尾《しっぽ》を揺らせた。上品な黒色の獣眼は愛嬌《あいきょう》があり、成長した今でも感情がよく映えるような幼さも覗く。

「食べてるよッ、めっちゃ食ってるから！　一度に三人前の定食を、ペロリと食べるお前らが普通じゃないの！」

「はいはい。叫ぶと余計に体力使うから、とりあえず手を動かそうか？　もう一回りしなくちゃならないからな」

班のリーダーを務めるヴィンセントが、吐息交じりにそう言って、カティの手にペンを握らせ、彼女の分の報告書を前に置いた。顔よりも感情豊かな犬耳が、半ば伏せられて疲労感を滲《にじ》ませている。

カティは、むっつりと口を閉じ、少しはましになった字を紙の上に走らせた。

治安部隊員として活動を始めてから、カティは、レオルドがモテる獣人である事を何度か聞いた。ウルズ達の話によれば、獣人は血統も含めた『強いオス』がモテるらしく、町中で彼が女性に誘われる姿を、同僚達と数回は見掛けた。

しかし、モテるにもかかわらず、レオルドの見合いは成就していない。

いくらレオルドに魅力があったとしても、性格的な問題から、一生を添い遂げる事に女性側も渋っているらしい、と時々伯爵邸に遊びにやってくるベアウルフ侯爵が近況をこぼしていた。相手側の両親にそれとなく伺った際、「娘本人があまり乗り気ではないようで……」と言われたとか。

肩を噛《か》まれたのは秋先であるから、遅くとも、今年の秋までには『求婚痣《あざ》』も消えるだろう。

とはいえ、最近は仕事の忙しさもあって、カティは当時のような口喧嘩も面倒臭いと思い始めていた。自分を毛嫌いしている相手ほど、接していて疲れるものはない。

支部や町中でも数日に一回は睨み合っているというに、二週間に一度は、仮婚約者の茶会で同じ席につかなければならないのだ。レオルドが「チビ」「クソガキ」と言えば、カティも「おっさん」「変態野郎」と単語だけで応戦したが、沈黙だけでも疲労感が増す。

セシルは昨年、優秀な成績を収めて最短で学院を卒業し、現在は、次期領主としてバウンゼン伯爵の仕事を手伝っている。社交界に正式にデビューも果たし、バウンゼン伯爵と共に遅くまで帰ってこない事もある。

カティは、弟の活躍ぶりは誇らしいし嬉《うれ》しくも思っている。治安部隊が最近は忙しいせいで、彼女も残業が続いているのだが、――夜までには帰るようにしないと、伯爵家の馬車を迎えに寄越されるようになっていた。

そう、プライベートでの二つ目の鬱憤《うっぷん》は、バウンゼン伯爵の親馬鹿ぶりと周りの変化だった。あと数ヶ月で『求婚痣』が消えるとあってか、最近、バウンゼン伯爵はやたらと煩《うるさ》い。養子に取ることを前提に、今のうちから屋敷内だけでもドレスを着てみないかと、執拗《しつよう》に誘ってくる。

貴族の令息令嬢は、十五歳で社交デビューを迎えるのが常識で、セシルも立派に参加していた。衣装棚には見覚えのないドレスやナイトウェアが増え続けており、メイド達も、隙《すき》あらばカティに着せようとしてくるのだ。

執事のセバスも、カティに礼儀作法を教えようとする様子を見せていた。

庭師も料理長も、「セシル様と踊られるためにダンスを習ってみては？」「髪を伸ばしましょう」「休みの日ぐらいはスカートを穿《は》いて……」と、皆しつこいぐらいに、カティを『守られるような女の子』に仕上げようとする。

髪も伸ばしたら可愛いに違いないから伸ばしましょう、と皆がくすぐったいぐらいに褒めてくるのも恥ずかしかった。切実に止《や》めて頂きたい。母だって常にズボンスタイルだったし、カティもスカートなんて穿いた事がないのだ。

あんな恰好《かっこう》をするとか、むしろ今更女の子風にしてみようなんて、むちゃくちゃ恥ずかしくて出来そうにもない。

見掛けも少年だというのに、髪を伸ばしたって絶対に似合わないだろうと、カティは想像するたび悶絶《もんぜつ》し、「絶対に無理ッ、むしろセシルの方が美少女になるって！」と現実に打ちのめされていた。

しかも、ここにきて新たな問題も増えた。要注意人物であるベアウルフ侯爵夫人から、話がしたいと伯爵邸に知らせが届き始めていたのだ。

侯爵夫人が、カティの性別に勘付いている様子はまだないらしい。レオルドの見合いが進められている中で、カティを正式な婚約者にする行動に出る事はないだろうと、ベアウルフ侯爵は心配しないようにとも告げていた。

しかし、伯父は物凄《ものすご》く怯《おび》えていた。カティは彼の震えようを見て、「そんなに怖い女性なんだ……」と気が気でないし、レオルドの正式な婚約がまだ決まっていないので警戒心は消えないでいる。

レオルドの見合いが続く今の状況で、子供のカティに、侯爵夫人が目を付けるとは思えないが、孫の顔見たさで婚約を進められたら、と考えると怖くもある。

何故なら、カティは、レオルドに物凄く嫌われているのだ。何を考えているのかも分からない恐ろしい男と、仲良く出来る自信はない。

「ほんと、嫌になる……」

項垂《うなだ》れた彼女の呟きを聞いて、ウルズとヴィンセントが一旦手を止めて、互いの顔を見合った。

彼らは、相棒であるカティへと視線を戻すと、しばし思案し、いつも以上に手早く報告書をまとめ始めた。

◆

書類処理を済ませた後、カティ達の第七班は、巡回のため王都の第三区にある二十八番街に足を運んだ。そこは庶民層の住宅区分で、商いが盛んな通りは、祝日のため一層賑《にぎ》やかさが増していた。

一通り見回った後、ヴィンセントの提案で、遅い昼食を取るべく屋台で売られている『ハリッシュ』を購入し、大通りの広間に鎮座する噴水の縁に腰かけた。『ハリッシュ』は、丸いパン生地の中に、たっぷりの肉野菜炒めが詰められた人気食の一つだ。

「何か悩みか？」

食べ始めてすぐ、ヴィンセントが唐突にそんな事を口にした。

カティが訝《いぶか》しげな眼差《まなざ》しを返すと、彼が「あのさ」と僅《わず》かに首を右へと傾けながら言葉を続けた。

「前から訊《き》きたかったんだけど、お前が時々難しい顔して苛々してんのって、狼隊長の『求婚痣』を持っているせいか？」

「……は？」

彼からの質問の意味を呑《の》み込むのに、数秒を要した。

ようやく言葉を理解したカティが、「うえ!?」と小さな悲鳴を上げて立ち上がると、ウルズが「落ち着きなよ」と尻尾をくるりと揺らし、安心させるように笑い掛けた。

「とりあえず座りなって、カティ」

「え、だって。その、なんで……えぇ？」

「うん、ひとまず落ち着いてね。多分、獣人の何人かぐらいしか気付いていないと思うから」

カティは、手に半分の『ハリッシュ』を持ったまま、動揺しつつも腰を落ち着けた。それを見たウルズが、ヴィンセントの説明を引き継いでこう続けた。

「カティと狼隊長って、険悪でよく衝突しているでしょ？　そのせいかなとは思っていたんだけど、あの人の『匂《にお》い』がいつも同じ場所についているから、変だなぁと思って」

「匂い……？」

「獣人はさ、『匂い』で性別とか、個人を特定できるぐらいに鼻が利くんだよ。ここに『求婚痣』があるんじゃない？」

ウルズが言いながら、レオルドに噛まれた部分を真《ま》っ直《す》ぐ指した。

驚いて両隣の二人へ視線を往復させたカティは、ふと、二年前、伯父達の話の中に『匂い』というキーワードが出ていた事を思い出した。

カティは、なるほど、こういう事かと苦々しく思った。信頼出来る友人兼相棒に嘘《うそ》をついて誤魔化すのは嫌に思えて、しばし悩んだ後、彼女は観念するように肯《うなず》き返した。

「うん、まぁ、当たりなんだけどさ……。マジで匂いとかするの？」

ちらりとウルズを窺《うかが》うと、彼は騒ぎ立てる様子もなく「うん」と軽い調子で答えた。

「狼隊長の『匂い』を知っている獣人だったら気付くと思うよ。でもさ、二人を見る限りそういう空気もないから、何か理由があるんじゃないかって事で、みんな黙ってるんじゃない？狼隊長の成長期が遅かったって話は有名だし、子供に『求婚痣』つけるってほとんどないから、可能性を否定してる獣人も多いと思う」

それに、と言い掛けたところで、彼は少し言葉を止めて首を捻《ひね》った。

「最近さ、カティの匂いがどうも変わってきているみたいで、そのせいで僕らも注意して嗅《か》いでいたから、狼隊長の『求婚痣』に気付いたというか。――何か心当たりはある？」

気になって仕方ないのだとウルズが言い、ヴィンセントも「俺もそっちの件が一番気になってる」と言葉を投げかけた。

カティは、食べ進められなくなった『ハリッシュ』を包み直しながら、ここ最近の記憶を辿《たど》った。

「特に石鹸《せっけん》は変えていないけど……。あ、そういえば、勝手に薔薇湯《ばらゆ》を用意されるのが続いてるかも」

「おぉ、さすが伯爵家。贅沢《ぜいたく》だな」

ヴィンセントは目を丸くしたが、すぐに表情を戻して、首を左右に振った。

「でも違うな。薔薇みたいに強い香りじゃない」

「じゃあ、あれかな。二週間くらい前から、風呂上がりの髪に変なのをつけられるのが増えた」

「ん～、髪からは香ってないんだよねぇ。僕らも不思議でならないんだけど」

そう言って、ウルズが近くで匂いを嗅ぐような仕草をした。彼の黒い耳が二回動いて、尻尾が上品に揺らぐ。

ヴィンセントも匂いが気になっているのか、冷静な面持ちでこちらを見下ろしながらも、大きな尻尾がずっと上下に揺れていた。気のせいか、明るいはしばみ色の瞳《ひとみ》が、好奇心で輝いているように見えた。

なんだか嫌な予感を覚え、カティは鼻を動かせる少年達に「まさか」と言い掛けた。すると、ウルズとヴィンセントが、同時に顔を上げた。

「ねぇ、カティ。ちょっと匂いを調べさせてもらってもいい？」

「俺も気になるな。人族にない習慣だと思うから、無理にとは言わないが」

二人から子供のような興味津々の目を向けられて、カティは若干引いてしまった。しかし、右にはヴィンセント、左にはウルズと逃げ道はなく、首を竦《すく》める事しか出来なかった。

カティも女性ではあるので、他人に匂いを嗅がれるのは抵抗を覚えた。先程まで仕事で走り回っていたので、汗をかいている自覚もある。

「あのさ、ただ汗臭いだけだと思うんだけど……」

「汗の匂いじゃないよ。どこから匂っているのか、カティは気にならないの？」

風呂でついた訳でもないのに奇妙な匂いがする、と言われれば、確かに気にはなる。ついでに言うと、この機会に『求婚痣』からレオルドの匂いがするという衝撃の事実についても、確認したいような気もした。

「うーん。まぁ、少しだけなら」

答えた途端、すかさず二人が顔を寄せてきた。

ヴィンセントが、例の噛まれた場所に鼻先を微《かす》かに触れさせながら目を閉じ、すうっと匂いを吸い込んだ。ウルズが身を乗り出し、カティの正面を横切るようにそこへ鼻を寄せた。

「こりゃ狼隊長の『匂い』だな。間違いない」

「これだけ近づくと、ハッキリ分かるね」

彼らは興味深そうに匂いを嗅いでいたが、近い距離に顔があり、吐息や髪先がくすぐったくて、カティは居た堪れない気持ちで視線を逃がした。

一度身を起こした二人が、今嗅いだ匂いを消すように深呼吸し、次は謎《なぞ》の匂いについて調べるため再び顔を寄せて来た。カティは、髪、耳元、頬《ほお》、首の後ろ、と、本当に犬や猫のように匂いを嗅がれて、その普段以上の近さに妙に緊張してしまった。

「あの、変わってきた匂いってどんな感じなの？　臭くはないって事だよね？」

ヴィンセントの鼻先が耳の上に擦《こす》れて落ち着かず、カティは、くすぐったさに肩を竦めながら話しかけた。

ウルズが深く匂いを辿るように、目を閉じてカティの首筋に顔を近づけたまま「うん、臭くはないよ」と答えた。カティは、首筋に生温かい吐息が触れて、そんなところで喋《しゃべ》るなよと思いながら強い悪寒を必死に堪《こら》えた。

「花みたいな、そうじゃないみたいな不思議な匂いで、微かに香る時があるんだよねぇ」

その時、カティの耳の後ろまで顔を埋めたウルズが、「あ」と、続けて声を上げた。

「多分この辺かな。ヴィンセント、そっちの方もする？」

「ああ、ここか。確かにするな。でも匂いが微か過ぎて、特定しづらいな……」

そう言いながら、ヴィンセントが探るように鼻先を押しつけて来た。

耳の後ろや髪の付け根まで、さわさわと触れられる感触に、カティは「ひょ!?」と短い悲鳴を上げて飛び上がった。思わず逃げ腰になった彼女の腕を、まるで邪魔しないでと言わんばかりに、ウルズとヴィンセントが掴《つか》んで押さえ込む。

カティは鳥肌が立つような、ぞわぞわとしたむず痒《がゆ》さが背中まで走り抜けて、堪え切れず叫んだ。

「か、勘弁してよ！　なんか恥ずかしいし死ぬほどくすぐったいんだけどッ」

「え～、もう少し我慢しててよ。ほんと、なんの匂いなんだろうね？　味とかあんのかな」

瞬間、ザラリ、と猫舌が肌を這《は》う鈍い痛みを覚えて、カティは一瞬ばかり硬直してしまった。

こいつ、今舐《な》めやがった！

カティは膝《ひざ》の上に転がしていた『ハリッシュ』の存在も忘れて、二人の間から逃げ出した。

なぜか猛烈な羞恥心《しゅうちしん》を覚え、舐められた首筋を押さえて、潤む瞳で二人を睨みつける。

咄嗟《とっさ》に『ハリッシュ』をキャッチしたヴィンセントと、赤い舌先をチロリと覗かせたままのウルズが、カティを不思議そうに見つめた。

「どうした、カティ。顔が赤いぞ？」

「うっさいわ！　誰のせいだと思ってんの、もう終わり！　というかウルズッ、なんで舐めた!?」

「味はしなかったなぁ」

「当たり前だッ、私は食べ物じゃない！　畜生、猫舌がザラザラしてやがった……ッ」

カティは、ザラリとした舌触りの残る部分を、袖口《そでぐち》で擦りながら怒鳴り返した。その様子があまりにも可笑《おか》しかったのか、ウルズが悪戯《いたずら》が成功した時のような上機嫌さで、「あははは、ごめんねぇ」と反省した様子もなく腹を抱えて笑い出した。

場が落ち着くのを待っていたヴィンセントが、カティが残した『ハリッシュ』の包みを見下ろし、おもむろに広げて大きく食らいついた。彼はマイペースに咀嚼《そしゃく》すると、それを飲み込んだタイミングでカティが手を止めたのを見て、「よし」と向き直った。

「それで、狼隊長の『求婚痣』についてだけど――」

「そこで話を戻すの!?」

「だってそっちも気になるし」

二人の間に座るのは腰が引けて、カティは、首を押さえながら苦々しく逡巡《しゅんじゅん》した。彼らは信頼出来る友人で、既に『求婚痣』がある事については知られてしまっているので、手短に事情を説明すべく記憶を辿る。

「……成長変化で奴《やつ》の頭がぶっ飛んでる時に、運悪く居合わせて、うっかり噛みつかれた」

どう説明していいのか分からず、言葉を探しながらそう答えた。

するとウルズとヴィンセントが互いの顔を見て、すぐに同情の眼差しをカティへと戻した。

「うーわ、マジか。それ『うっかり』で済ましちまうには、不運過ぎるだろ……」

「狼隊長って獣人の中でも血が強いし、成長変化の時は檻《おり》に入れられるかもって噂《うわさ》されていたけど、見境ないとか、本当にやばかったんだねぇ……」

ようやく疑問が解けたというような顔をしたヴィンセントが、『ハリッシュ』を食べ進めようとして、ふと、思案するように片眉《かたまゆ》を引き上げた。

「成長変化のせいって事は、そろそろ二年半は経《た》つのか？　それでも『求婚痣』が残ってるって事は、相当深く噛まれたんだな」

「食いちぎられるかと思ったよ。医者には三年ぐらいかかるっていわれた」

「噛む度合いにもよるけど、さすがに三年はかからないから安心しろよ。二年以上三年未満だから」

「そうなの？」

「あの人の成長変化って秋ぐらいだったたって聞いてるし、夏には消えているんじゃないか？　俺が教えられた内容だと、消える十日前ぐらいからは紋様が薄くなるらしい」

なるほど、とカティは自分の右肩へ目を落とした。つまり、十六歳を迎える前には消えているのか。

ヴィンセントが『ハリッシュ』に食らいついた時、ウルズがある一点へ目を向けて、笑顔のままピキリと硬直した。黒い耳と尻尾が一気に逆立ち、極度の緊張を露《あら》わにする。

その様子に気付いたカティは、眉根を寄せて問い掛けた。

「どうしたの、ウルズ?」

「……カティ、その『求婚痣』ってさ、本当に『うっかりな事故』だったんだよね? 僕ら、馬に蹴《け》られて死ぬとかないよね?」

「は? 何言ってんの」

視線を釘付《くぎづ》けにしたまま動かないウルズに疑問を覚え、カティは首から手を離しながら、いまだ羞恥の熱が残る顔を向けた。咀嚼を続けるヴィンセントも、同じように首を伸ばしてそちらを見た。

賑やかな広間の人混みの間から、見覚えのある黒い隊服が覗いた。

それは、見事な黒髪の妖艶《ようえん》な女性に腕を絡ませたレオルドで、彼は射殺さんばかりの眼差しを、真っ直ぐこちらに向けていたのだ。

「おっふ」

これまで見た事もない不穏な空気を覚えて、カティの口から妙な声がこぼれた。肩を噛まれて以来の威圧感にたじろぐそばで、ヴィンセントが「ぶほッ」と咳《せ》き込み、食べ物の一部を噴き出した。

レオルドは、カティから視線をそらそうとしなかった。彼の隣にいた女性が、猫のように目を細めてにこやかに小さく手を上げると、知り合いだったらしいウルズが、口許《くちもと》の笑みを引き攣《つ》らせたまま、ぎこちなく手を上げ返した。

あいつすごく怒ってるけど、最近何かしたっけ？

カティは、急ぎ最近の記憶を辿った。手紙には『二十八歳のおっさん』とは書いたが、あれはいつもの事なので違うだろう。先週は、治安部隊の支部で遭遇したが、互いに仕事の疲労もあって相手にしなかった覚えはある。

いや、もしかしたら先週の茶会で、帰り際バレないよう馬車からこっそり、木の実を頭にぶつけてやった事を根に持っているのかも……。

「カティ、狼隊長にそんな事してるの？　何やってんの、怖いもの知らず過ぎないッ？」

「だって、あいつ、私の身長がちっとも伸びてないなんてほざくんだよ。しかもさ、勝負しろっていっても相手にしてくれないし、やり返したくて苛々してたというか」

思考が口をついて出ていたらしい。今にも倒れそうなウルズの問い掛けに、カティはレオルドの視線にたじろぎつつもそう答えた。

ヴィンセントが、『ハリッシュ』の残りを包み直しながら、慎重に立ち上がった。彼の意図に気付いたウルズも、猫耳を伏せながらおずおずと腰を上げる。

「カティは否定してるし、多分、馬に蹴られるとかじゃないとは思うんだが……あの人、最近他にも『求婚痣』をつけた仮婚約者が何人か出来てるって、兄貴も話していたし」

　ヴィンセントが呟き、ウルズと共に気遣うような視線をカティに寄越した。しかし、見合いが順調に上手くいっている事実に瞳を輝かしたカティを見た途端、心配は杞憂《きゆう》だったらしいと知って、二人は顔を引き攣らせた。

　先にヴィンセントがそっと視線をそらし、ゆっくりと右手へ身体《からだ》を向けた。

「……とりあえず、仕事に戻る口実で逃げるぞ。狼隊長とは何もないんだったら、追っては来ないだろ」

「……そうだね。僕らは何も見なかったたっていう姿勢が、今は大事だと思う。というか、なんで従姉妹《いとこ》のシャロン姉さんがあの人と――」

「仕事さぼっていたのを見られて、逆切れしてる可能性は？」

　歩き出しながらカティが思いつくままに呟くと、横を歩いたウルズが、「それはないよ」と小さな声で否定した。

「獣人貴族で、しかも適齢期の跡継ぎとなると、仕事よりも見合いに時間を割かれるのは当たり前なんだ。多分、今回はシャロン姉さんが相手だったのかも」

　でもおかしいな、あの人ずっと追っかけていた人族がいるから、それはないはずだけど……とウルズが首を捻る。

人混みに紛れてレオルドの視線から逃れたところで、カティ達は、振り切るように走り出した。出来るだけ距離を置いてしまおうと、本能的な危機感で町中を駆ける。

「とりあえずもう一巡回したから、支部まで戻ろう」

ヴィンセントがやや緊張した声で提案し、カティとウルズは「了解」と即答した。

まさかレオルドが追い駆けてくるなどと、この時は誰も想像していなかった。

※

成長変化が、ここまで苦しいとは思ってもいなかった。

これまで風邪で倒れた事もなかったレオルドは、二十五歳の秋、前触れもない発熱に崩れ落ちてから二晩、まずは全身の筋肉がずたずたになるような痛みにのた打ち回った。

熱は一向に下がらず、ようやく尻尾が人化を終えた三日目には、あらゆる関節がギシギシと激しく痛んでいた。頭は割れるように痛くて、熱に浮かされながら覚醒《かくせい》するたび、朦朧《もうろう》とした意識のまま自分の中の獣が暴れるような不快感にシーツを引き裂いた。

体中の痛みがようやく引いて、頭を殴るような高熱に魘《うな》されていると、専属医のレイがやってきて「坊ちゃん、もう耳も人化していますよ。良かったですねぇ」と呑気《のんき》な声で言った。

「身体の中がまだ変化に慣れていませんから、しばらくは熱が続くかと思いますが、今晩からは下がり始めるでしょう」

レイが部屋を出ていき、念のためだと、いつものように厳重に鍵《かぎ》を掛けていった。

死にそうなぐらいに身体が熱く、気付くと、耐え切れず窓を破って外に出ていた。熱で意識がひどく混濁していたが、着地した瞬間に、引き寄せられるようにある方向へと目が向いた。

そこにいたのは、一人の子供だった。

目が合った瞬間、レオルドは、時間の流れを忘れてしまった。

どちらの性別ともつかないような、整った小さな目鼻立ちに、幼さの残る滑らかで柔らかそうな白い肌。耳が隠れる程度に伸ばされたくすんだ金髪は、日差しに透けて淡く優しい色合いを放ちながら風に揺れ、驚いたように見開かれた大きな瞳は、鮮やかなエメラルドの色をしていた。

心臓が大きく鼓動を打ち、身体がカッと熱くなった。身の内の獣が暴れるような気配を覚えて、訳も分からず胸が苦しくなり息を呑んだ。

瞬《まばた》きもせず見つめていた先で、不意に、子供が踵《きびす》を返して背を向けて走り出してしまった。逃げ出されてしまった事に激しく動揺し、レオルドは、咄嗟に子供の背中を追って駆け出していた。まさか逃げられるなんて、と理解し難い強い焦燥が彼の胸を締め付けて――。

身体が苦しくなり、またしても一瞬、意識が飛んだ。

目の前で子供が怪我《けが》をしそうになって、慌ててその手を取った瞬間、再び理解し難い激しい感情が込み上げて、彼はその波に呑まれるがまま子供を押さえ付けていた。

噛みたい。今すぐ、コレを噛みたい。

狼の獣人としての本能が、押し倒してすぐに子供の首回りへ狙いを定めていた。それは、一分一秒も耐え難いほどの強い欲求で、噛んだ瞬間、口の中に広がった血の匂いに、脳髄が痺《しび》れるような陶酔感を覚えて、しばし我を忘れた。

レオルドはオスの本能に従って、子供の肌に、更に深く強く歯を突き刺した。呻《うめ》く子供の声と、苦しそうな呼吸に昂《たかぶ》りを覚えていた。

深い位置まで歯を食いこませ、そこから溢《あふ》れる血を飲みながら、自分の唾液《だえき》を確実に流し込んだ。逃げられないよう消えない印を刻みつけなければ、と錯乱の中で急《せ》いてもいた。他《ほか》の誰の匂いもつけられていない今のうちに、ベアウルフ一族の正式な求婚の証《あかし》を、そこに咲かせたい……。

ぐるぐると渦巻く激情に蝕《むしば》まれながら、必要以上に肩に食らいついていたところで、プツリと意識が途切れた。

正気に戻った時、彼はベッドに縛り付けられていた。

腫《は》れている頬に気付いて、父であるベアウルフ侯爵に殴り飛ばされた記憶が思い起こされ、理性が飛んでいた際の光景の一部が蘇《よみがえ》った。まさかと思いたかったが、後日に引き合わされた子供の肩には、しっかりと自分の匂いが刻まれていた。

行動力のある母の陰謀で、女と遊ぶ暇を半分以上潰される勢いで見合い攻撃が始まった。父に社交パーティーに引っ張り出され、『求婚痣』を刻んでしまった子供との時間を作らされた。

子供の名前はカティ。露骨に顔を歪《ゆが》める、庶民籍の失礼な子供だった。

バウンゼン伯爵と同じ、少しだけ癖のある柔らかいくすんだ金色の髪をして、睨み上げてくるエメラルドの瞳はいつも反抗的だ。小さい癖に無駄にすばしっこく、野生児並みのじゃじゃ馬っぷりで足癖も非常に悪い。

普通の貴族が聞いたら腰を抜かすほど、その子供は下品な言葉を平気で使い、碌《ろく》に挨拶《あいさつ》も出来なければ愛想というものもなかった。そのせいか、あの子供に関わると、レオルドは妙に苛々した。

誰にも懐かない野良猫みたいなガキ――。

それが、レオルドがカティに抱えていた印象だった。

病弱だったバウンゼン伯爵家のセシルが、病気の完治報告として父親と共に王宮のパーティーに現れた時には、まるでカティと瓜二《うりふた》つの姿に驚かされた。しかし、すぐに例の下品な野生児とは違うとも分かった。

セシルは、伯爵家に相応《ふさわ》しい品を漂わせ、穏やかな目をした儚《はかな》い美しさを持った少年だった。闘病生活で遅れていた勉強を、たった二年で取り戻し、その後も病弱だったとは思えないほどの才能を発揮した。身長もぐっと伸び始め、自信も窺えるようになった笑顔は、今後の頼もしい大人の彼を想像させるかのようだった。

それに比べて、カティは全然成長が見られなかった。

いずれは伯爵家の養子に迎えられるかもしれないと噂されていながら、カティは、相変わらず平隊員の集まりと呼ばれる治安部隊で暴れ回っていた。顔を会わせるたび、懐かない猫のように毛を逆立ててくる。それが、レオルドにはひどく気に食わなかった。

レオルドは昨年の暮れから今春にかけて、数人の仮婚約者が出来ていた。

獣人貴族の見合いの期間は二年から三年なので、そろそろ仮婚約者達の中から、婚約者を決めるための選定時期に入る。なかなか気の合いそうな獣人の令嬢達なので、どう転んだとしても悪くないだろうとも思えるが、……紳士の振りをして接する時間は面白いものの、女遊びをしていた頃の一割の熱意も覚えていない。

とはいえ、見合いは比較的順調に進んではいたので、レオルドは、カティにその件で精神的な攻撃をされても、若干の余裕は持てるようにもなっていた。そのおかげもあって、罵倒《ばとう》のやりとりも減った。

そう考えたところで、レオルドは不意に「違う」と気付かされた。

カティから掛けられる喧嘩言葉が、確実に減っているのだ。

思い返せば、カティが真っ直ぐ睨んでくるような時間は、明らかに少なくなっていた。茶会で視線をそらされた後、レオルドが長らく横顔を見ていられるぐらいに、振り向いてもくれない。それが、どうしてか胸をざわつかせた。

こっちを見ろよ。出会ってしばらくの頃みたいに、お決まりのような文句でも言えばいい。

レオルドは茶会で、カティの横顔を見つめながら、そんな事を思っていた。たかが人族のガキのオスに、必要以上に心が乱されるなんてと自身に困惑も覚えている。

一体、俺はどうしてしまったのだろう。あの子供が「女たらしは駄目」だとか、よく分からない事を言ってから、もう随分と社交界でも遊んでいない。

もやもやとした気分が晴れないまま、レオルドはこの日、猫科の獣人貴族シャロン・キャルロットと見合いを行った。

シャロンは、艶のある漆黒の髪と金の瞳に、女性として魅力的な身体をした妖艶な女性だった。レオルドは彼女と顔を会わせて初めて、数年前の仮面舞踏会で遊んだ事のあった獣人だと気付いた。

「わたくし、あなたと結婚するつもりはございませんわ。結婚したい人族の人がおりますの」

そのための踏み台になって下さいませ、とシャロンは、見合い開始早々に面白い事を言った。

興味を覚えて話を聞くと、彼女は今年で二十三歳であり、結婚適齢期の終盤にさしかかっていた。異性に人気があるという、一種のステータスにもなっている『求婚痣』を使って、踏ん切りがつかないでいる家の専属画家の男を、けしかけるつもりでいるらしい。

「最後の我が儘《まま》なんですの。わたくし、十三歳も年下だからと気にされている程度で諦められるほど、安い恋をしていないと彼に証明したいのです。あなたのお母様にも協力頂いて、この見合いを利用させて頂こうと思い、本日は参りました」

「どうして俺か聞いても？」

「あら、社交界であなたほど堂々と遊んでいる人も少ないでしょう？　オスとしては魅力的だけれど、わたくし、直感のままに初恋の男だけが欲しいんですの」

シャロンが挑発するように微笑《ほほえ》み、テーブル越しにそっと手を伸ばして来た。

婚約者候補を挙げておく事にデメリットはない。仮の『求婚痣』は互いの了承があって初めて行えるもので、噛む許可をもらえるほどに魅力的な個体だというステータスにもなる。

獣人の『求婚痣』は、一族によって紋様が異なる。特に格式高い獣人貴族の紋様は特徴的で、女性は、格式の高い家の『求婚痣』をわざと見える場所に持つ事で、自身がそれほど魅力的な異性である事を示し、婚約相手を選べる立場であるともアピールするのだ。

噛むことへの欲求は覚えなかったが、人族の男を追い駆けているシャロンの企《たくら》みは面白くもあった。レオルドは、これまでの令嬢達と同じように『求婚痣』を与えるべく、彼女の手を取り、シャロンが望む手の甲に小さく前歯を立てて、カリッと噛んだ。

小さな傷口はすぐに塞《ふさ》がり、親指の先ほどの黒い紋様が咲いた。獣の鬣《たてがみ》や炎のようにも見える『求婚痣』を見て、シャロンが満足げに「キレイですわね」とかざし、猫のように愛嬌のある目を細めた。

仮婚約でつける痣に関しては、紋様のごく一部分でしかない。つける場所も相手が希望する個所に行い、一族ごとに異なる求婚の、正式な噛み位置に歯を立てないのも仮婚約のルールだ。猫科は首の後ろ、犬科のほとんどは首の近く。他にも肩の横、鎖骨の下、脇腹《わきばら》、足、と色々ある。

レオルドは、シャロンの様子を見て、複雑な気分になった。

本当はもっと美しいものだと——そう込み上げた気持ちに、レオルドは遅れて一つの事実に気付いた。

そういえば、俺は人生で初めて与えた、『求婚痣』をまともに見ていない。

自分の匂いが刻まれた子供は、身体が熟していなかったせいで、当時は酷《ひど》い熱で倒れたのだとは聞いていた。専属医であるレイが紋様を確認したとは言っていたが、どのようなものだったかは口にしていなかった。

ベアウルフ家は、最古の大狼の血を引く一族だ。母が猫科である事もあって、レオルドにとって、本能的に定められた正式な求婚の噛み位置は、首か、その近くだった。

自分が思い切り噛んだ肩には、一体どのような『求婚痣』が咲いたのか。

後半年もしないうちに、あの『求婚痣』をつけてから三年目が来る。痣は二年以上三年未満では消えるから、レオルドは、数ヶ月経てば、ようやくあの子供とは白い関係に戻れるのだ。

つまり、あの子供の身体から、レオルドの『匂い』も消え去る。

そうなったら、もう関わる事もないのだろうなと思えた。あの子供は社交辞令も言わず、「ようやく消えてくれたし、バイバイ」と懐かない猫のように、こちらを振り返る事もなく去っていくのだ。日常会話も成立しなかったから、いつか町中であの子供を見掛けたとしても、関わる事もないだろう。

そう想像したレオルドは、不意に、胸を貫かれるような強い動揺を覚えた。

何故か、足元が揺らぐような焦燥感に、胸がぎゅっと縮こまった。熱に浮かされながら、必死で子供の背中を追い駆けた記憶の残滓《ざんし》が目の前にちらついて、どうしようもなく苦しくなる。

きっと気のせいだ。何を馬鹿な事をと自分を嗤《わら》い、レオルドは仮婚約者として成立した女性を送るため、シャロンを伴って外へ出た。

シャロンが、家の専属画家である男への土産《みやげ》を買って帰りたいと言い、レオルドは腕に当たる彼女の素晴らしい肉付きに満足して「どうぞ」と、それに付き合う事にした。

貴族として紳士的な皮を被《かぶ》るのは嫌いではない。周りのメスが求めるような視線を向けてくる様子は悪くなく、オスから向けられる羨望の眼差しも愉快である。

「ほんと、あなたってゲスね」

「俺は紳士だろう？」

人族の男の首に噛みつこうと目論《もくろ》むシャロンが、レオルドの考えを読んだように眼差しだけで非難し、完璧《かんぺき》な美貌《びぼう》で微笑んだ。レオルドも、上辺だけの凛々しい艶《つや》のある笑顔を張り付かせた。

するとしばらくもしないうちに、シャロンが彼の腕に身を絡めたまま足を止めた。

知り合いでもいたのか、彼女はじっとそちらを見て、唐突に「うふふ」と上品な笑い声を上げた。

「とても仲の良い子がいると聞いていたけれど、あの子なのね」

彼女は微笑ましそうに口にしたが、そちらの方向から知った声が聞こえて来て、レオルドは答える余裕がなくなった。

まさか、とシャロンが見ている場所へ目を走らせると、そこには、同じ治安部隊の隊服に身を包んだ若い獣人のオス達にじゃれつかれている、あの子供の姿があった。随分親しげな様子で言葉を交わしている。

その時、彼らがレオルドの『求婚痣』がある右肩へ鼻を寄せて、匂いを確認しだした。少しもしないうちに、今度は、普段は髪で隠れているカティの耳の下あたりまでも鼻先で探り始める。

「ふふふ、まだまだ子猫《こねこ》みたいねぇ、わたくしの従弟《いとこ》は。成長期で好奇心が強くって、あれぐらいの歳だと甘えてじゃれたがる頃よねぇ」

成長変化を控えたオスが、下心もなく、ただ甘えてじゃれるものか。

女遊びを覚え始めた頃の自分を思い出し、レオルドはカッとなった。まるで警戒心もないカティの様子を見ていると、あっさり噛まれてしまっても文句は言えないぞ、という文句が飛び出しそうになる。

隣のシャロンに悟られまいと、レオルドは、どうにか理性を総動員して怒りを押し隠した。普段の反抗的な態度をどこへやったのか、カティは、困ったような顔をしていた。オスの方の鼻先が敏感な部分に触れたのか、飛び上がったものの本気で怒る様子は見せない。

すると、猫の男の方が、じゃれるように何事か話しかけた後、カティの首筋へ深く顔を潜り込ませ――。

レオルドの獣目が、猫のオスが子供の細い首を、チロリ、と舐める姿をハッキリと捉えた。

カティが大きな目をこぼれんばかりに見開き、恥ずかしさに頬を染めて、ガバリと立ち上がった。舐められた首を手で押さえると、親愛さえ窺える潤んだ目で、獣人の少年達を怒り始めた。

愛想がないし可愛くない。いつも反抗的で、むっつりと黙り込んでジロリと睨みつけてくる、誰にも懐かない猫みたいな子供……それが、レオルドの知るカティだ。

だというのに、あれは、何だ？

同じ部隊員というだけなのに、カティは獣人のガキのオス達に、レオルドが見た事もない人懐っこい愛嬌のある顔で表情をころころと変えた。きょとんとした横顔は随分と幼くて、相手のオスを全く警戒していない事が見て取れる。

「うふふ、もしかして、相性が良いのかもしれないわ」

「……相性……」

「可愛らしい組み合わせで、お似合いだと思わなくって？　ほら、あの子達、すごく楽しそうよ」

相性が良い？　お似合いだと？　そんな馬鹿な事あってたまるか！

その時、レオルドは猫の方のオスと目が合った。

続いて犬の方のオスと揃《そろ》って振り返ったカティが、警戒心を持った猫のように身体を強張らせた。不穏な空気を感じ取った子供組が、恐る恐る歩き去ろうとする様子を見せて、レオルドの中のどす黒い感情が膨れ上がった。

容易《たやす》く折れそうなあの子供の首筋に、レオルドは、あの日以来近づけた事などない。だというのに、レオルドさえ見たことがない『求婚痣』に、あのオス達は勝手に鼻を寄せたのだ。あれはレオルドの仮婚約者だというのに、誰の許しを得てガキのオス達は、あの子供の両腕を押さえ込み、あまつさえ鼻先と舌で肌にまで触れたのか。

あんなに近くから匂いを嗅がれていたのだから、今頃、あの子供の首の周りには、あのオス達の匂いがまとわりついている事だろう。

そもそも、俺の方が魅力的なオスだというのに、何故あの子供は、オス臭さもないガキ相手に頬なんて染めたのだ。何で俺を真っ直ぐ見ないで、あんな……。

並んで歩き去る三人の後ろ姿を見て、唐突に、レオルドの思考は硬直した。

仮婚約者でなくなる近い未来、振り返らずどこかへ行ってしまうカティが、一人ではない事に強い衝撃を覚えた。考えてみれば当然の事なのだが、あれは懐かない猫ではないのだから、友人や、それ以上の誰かと長い人生を共にするのだ。

大人になるまでに、カティは多くの人と出会うだろう。つまり、このままだとレオルドは、カティの記憶の片隅にすら残らないに違いない。

そう思っている間にも、カティの小さな姿が人混みに紛れていって、レオルドは居ても立ってもいられなくなった。

「すまない、キャルロット嬢。ここから一人で帰れるだろうか」

「え？　えぇ、構わないけれど……威嚇《いかく》なんてされて、一体どうされましたの？」

「真ん中にいた子供は、俺の仮婚約者だ」

腕に絡んでいたシャロンの手を解き、レオルドは、答えるや否や走り出していた。

残されたシャロンは、レオルドがあっという間に人混みの中に紛れてしまう姿を、茫然《ぼうぜん》と見送った。

求愛する相手に関わると周りが見えなくなり、誰よりも何よりも最優先で追い駆けてしまう。

そんな様子の獣人を、シャロンは何度も目にした事があったので戸惑った。獣人としての本能を疑われるほど冷徹だと噂されていた狼隊長が、ここに来て獣人の性《さが》に翻弄《ほんろう》されている姿を、誰が想像するだろうか。

「……もしかして、本当に、彼にも春が来たって事……?」

ごく一部の令嬢達の間で、レオルドにまつわる、ある噂が密《ひそ》かに回り始めていた。狼隊長は、既に本命の相手を見付けている。だから、魅力的なメスの見合い相手に対しても熱が持てないでいるのだ、と。

ベアウルフ侯爵家の本物の『求婚痣』は、それは見事な、円状の大輪の花のような素晴らしい紋様なのだという。

シャロンは、立ち尽くしたまま「どうしましょう」とぼやいた。

とりあえず、協力してくれている彼に迷惑を掛ける訳にはいかないので、この件に関しては、ベアウルフ侯爵夫人か、従兄弟のウルズぐらいには教えておいてやろう。

自分には追い駆けている男がいて、とてもではないが、余所《よそ》の恋沙汰《こいざた》に関わっている余裕はないのだから。

走り出して数分も経《た》たずに、鼻先を動かしたウルズが「ん?」と顔を顰《しか》めた。

カティ達は、賑《にぎ》わう市場通りに溢《あふ》れる通行人を、器用に避けながら駆けていた。ルート権を持つリーダーのヴィンセントを先頭に、カティとウルズが、後方にぴったりとついて走っている。

「どうしたの、ウルズ?」

「この匂《にお》いって……いや、まさか。あれだよね、カティの肩からの匂いだよね?」

ウルズが口許《くちもと》の笑みを引き攣《つ》らせながら、同意を求めるように、黒い目をヴィンセントへ寄越した。

後方を素早く確認したヴィンセントが、ギョッと目を剥《む》いた。彼の耳と尻尾《しっぽ》の毛が一瞬にして針のように尖《とが》り膨らむのを見て、ウルズが絶望したような泣きそうな顔をした。

カティは、彼らの言いたい事を遅れて理解し、思わず息を呑《の》んだ。

まさか、と思った。何故《なぜ》ならこれまで、女性と一緒にいるレオルドを目撃した事はあったが、特に言葉を交わす事もなかった。だから、追い駆けて来るなんてあるはずがないのだ。

もしや、この前の茶会の帰り際、木の実をこっそり馬車の窓からぶつけた事を、そんなに根に持っているのだろうか？

　どれほどの怒り具合で追ってきているのか。距離はどれぐらい離れていて、それは知らぬ振りで逃げ切れるものなのか……後ろの様子を確認したい気もするが、先程の険悪な眼差《まなざ》しのレオルドがいたら嫌だな、とも思う。

　カティが悩んでいると、ヴィンセントと同じ方向を見るべく、恐る恐る肩越しに目を向けたウルズが、途端に飛び上がった。

「カティッ、後ろ！」

　そう警告するウルズの声が聞こえた瞬間、カティは後ろ襟首を持ち上げられて「ぐぇッ」と声を上げていた。

　一瞬、カティは何が起こったのか分からず、両足が地面から離れている現状をゆっくりと確認した。視線が高くなった位置にぶら下げられたまま、足を止めて驚愕《きょうがく》の表情を浮かべているヴィンセントとウルズに、一体どうなってんの、と尋ねるべく茫然《ぼうぜん》と目を合わせた時――。

「仕事の途中で申し訳ないが、俺《おれ》の仮婚約者は、ここで早退させてもらおう」

　すぐ後ろから、聞き慣れたレオルドの低い声がした。

　構わないか、と冷静に尋ねる口調だが、その声色は有無を言わさないような圧力を孕んでおり、ヴィンセントとウルズが、カティの後方を見上げて必死に首を上下に振っていた。

　カティは、そこでようやく、レオルドに腕一本で猫のように持ち上げられている現状を把握した。そうしている間にも、レオルドが踵《きびす》を返してしまう。

カティは、仲間に見捨てられた状況を察して、ぶら下げられたまま首を回して友人達を見た。

「ヴィンセント、ウルズッ、この薄情者ぉぉおおおお！」

なんで肯《うなず》いてあっさり見送るわけ!?

カティが泣きそうな顔で睨《にら》み付けると、彼らは今にも死にそうな表情を、そっとそらした。

「すまんな、カティ。仮婚約者同士の話し合いに、部外者は口を突っ込めないというか……」

「うん、ごめんね、カティ。僕らには介入出来ない問題だから、自分で頑張ってね……。安心して、報告書は僕らの方でやっておくからさ…………」

「そんなのはいいから助けろ馬鹿《ばか》ぁ！」

そんな必死の叫びもむなしく、レオルドは、どんどん二人から離れていってしまう。

カティは、味方のいない状況で心細さに襲われ、いつもはないレオルドの無言の威圧感と行動に強い不安を覚えた。自分の足で歩けず強制連行されているせいか、恐ろしい目に遭うのではないかと手足が竦《すく》む。

本人の前でどんなに悪口を言えるとしても、カティは、レオルドが怖いのだ。出会い頭に襲われた件の他《ほか》にも、これまで自信を持っていた剣でも完敗させられて、敵《かな》わないと実感している。

いつも何を考えているのか分からなくて怖い。これまで見た事もない、大きな身体《からだ》も怖い。

どうしよう。何か話さなければと、カティは必死に喋《しゃべ》る糸口を探した。黙っていると、どんどん不安が膨れてくるような気がする。

カティにはもう、守ってくれる父や母はいないのだ。カティはあの日から、もう、守られるような女の子じゃない。

とりあえず落ち着こう。レオルドがこれだけ怒っている理由については、一つ思い当たる事があるので、ひとまず、先手を打って謝っておいた方がいい。

カティは決心して顔を上げた。チラリと横目で見上げたレオルドの厳しい横顔に、思わず気《け》圧《お》されそうになって唾《つば》を呑み込み、つい「あの」と弱々しい声が出た。

「……えっと……あ、あのさ。木の実を馬車から投げつけた事、そんなに怒ってるの……？」

「いつの話だ」

目も向けないまま興味もなさそうに切り返されて、カティは、予想外の反応に首を捻《ひね》った。

「この前の茶会だよ。後頭部に決まるのを見届けてすぐに隠れたから、どれぐらい痛かったのかは確認しなかったけど……いつも『卑怯《ひきょう》な手で一本取るな』って言ってたから、それで怒っているのかと思って……」

「痛くもない事をいちいち覚えていられるか。たかが木の実で、獣人《じゅうじん》の頭に痛みを与えられる訳がないだろう。――それに、俺は怒っていない」

「えぇッ、こんなにも怒ったみたいな怖い顔してるのに!?」

「あ？」

レオルドが疑問を含んだ野太い声を上げたので、カティは、うっかり本音をこぼしてしまった口を、大慌てで塞《ふさ》いだ。

普段から、レオルドは近寄り難い不機嫌な表情をしている。そのうえ顔の中心に皺《しわ》が寄ると、泣く子も黙るレベルの形相になるのだ。カティとしては、仮婚約といった事情がなかったら関わっていないタイプの男である。

しかし、そう白状するのは、自分の弱さを認めるようで嫌だった。

カティは視線を泳がせ、レオルドの探るような眼差しに気付かない振りをした。彼はカティの文句も捨て台詞《せりふ》も、いつも無視するような男であるので、きっと大じょ――

「俺はそんなに怖い顔をしているか」

――大丈夫じゃなかった。後頭部には視線が突き刺さったままだし、聞き流して欲しかったところを、ピンポイントで拾い上げてきた。

なんでこんな時に限って、とカティは困り果てた。まともな会話のキャッチボールが続いた事なんて、これまであっただろうか。話すのも面倒だと、最近は互いにむっつりと黙っていたような気がするのに……。

「おい、聞いているのか」

「そ、その、別に、いつもの顔なんじゃないかと……」

「こっちを見ろ」

次第に強くなる声に苛立《いらだ》ちを感じて、カティは気圧されてしまい、チラリと視線を上げた。

そこには、相変わらず眉間《みけん》に深い皺を刻んだ、レオルドの不機嫌面があった。凶暴面が更に凄《すご》みを増して、不穏な空気しか感じない。

特に何も考えていなかったカティは、とりあえず一度だけ彼の顔を見て、それから明後日《あさって》の方向へ視線を逃がした。

確実に何かに対して怒っているような気がするのだが、原因が分からない。

本人は怒っていないと主張しているし、カティは、どうしたものかと頭を悩ませた。上手《うま》くいっていなかったと思っていた見合いは、どうやら順調に進められているようだし、そうすると、彼が苛々《いらいら》しているのは、カティが嫌いという単純な行動理由しか思い浮かばない。

そういう感情は大抵、噛《か》んだ方ではなく、うっかり噛まれてしまった方が持つべきではないのだろうか。

加害者が一方的に嫌うというのも自分勝手な話である。カティは呆《あき》れつつも、こちらがどう思って行動しても、結果的には彼のストレスを煽《あお》るのだと推測した。今のレオルドは絶対に怒っているし、へたな謝罪も逃げも許されないとあっては、もはや策がない。

仮婚約がストレスになっているのなら、早く誰かと婚約を決めればいいのに。

そう意識をそらして半ば現実逃避したカティは、レオルドが辻《つじ》馬車の御者に話しかけた事に気付けなかった。彼は御者の男に金を握らせると、走らせるスピードと行き先について手短かに告げ、カティを馬車の中の柔らかい座席の上に放り投げた。

「痛ぇッ」

一体何事だ、とカティが座席の上で身を動かした時、続いてレオルドが乗り込んできた。彼が向かいの席に座ると同時に、馬車がゆっくりと動き出した。

カティは、走り出した馬車の座席に慌てて腰を落ち着けた。どうやら一等馬車のようで、室内は広く、シートのクッション性も良かった。馬車はかなりゆっくりとした走行を始め、発進以降は振動もほとんどなかった。

二人きりの車内が落ち着かず、カティは緊張感に身を竦めて、両膝《りょうひざ》をぴったりと合わせて座った。座席の中央にどっかりと腰を降ろしたレオルドは、身体が大きいせいか若干窮屈そうにも見えたが、今は、それが可笑《おか》しいといった感想さえ持てる余裕がなかった。

カティは、座るなりこちらを鋭く見据えるレオルドを見ていられず、所在なく視線を泳がせた。そもそも、この馬車は一体どこへ向かっているのだろうか？

「俺達は、話をする必要があると思う」

唐突に、レオルドが腕を組んだまま不満そうに切り出した。

カティは、そこでようやく彼を上目に見つめ、訝《いぶか》しげに眉《まゆ》を顰《ひそ》めた。

「話……？」

『仮婚約者が定期的に会う事を義務付けられているのは、互いの事を知るためだ」

「はあ、なるほど……？　でも、私達には特に必要ないんじゃないかと思うけど。……その、誰《だれ》も得をしないし？」

　この関係も、あと数ヶ月で終えられるのだ。

　カティは、本来の意味合いで『求婚痣《あざ》』をつけられた訳ではないのだから、今更、きちんと仮婚約者としての行動を取る理由もないように思えた。

「怒るばかりでは話もままならないし、その結果が今だ」

　しかし、カティの意見を流すように、レオルドが改めてそう口にした。彼は一度目を伏せると、眉間に皺も刻まず、真面目《まじめ》な顔をカティへ戻した。

「お互い初めが悪かった。そもそも俺が怒ったのがお門違いだ。そちらの件については、改めて謝罪したい」

「え、一体どうしたのさ。というか謝罪？」

「出会いがどうであれ、今の俺達は、仮婚約者同士だろう」

「仮婚約者同士って……あの、ちょっと待って。私達の仮婚約ってあれだよね？　その、うっかり的な暴走状態の結果な訳で、何で急に――」

「そういう理屈や、子供じみた意地を、まずは一旦捨てよう」

　レオルドが諭すような口調でそう言い切った。野太い声はそのままなのだが、どこか焦ってもいるようで、先程と違ってあまり怖さは覚えなかった。

カティは、どういう事だろうかと目で問い返した。カティが話を聞く姿勢になった事を見て取ったレオルドが、浅く肯いて話を続けた。

「俺達は互いの事を知らな過ぎると思う。さっきのも、別にお前に怒ったわけじゃない。話をするのに必要のない怒りも理屈も、とりあえず置いて、今一度話がしたい」

「……えぇと、よく分からないいんだけど。それはつまり、突然怒ったりしないって事……？」

「そうだ、俺は怒らない。お前とは冷静に向かい合う」

確認するように、レオルドが言葉を区切って断言した。

怒らないという事は、怖がる必要もないという事だろうか。しかし、突然そんな事を言われても意味が分からない。

カティは、相変わらずレオルドが何を考えているのか察せず、困惑した。

「あの、お話しするだけ？　本当に怒らない？」

「怒らない」

「今も怒ってない？」

「……特に怒っているつもりはない」

レオルドが、むっつりとそう言い返した。大きく足を開いたまま、しっかりと胸の前で腕を組む様子は、まるで手を上げないと主張しているような気もする。

どういう事だろうか。あのレオルドが、なんか変だ。

戸惑いながらも、カティは好奇心から確かめずにはいられなくなった。恐る恐る歩み寄り、座る彼のすぐ目の前に立ってみたのだが、レオルドは、こちらの様子をじっと窺《うかが》っているだけで動く様子はなかった。

確かめたいと思ってここまで来たものの、カティは迷いもあって、しばらくは手を上げたり降ろしたり、彼に指を向け掛けて、躊躇《ためら》い握り込む、といった動作を繰り返した。

レオルドは、こちらの様子をじっと見つめるだけで、一連の行動の一つさえ咎《とが》める気配を見せなかった。座っていてもなお、カティよりも視線が高い事に遅れて気付くと、腕を解いて開いた膝の上に置き、背を丸めるように目線を合わせてきた。

同じ高さから見つめ合う形となり、カティの中で、レオルドに対する恐れがまた少し減退した。

彼に無言で「どうぞ」と言われているような気がして、僅《わず》かに警戒心が緩んだカティは、おずおずと両手を伸ばした。これなら絶対に怒るのではないのか、と思いながら、普段立っている時は絶対に届かない、硬そうな彼の赤茶色の短髪に両手を置いてみた。

「…………」

「…………」

レオルドは特に反応も見せず、じっとこちらを見据えたままだ。

緊張していたのが馬鹿みたいにあっさりと目標が達成できて、カティの中で、次なる好奇心が芽生えた。「これなら怒るかも」と思いながら、まるで野生の狼《おおかみ》か犬の毛並みのような、しっかりとした彼の髪を、両手でぐしゃぐしゃに撫《な》で回してみた。

それでもレオルドは、大人《おとな》しく撫で回されていた。彼の頭は大きいから、本物の野獣を手懐けているような気分になって、カティは、知らず「わぁ」と呟《つぶや》いて目を輝かせていた。

「子供のやる事はよく分からんな。楽しいのか」

「うーん、どうだろう？　というか、本当に怒らないのにびっくりした」

レオルドの眉間が僅かに寄る気配がして、カティは条件反射のように手を止めると、そっと手を離し、ゆっくりと後退した。

一瞬、彼のきりっとした眉がピクリと跳ねた。レオルドは、先程と違うようにも思える眼差しで、思案するようにこちらをじぃっと見つめてくる。

カティは、普段とは違う彼の、その眼差しに慣れず身じろぎをした。

「……あの、さ。二十八歳になって急に大人になったの？」

「言っておくが、俺はこれが地なんだ」

「ふうん。そうなんだ？」

カティの知っているレオルドは、こんなに落ち着いたように喋らないので、変な感じがした。

一連の確認作業で緊張が解けた事もあり、カティは向かいの座席に戻ると、彼の顔を真《ま》っ直《す》ぐ見つめ返した。

話をしようと言ったにもかかわらず、しばらく、レオルドがどこか興味深そうに探る眼差しを向けたまま黙り込んでいたので、カティは不思議に思って小首を傾《かし》げた。

「お話、しないの？」

思わず問い掛けてみると、レオルドが僅かに目を見開いた。

取り繕うように視線をそらして背をもたれた彼は、考える時間を稼ぐように顎《あご》を撫で、「そうだな」と呟いた。

「まずは、お互いの近況についてでも話そうか。俺の方は、クソ忙しいのが一段落した。それから、……そうだな、婚約者候補が五人決まっている状況だ」

「あ、そういえばヴィンセントから聞いたよ、おめでとう。てっきり性格が駄目過ぎて、惨敗続きなのかと思っていたからさ。見合いの件で文句言った事、ちょっと反省してたんだよね」

「人族の貴族の結婚活動も数年は掛かるだろう。――それよりも、その『ヴィンセント』というのは一体誰だ？」

何気ない口調で問われたので、カティは自分が今、治安部隊の第七班に所属しており、入団当時からの相棒であるヴィンセントと、ウルズと同じ班である事を教えた。

彼らは面倒見が良くて、頼りになる同僚兼友人で、二人と一緒にいるのは楽しい事。それから、他の部隊員達とも気軽に話せる仲で、運動量が多く賑やかな職場の環境が気に入っており、ザガス部隊長も仲良くしてくれている事も語った。

「春は馬鹿みたいに騒ぎが多いから、残業も結構あるかも。それから、――……伯父さんが心配性と言うか、過保護ですごくウザい」

カティは、思い出して一人項垂《うなだ》れた。

「とにかく鬱陶《うっとう》しいぐらい心配性で困る。もう少しで十六歳になるのに、陽《ひ》が暮れたら即迎えの馬車寄越すとか、おかしくない？」

「貴族なら普通だろう。――……多分」

「絶対に嘘《うそ》だね。ヴィンセントもウルズも、他の貴族の部隊員も、迎えが来た事なんてないよ。ッて、あぁ！　思い出した！」

そういえば、とカティは素早く顔を上げた。

レオルドが驚いたように目を瞠《みは》ったが、彼女は構わず感情のまま口を開いた。

「というか、お前！　『求婚痣』って噛んだ人が特定出来るとか、知らなかったんだけど⁉」

「それぐらい常識――いや、そうか。お前は地方の出身だったな」

「ヴィンセント達に指摘されるまで気付かなかったよッ。そういうのは初めに言って欲しかった。というか、あいつらも匂いが変わってきたとか妙な事言って、おかげで猫舌に舐《な》められた」

首にその感触が蘇《よみがえ》り、カティは再び手で拭《ぬぐ》いながら、ゆっくりと景色が流れていく車窓へ目を向けた。

そこに見覚えのある道並みがあるのを見て、馬車がベアウルフ侯爵邸の近くまで来ている事に気が付いた。話をするために、屋敷で茶会でも開くつもりなのだろうか？

「猫のオス臭さが一番強いからな……」

思案していたカティは、地を這《は》うようなレオルドの呟きが聞き取れず、振り返りながら「何？」と尋ね返した。

彼はすぐに眉間の皺を消して、何でもないというように首を小さく振った。

「匂いが変わっているとは、どういう事だ？」

「さぁ。臭くはないって言ってたけど、本当に微かに香るとか？　私もよく分からないけど、多分お湯の匂いが変わったせいだと思う」

「ふうん……。他の獣人の匂いが付いているせいで、よく分からないな」

不意にレオルドの雰囲気が変わったような気がして、カティは、条件反射のように身を強張《こわば》らせた。思案するように座席へ視線を落とした彼が、本来の目的を思い出したようにギラリと瞳《ひとみ》を細めた――ような気がする。

腰が引けて座席の上に後退すると、レオルドが音に気付いて顔を上げた。目が合うと、彼は先程の不穏な空気は気のせいだといわんばかりに、にっこりと笑った。

え、笑……？

初めて見るレオルドの愛想笑いを見て、カティは固まった。

口許を上品に引き上げたレオルドは、厳しい雰囲気が嘘臭いほどに薄れ、凛々《りり》しい顔に不敵な自信が覗《のぞ》くような、艶《つや》のある笑みが似合う好青年になった。

しかし、今、笑顔を向けられている相手はカティであり、彼は間違ってもレオルド本人なのである。互いが勝負をしかけて一本を取るような関係であったので、裏があるような嫌な予感しかしなかった。

「あの、一体どうしたんですかね……？　あんた、そういう顔するような人じゃないですよね？」

「えらく遠い距離感で出たな、仮婚約者殿」

その時、馬車が目的の場所への到着を告げるように止まり、レオルドが腰を上げた。

カティは、目の前に立ち塞がった大きな男を見上げた。落ちる影の向こうに、獣のように光る金緑の瞳が見えて、知らず顔が引き攣った。

「さて、そのままだったら気持ち悪いだろう？　むしろ俺は、何故か無性に不快でならない」

「は……え、何が……？」

「いいか、俺は怒ってはいないし、お前のためでもあると思うから、今の状況で俺を拒絶しないで欲しい。——そうだな、俺達はもともと言葉数が少ないから、小さな疑問も思いも、まずは言葉で伝え合うのがいい。これからは、そうしよう」

怒っていないという言葉を聞いて、カティは知らず、僅かに肩の強張りを解いていた。レオルドが、ほんの数秒思案し、口角に笑みを浮かべて諭すような声で続けた。

「いがみ合い続けるのは嫌だと思わないか？　俺としては、数十分前の距離感に戻られるのは我慢ならないとも感じている」

「距離感……？　よく分からないけど、まぁ何を考えているのか分からないよりは、言葉にして教える方がいいかな、とは思うけど……？」

「そうだろう。まず俺の方の心境を伝えると、我慢ならない衝動がある。俺自身もよく分からないものだが、利害の一致で協力すれば胸のわだかまりも消えて、俺達は冷静なままでいられると思うんだ」

冷静なままって一体なんだ。怒っていないし、怒らないのではなかったのか。

不穏な空気を感じて、カティは身を縮ませた。怯《おび》える必要はないと宥《なだ》めるように、レオルドがまたにっこりとして、ゆっくりと身を屈《かが》めて来たが、その目は笑っていなかった。

「前もって謝罪はしておく。とりあえず、いや至急、――その獣人共の匂いを洗い流させろ」

瞬間、視界がぐるりと反転し、カティは彼の肩に荷物のように担がれていた。

◆

ベアウルフ侯爵邸で出迎えた使用人達の、ざわめく声が聞こえた。

何人かの若いメイドが「お待ち下さいッ」と懇願するような小さな悲鳴を上げたが、レオルドは振り切るように、長い足でぐんぐんと屋敷内を進んでいく。

カティは何がなんだか分からず、彼の大きな肩に担がれたまま、躊躇《ちゅうちょ》ない歩みに上下する視界に堪《こら》え切れず口を押さえていた。今周りの状況に目を走らせたら吐く自信があり、遠ざかっていくざわめきの様子も確認出来なかった。

レオルドが一つの部屋の扉を乱暴に開け、迷う事なく奥へと足を進めた。

つれこまれたのが広い浴室だと気付いた時、カティは浴室の壁に背を預けるように下ろされ、座り込んだ途端に頭からお湯のシャワーを浴びせられた。

容赦なく頭のてっぺんから湯が掛けられ、カティは「うぎゃあッ」と色気もない悲鳴を上げた。髪先や頬《ほお》を伝って、水があっという間に隊服を濡《ぬ》らし、カティは目に入ったお湯を慌てて何度も手で拭った。

「何すんのッ、全部濡れ――……」

言い掛けたカティは、視界の先に、跳ねた水飛沫《みずしぶき》に濡れる彼の軍靴とズボンを見て、口をつぐんだ。

訝しげに思って視線を上げると、そのタイミングでしゃがんで来た彼と目が合った。悪びれてもいない淡々とした表情をしたレオルドの左手には、シャワーの口、右手には柔らかそうなスポンジが収まっていた。

「は？　ちょっと待った。そのスポンジは一体な――」

指摘する暇もなく、彼が手を持ち上げて、カティの左の首筋をスポンジでごしごしと擦《こす》り始めた。

舐められた場所がピンポイントで分かるのか、レオルドは容赦なく、耳の下を中心に執拗《しつよう》に洗ってきた。カティは堪《たま》らず両手で彼の手を掴《つか》んで抵抗したが、止めるのは無理だった。

「うぎゃッ、やめろ馬鹿！　痛いってば！」

「気持ち悪いのを、家まで我慢させないようシャワーを貸してやってるんだ。少し擦るだけだから、大人しくしてろ」

「これで少し!?　というか待て待て待てッ、何で右側も擦るの!?」

「こっちには犬の奴《やつ》の匂いが付いてる」

シャワーが流れる音が浴室に反響していた。水に濡れた肌が、浴室の開いた出入り口から入り込む風に冷えるよりも早く、立ち昇る湯気が温かく包み込んでくる。

しばらく経った頃《ころ》、レオルドがようやく手を止め、満足げに顔を起こした。依然頭からシャワーを掛けられ続けているカティは、怨《うら》めしげに彼を睨み上げたのだが、改めてこちらを見降ろした彼の瞳が、どこか訝しむように細められた。

「何？　あんだけ擦っておきながら、まだ匂いがどうのとか言うんじゃないよね？」

勘弁してくれよ、と、カティは獣人という種族の謎《なぞ》の行動に呆れてしまった。

レオルドは、ほんの数秒ほど、カティに目を奪われていた。

濡れた髪が水の重みで垂れ下がり、カティの顔を覗かせるように、こめ髪や頬に張り付いている。普段は隠れている小さな耳も覗き、パッチリとしたエメラルドの丸い瞳が、レオルドを真っ直ぐ見つめ返していた。

カティが全然変わっていないと思っていたのは、どうやらレオルドだけだったらしい。

十六歳になる日を控えた子供は、垢《あか》が抜け始めた可愛《かわい》らしい顔立ちをしていた。

普段前髪で隠れているカティの額は形が良く、小さな目鼻立ちは愛嬌《あいきょう》があり、胡乱《うろん》げに顰められた瞳も、微塵《みじん》の嫌悪感すらも覚えないぐらい澄んで見える。同じ歳《とし》であるセシルの顔とは似つかないほど、どこか幼いようにも思えた。

シャワーの流水で乱れたシャツの襟元から、ちらりと覗いた鎖骨がレオルドの目を引いた。すっかり水分を吸い上げたジャケットが、小さな子供の身体に重々しく張り付いている。

そういえば、と先程気付いた一つの事柄が脳裏を過《よ》ぎった。

ここには、今、二人しかいない。

このチャンスを逃すのは惜しい気がして、レオルドは今すぐ、自分が思い切りつけた『求婚痣』を確認したくて堪らなくなった。

「――言い忘れていたな。ジャケットを脱げ」

「今更!?　というか、あんた袖《そで》もまくってないし、服とか凄い事になってるけど？」

カティは、ますますレオルドが分からなくなった。彼は後先考えず行動した事にようやく気付いたのか、シャワーとスポンジを持ったまま、ようやく自身の身体を見下ろして、しばし止まっていた。

レオルドが止まった隙《すき》に、カティは壁に沿って、少し身体の位置をずらした。水を吸ったジャケットの重さが腕にかかったが、睫毛《まつげ》を伝って落ちてくる滴を拭うと、頬に張り付いた髪を袖口でこめ髪になでつけた。

湯気で暖かい空気が保たれてはいるが、濡れた服が体に張り付いているせいで、肌が冷えるのも早い。

カティは心地の悪さを覚え、ジャケットをめくり、中のシャツが水でも透けない素材である事を確認して安堵《あんど》した。とりあえず、意味の分からない行動に出た彼には、責任を取らせるべく着替えを持って来させよう。

そう考えて、カティは一旦、重く邪魔になっているジャケットを脱いでそばに置いた。ようやく居心地の悪さが半ば改善したところで、ふと、スポンジが足元に置かれたのが見えて、訝しげに思って顔を上げた。

シャワーのお湯を止めないまま、それを壁に掛けたレオルドが、屈むようにこちらを覗き込んで来て、再び目の前でしゃがんで目線を合わせてきた。

「な、なに……？　あの、このままじゃ帰れないから、着替え貸してくれない？」

「それは用意する。その前に『求婚痣』を見たい」

「……は？」

もう五人も仮婚約者がいるというのに、こいつは何を言っているのだろうか？

カティは、訝しげにレオルドを窺った。彼は、カティの右肩をじぃっと見つめたまま動かず、先に確認しないと着替えも持って来ない、といわんばかりの態度だった。

無表情過ぎて、彼が何を考えているのか分からない。

チラリとでも見れば、納得して出ていってくれるだろう。カティはそう考え直し、諦めたように息を吐いて「別にいいけどさ」と、シャツの上のボタンを開けて、少し襟を引っ張って見せた。

「黒いのが見えるでしょ。それがそう。よし、じゃあ着替えを持ってき――」

「全部見たい」

カティは、襟を半ば戻しかけたところで硬直した。

ぎぎぎぎ、と音が立つようなぎこちなさで顔を向けると、そこには、恐ろしく真剣な表情をしたレオルドがいた。

「あの、嘘、だよね……？　ただの冗談だよね？」

「本気だが？」

そう言いながら、レオルドが、逃がさないとばかりに壁に両手をついて背を屈めた。

あの馬車の中で、初めて見せたような冷静な眼差しが、近い距離からカティの目を見つめ、鼻筋を辿《たど》って口へ、顎先を伝って首に、それから鎖骨を辿るように右肩へ滑り下りた。

「…………その、別に普通の『求婚痣』だと思うけど。うん。あんた、他にも噛んだ人いるよね……？」

「匂いも嗅《か》いでない」

「匂い!?　なんでそこで匂いが出てくんのッ」

「あのガキ共ともじゃれていただろう。獣人のコミュニケーションみたいなものだ、気にするな」

「気にするわ！」

取って付けたような台詞に、カティは猛抗議して右手を振り上げたが、あっさり押さえ込まれて易々《やすやす》と壁に捻り上げられてしまった。左手で懸命にシャツの胸元を握りしめたが、レオルドは構わず、慣れたように片手でシャツの上ボタンを外してしまう。

あっという間に右肩が晒《さら》け出され、カティは、熱心に眺めて来るレオルドの眼差しに、シャワーの熱気とは違う熱が顔に集中するのを感じた。

「やめろッ、ガン見するな！」

「これが俺の『求婚痣』か……──キレイだ」

「うえ!?」

そっと呟かれた言葉は穏やかで深く、カティは予想外の反応に動揺し、腹の中で考えていた暴言も吹き飛んだ。『求婚痣』を真っ直ぐ見つめる彼の金緑の瞳が、どこか眩《まぶ》しげに細められて、華奢《きゃしゃ》な白い肩に映える黒い『求婚痣』に引かれるように、レオルドが鼻先を寄せて来た。

彼の顔がゆっくりと肩口に埋まる気配に、カティはギョッとした。

「ひょわ!?　離れろ馬鹿ッ」

「匂いを嗅いでいるだけだ。あのガキ共はよくて、俺は駄目なのか？」

「ひぃッ、頼むからそこで喋るなッ、息とかくすぐったいから！」

耳に吐息をかけられるように、顔の横で低く囁《ささや》かれて、カティは、泣きたいようなむず痒《がゆ》さを覚えて震え上がった。

一旦カティの右腕を解放したレオルドが、より匂いを嗅ぐように、彼女の両肩をがっしりと掴んで壁に押さえつけ、首と肩の間にぐいっと顔を埋めてきた。カティは半《なか》ばパニックになり、彼の大きな胸板を両手で必死に押し返しながら、思いつくままに言葉を叫んだ。

「だ、だだだだってッ、お前がやると、何かやらしい感じがするんだもん！　だからダメ！」

すると、肩に鼻先を触れさせたところで、彼がピタリと動きを止めた。

カティは、彼の動きが止まってくれた事に安堵し、その隙に、壁のように覆い被《かぶ》さるような巨体をどかしてしまおうと両腕で押し返した。しかし、それは本物の壁のようにびくともせず、ますます本能的な焦りを覚えた。

「『やらしい』……」

「そ、そうだよ」

自分の台詞を反芻《はんすう》したレオルドに、カティは「だから退《ど》け」と言おうとしたところで、水気でやや冷え始めた肩に、しっとりとした生々しい何かを押し当てられて硬直した。

続けて、もう一度、ねっとりとした熱い物が肌の上を滑った。

離れる際にリップ音が耳について、カティは数秒遅れて、例の『求婚痣』のあたりを彼にペロリと舐められたのだと気付いた。

「初々しい反応で『やらしい』とか、イイな」

彼が何を指して良いと言っているのか分からない。

カティは疑問を覚えたのだが、『求婚痣』をもう一度舐められて余裕が吹き飛び、「うぎゃ！」と声を上げた。

すうっと匂いを嗅がれる呼吸音が、耳をついた。カティが身体を強張らせて逃げ腰になると、レオルドが茶化すように薄く笑い、掴んだ肩をぐっと引き寄せて、少し持ち上げた。

カティが驚きの声を上げるよりも早く、レオルドが小さく出した舌先で、先程のねっとりとしたものではなく、ふざけるようにペロペロと舐め始めた。肌の上を掠《かす》る程度に触れる舌先が猛烈にくすぐったくて、カティは、堪らず笑い声を上げて身をよじった。

「ぶッ、あはははは！　くすぐったいッ、腹が捻《よじ》れるからやめろってば！」

身体から強張りが抜け、笑いで弛緩《しかん》した腕で、カティは彼の胸板を弱々しく突っぱねた。

笑うような吐息で「子供だな」と低く呟かれたような気がしたが、自分の笑い声が浴室に響き渡っていたせいで、よくは聞こえなかった。

レオルドは、水に濡れたカティのしっとりとした肌と、警戒心もなく打ち解けたような穏やかな雰囲気に陶酔した。白い肌は舌触りが良く、掴まえた腕も肩も小さい。

耳を心地良く打つ笑い声には、距離感がぐっと近づいたような錯覚さえ覚えた。

ああ、もっと近づきたい。

レオルドは、隙間《すきま》なく密着したい欲が込み上げたが、抱きしめたら逃げられるだろう展開が脳裏を過ぎり、カティに気付かれないよう更に持ち上げて、曲げた自分の膝上を跨《また》がせるギリギリで留めた。

その時、レオルドは自分の髪に滑り込む、小さな指の感触に気付いて思考が止まった。

顔をそらして笑い続けるカティの細い指が、彼の頭を退かそうと、無意識に潜り込んで来たのだ。たったそれだけの触れ合いにもかかわらず、無性に堪らなくなって、レオルドの理性はぐらりと揺れた。

これまで聞いた怒った声、不満そうな声。今日初めて聞いた素直な声色と、笑い声の他にも、聞きたくなった。

警戒していないカティの声は、とても心地が良かった。ゆっくりと情欲《じょうよく》を煽られるようで気持ちが良く、啼《な》く声は、さぞ甘いに違いない。

レオルドは今すぐ聞きたくなって、カティの細い肩に、ゆっくりと頭を埋めた。

情欲的なキスを送るべく『求婚痣』に唇を押し付けると、驚いたカティが「ふ」と短い息を吐き、身を竦ませた。


「ぇ……？　な、に…………？」


浴室には変わらずシャワーの音が響いていたが、先程とは雰囲気の変わったレオルドの熱い吐息がやけに耳元について、カティは困惑した。

戸惑う間にも、レオルドは続けて肩にキスを落として来た。そのまま肌を絶妙な力加減でちゅっと吸われて、カティは身体をビクリと跳ねさせて、「ふ、ぁ」と自分でもよく分からない、鼻に付くような声をこぼしてしまっていた。

何故かは知らないが、それはとても恥ずかしい声に思えて、少し怖くなった。

ぞくぞくする感覚に思考が追い付けないでいると、またしても『求婚痣』を舐められ、甘く噛むように吸われた。離れ際に彼の唇が肌の上をなぞり、背筋が痺れるようにビクビクとした。

その未知の感覚に堪え切れず、カティは、縋《すが》るように彼の頭を押さえた。そこでようやく、レオルドの身体がとても近い距離にある事に気付いて、驚いてしまった。

「ちょ、待って。なんかすごく近——」

「声、掠れてる。いつもと違う」

「そそそそんな事言われたって、あッ」

チリリ、と肌に小さな痛みが走ったような気がして、カティは痺れるような刺激にビクリとした。鼻につくような声が一際強くこぼれ、堪え切れず「ん」と身体を震わせた時、レオルドが僅かに動きを止めた。

その直後、カティは、レオルドに片腕一つで、腰をぐいっと乱暴に引き寄せられていた。

驚きの声を上げる暇もなく、後ろからシャツを掴まれて引っ張られた。肩甲骨側へ伸びる紋様を確認するにしては、ずらし過ぎるまでに肌を晒け出され、レオルドの唇が早急にそちらまでも撫で始めた。

確認するように唇を押しつけ、味わうようになぞり、離れ際に熱い舌先をチロリと『求婚痣』に擦りつけられる。

熱い息を吐きながら、どこか荒々しく何度も執拗にそれを繰り返されて、カティは危機感を覚えた。身をそらそうとしたが、腰に回った腕に更に引き寄せられ、突っぱねていた腕ごと彼の腹へと押し付けられてしまった。

濡れた服越しに、レオルドの熱い筋肉の鼓動まで感じて緊張した。敏感な肌へ刺激を受けるたび、ぞわぞわと粟立《あわだ》つ気配に襲われ、ビクビクと跳ねる身体と共に呼吸も震えて、涙腺《るいせん》が緩んだ。

一際熱い吐息をもらしたレオルドが、『求婚痣』ではなく、鎖骨から顎下までを、ねっとりと舐め上げた。

まるで獣のようなそれに、カティは、身体から力が抜けていくような悪寒を覚えて、ブルリと震えた。思わず背が弓になって喉《のど》が反れると、レオルドが荒々しい吐息をこぼし、露《あら》わになった喉元を甘噛みし、しゃぶりついて来た。

舌と唇が急《せ》くような愛撫《あいぶ》を続け、湿った音を立てながら何度も肌を吸った。獣のような熱い舌で顎を大きく舐め上げられたかと思うと、よりビクビクと反応してしまう耳の下まで吸い付かれた。

「ぁ、やッ……お願いだから待って、なんでこんな――」

カティは拒絶するように首を左右に振り、目の前の胸板を押し返した。

その時、不意に大きな手がすっと伸びて来て、カティはビクリと硬直した。

怯えて泣きそうになった表情を晒《さら》すように、レオルドが、カティの前髪を後ろへ撫でつけた。

隠すものがなくなった顔を、穴があくほど熱心に見下ろされ、カティは潤んだ目を向ける事しか出来なかった。

レオルドの金緑の瞳に、苦悩するようなギラギラとした光が灯《とも》り、喉仏が上下した。

「――噛みたい」

そう呟いた彼の顔が、再びゆっくりと首筋に埋まった。

「は……？」

「もう一回、噛んでもいいか」

どこか熱に浮かされた吐息を耳に吹き込まれ、「頼む」と懇願する声と共に、耳朶《じだ》をパクリとはまれた。

カティは、ぞくぞくした震えを堪えようとしたが、噛み締めた口から「んぅ」と声をこぼしていた。レオルドが「もっと聞きたい」と耳の下を数回荒々しく吸い上げて、一際熱い呼気を吐き出しながら少し唇を離した。

「首の下を噛みたい」

「だ、ダメッ、ヤだ……ッ」

二年前の恐怖を思い起こして、カティは、必死に彼の胸板を押し返した。しかし、彼はその声が聞こえていないのか、「大丈夫だから」と熱に浮かされたように呟き、耳と首筋にキスを落としながら、次第に身体を倒して来た。

浴室の床に完全に押し倒されたところで、カティは、こちらを見下ろすレオルドの金緑の瞳

に、彼が正気でなかった時のギラギラとした光がある事に気付いた。

カティが悲鳴を上げるべく息を吸い込んだ時、複数の荒々しい足音が浴室に飛び込んできた。

瞬間、勢い良くレオルドの身体が引き剥《は》がされていった。彼の首根っこを掴まえ、背後から左右の腕を回して拘束したのは、中年の大きな執事と、複数の男性使用人だった。その後ろには、怯えを滲《にじ》ませつつも眉をつり上げた若いメイド達の姿もあった。

「坊ちゃんッ、成熟していない仮婚約者への乱暴は禁止されています！」

「相手は獣人ではないのですから、余計に嫌われますよ！」

嫌われる、という言葉にレオルドが、ピキリと音を立てるほど露骨に硬直した。男性使用人を盾に怒鳴る彼女達の口からは、鋭い獣の牙《きば》が覗いていた。

カティは乱れた襟元を寄せるように握り込み、上半身を起こしたところで、ようやく身体から力が抜けて、「助かった……」と安堵の息をこぼした。

※

「……すまなかった。その、仕事疲れもあったし、身体が冷えたせいで意識が朦朧《もうろう》としていた、というか………」

急ぎタオルと着替えを持たされたカティが、一人浴室で水気を拭って、借りたシャツとズボンを着て出ると、部屋には、正座し額を床に擦りつけるレオルドの姿があった。

はっきりとしない物言いは、どこか苦しい言い訳のようにも聞こえたが、カティは、レオルドが土下座している姿に驚愕し動揺した。どうやら、馬車の中で宣言された通り、お互いが分からないままにせず言葉で伝える、といった事を彼が実践中らしいとは理解する。

とはいえ、彼には一刻も早く土下座をやめて頂きたい。

らしくないレオルドの様子を見ていると、次第に可哀《かわい》そうにも思えた。相変わらず彼の思考にはついていけないが、まぁそういう事なら仕方ないか、とカティは納得する事にした。

「えぇと、うん、分かった。正気じゃないのを自覚して反省してるんなら、それでいいから」

脳裏に呼び起された二年前の記憶の方が強烈で、カティは、浴室での混乱状態はよく覚えていなかった。むしろ、あのレオルドが土下座している光景の方が衝撃的で、部屋に戻る前の混乱の余韻は全《すべ》て吹き飛んでしまっていた。

ようやく顔を上げてくれたレオルドが、こちらを見て、僅かに目を見開いた。

「ん？　何？」

「……シャツが、大きいなと思って」

「ああ、これね。さっきの執事さんが一番小さい方を貸してくれたんだけど、嫌味かってぐらいにデカい」

レオルドの少年時代のものだと言われたが、シャツの裾は尻《しり》がすっぽりと隠れるほど大きく、袖口も三回以上巻いていた。ズボンもベルトでどうにか締めてはいるが、四回は折り曲げている。

それもこれも、匂いを洗い流すといったレオルドの意味不明な行動のせいだったが、それを口にすると喧嘩《けんか》になってしまいそうで、カティは黙っていた。

匂いを嗅ぐ行為については獣人の習慣だから、とヴィンセントが口にしていたことを考えると、レオルドの行動も獣人ゆえのものであるならば、しょうがないとも思える。それに、レオルドが怒らずに向かい合うと決めて土下座までしてくれたのに、自分の方から破る訳にもいかないだろう。

謝罪を受け入れてくれたと遅れて気付いたのか、そこでようやく、レオルドが膝をついて立ち上がった。

ずいっと壁のように持ち上がった巨体に、カティは条件反射のように後ずさってしまった。

それを見たレオルドが、怪訝《けげん》な表情を浮かべ、カティをまじまじと観察して器用に片眉を上げた。

やばい、露骨だったかと、カティは取り繕うべく慌てて言葉を探した。何か話しかけて気力を持ち直さないと、と必死に考えている間も、レオルドの強い視線を感じて焦りを覚えた。

「あ、あのさ。服を乾かしている間に、迎えの馬車を用意するって言われたんだけど、後どれぐらいかかりそ――」

「好きな食べ物はあるか」

「……は？」

唐突に問われたカティは、意図が分からず顔を顰めた。レオルドが短く息をついて、視線をそらしながらこう続けた。

「小腹がすいていないかと思ってな。菓子もあるが」

「……いや、色々とあって全然減ってないけど………」

というより、どうして突然菓子なのだろうか。少し考えれば、一連の流れからすぐに食欲が湧《わ》いてくるとは考えられないように思う。

思い返せば、彼はこちらの事を嫌っているのに、話をしたいというのも唐突でおかしな提案だった。仮婚約者になってくれた女性の影響で、子供には優しくしろだとか言われたのだとしたら、肯けるような、肯けないような……。

色濃くなった警戒心が顔に出たのか、こちらを振り返ったレオルドが、ふてくされたように唇をへの字に曲げた。

「お互い言葉にして伝えようと決めたばかりだ。何か言いたい事があるのなら、口にして欲しい」

怒らないし、さっきは本当にすまなかった……、といつもより声量を抑えて、レオルドが言った。

カティは、彼が動かない様子を三度ほど確認した後、どうしたものかと視線を泳がせ、直前までの困惑を口にしていいものか逡巡《しゅんじゅん》した。これまでの彼を知っているからこそ、素直に謝られると、裏があるのではと不安も覚えてしまう。

「……今日《きょう》、あんた変だなぁって思って。『済まなかった』なんて、想像もつかない言葉だし」

ちらりとレオルドを窺うと、彼は先を促すように「それで?」とゆっくり問い掛けてきた。

カティは「うん」と肯いて視線を落とし、考えながら、折り曲げた袖口を意味もなく指でいじった。

「その、今日はやたらと喋るし、近い距離まで来られるのも慣れないし……だってさ、痣が消えたら付き合う必要だってないんだよ?　嫌われているのは知ってるから、我慢して無理されるよりも、痣が消えたら、そのまま顔を会わせない他人に戻――」

「嫌いじゃないッ」

慌てたようにレオルドが言い、素早く距離を詰めて来たので、カティは突然の行動に驚いて身を強張らせた。

レオルドはそれを見て取ると、すぐに片膝を付いて身を屈め、低い位置から顔を覗き込むようにカティを見上げた。普段は不敵な鋭さのあるレオルドの目尻《めじり》が、焦燥にかられて弱々しく下がっていて、カティは思わず「え」と疑問の声をこぼした。

「嫌ってはいない。俺は、仲良くしたいと思っている。だから俺の前から消えるとか、冗談でも言わないでくれ」

「……あんた、一体どうしたの？」

レオルドの声は懇願するような必死さがあり、その顔はどこか青ざめても見えた。それなのに、瞳は飢えた獣のようなギラギラとした光を宿しているという、おかしな様子が出来上がっていた。

仲良くしたい、という言葉を頭の中で反芻し、カティは困惑した。

唐突にそんな事を宣言されても、どんな言葉を返せばいいのか分からない。しばらく悩んでいると、返事を待つレオルドのまとう空気が、僅かに不穏なものへ変化した。

離れられるぐらいなら、消えないよう再び痣を刻みつけるまで――。

一瞬、レオルドが口の中でそう呟き、唸《うな》るように顔を歪《ゆが》めたような気がした。彼のその表情は一瞬で消えてしまい、不穏な空気もすぐに霧散してしまったので、カティは「幻聴だろうか」と首を捻った。

その時、レオルドに右手を取られて、大きな両手で包み込まれた。

驚いて視線を戻すと、彼の縋るような眼差しとぶつかった。普段の彼からは想像もつかないほど表情は弱っており、見捨てないでと訴える子犬のようにも見えて、カティは手を振り払えないまま数秒硬直した。

「……えぇと、つまり仲良くしたいから、お話ししたいの？」

「俺は関係を良くしていきたい」

「関係？　な、なるほど……？」

よく分からんが、友情のような距離感でありたい、という事だろうか。

先程の、ヴィンセントやウルズのスキンシップから考えると、彼が手を握ってくるのも、獣人の友人同士では当たり前の仕草なのかもしれない。

「だから、お前が言いたい事もちゃんと聞きたい」

言いながらぎゅっと手を握られ、妙な緊張感が込み上げた。

カティは思わず視線を泳がせ、何か言いたい事があっただろうかと考えを巡らせた。言葉で伝え合うというのであれば、一つだけ思い浮かぶものがある。

「…………あの、さ」

「何だ？」

「……その、あんた大きすぎて、見上げると首が痛いなって思う時は、ある…………」

なんだか気恥ずかしくなって、カティは、怪訝な表情を張り付かせて顔をそむけた。

レオルドが二回ほど瞬《まばた》きし、それから理解に至ったように「なるほど、やはりか」と呟き、合点がいったと言わんばかりに安堵の息をこぼした。

「それでは、これから向かい合っていくにあたって、改めて決まり事を作りたいと思う。まず俺達は、出来る限り言葉を交わしていこう」

「出来る限りって、どれぐらい？」

「例えば、すれ違いざまでも挨拶をする。『こんにちは』でも何でもいい。見掛けたら、素通りせずに声をかけるんだ」

つまり、無視をなくすという事だろうか。まぁ、友人ならそうするだろう。

カティが頭の中を整理しながら肯くと、レオルドが、やや緊張したように手を握り込みながら先を続けた。

「これからは、お互い思った事を口にして伝え合う努力をしていく訳だが、――まずは練習をしたい。先程は本当に済まなかった……俺を嫌いになったか？」

「えぇと、その、会った時は『大人げないむかつくヤな野郎』とは思ってたけど……でも心から謝ってくれてるし、仲良くしたいと言ってくれる人を悪くは思えないんだよね。多分、今は嫌いじゃないと思う」

今の彼を見ていると、顔を見たくもないとは思えないような気がして、カティは正直にそう答えた。二年以上経ったとはいえ、心を込めて本気で謝罪してくれたのだから、許してあげてもいいと思う。

レオルドが、ほっとしたように息を吐いて「そうか」と呟き、どこか嬉《うれ》しそうに目尻を下げて笑った。

何だかその笑みは、随分と幼くも見えた。

四章　狼《おおかみ》隊長と周りの受難

自分がだらしなく笑ってしまった自覚はあった。

こんなふうに笑う男だっただろうかと、レオルドは困惑しながらもカティを見送り、その後は、いつも通りに日を終えた。

しかし、就寝するためにベッドに入り、もう一度今日《きょう》を思い返したところで、またへらりと笑ってしまい、思い切り枕に顔を押し当てた。

嫌いじゃない、だって。

耳にこびりついた子供の声を思い起こし、その返答を何度も嬉《うれ》しく思ってしまう自分がいる。良かった、嫌われていないのだと心底安堵《あんど》してしまうのだが……その理由を、レオルド自身はよく分からないでいた。

浴室でメイドに「嫌われますよ」と直球で指摘された時、それは絶対に嫌だと感じたのは確かだ。

最近は、交わす文句の言葉数も減っていた。もし、このまま喧嘩《けんか》さえも出来ないぐらいに嫌われて無関心になられたら、と想像して、何故《なぜ》か全身の血の気が引いたのだ。

懐かない猫ではなかったカティを見て、その同僚や、その友人達のように接して欲しいと思った。馬車の中では、仮婚約者という名目をなしにしても、礼儀の持てる関係でありたいと想像していた。

だから、多分、友達として仲良くしたいのだと思う。

噛《か》んだ時は暴走していたとはいえ、レオルドは、カティとの相性が悪い訳ではないとも知っていた。そばにいても「こいつとは合わないな」という不快感は覚えないし、相性の良い相手に拒絶されるのは我慢ならない獣人《じゅうじん》の性《さが》を考えると、そのせいで今日の苛立《いらだ》ちに繋《つな》がったのではないか、とも推測される。

とはいえ、レオルドは、これまで喧嘩が出来るような友人を持った経験はなかったので、多分、そうなのだろうと想像する事しか出来ない。

だとしても、妙じゃないか？

嫌われていないという事実が、子供の頃《ころ》に初めて父に剣の腕を褒められた時のように、ニヤニヤしてしまうほど嬉しくて堪《たま》らない。これまで相性の合う友人というものが、なかったせいなのだろうか。

とりあえず、今日改めて接してみて分かった事は、どうやらあの子供は、自分に対して恐れを覚えているという事だ。聞き出した回答から、大きな身体《からだ》に怯《おび》えているようだと察せたので、とりあえず慣れてもらうためにも、まずは視線の高さを合わせる方法を取ろうとは思っている。

そう考えている自分も、またらしくないのだが、そろりそろりと近づいて来た子供から初めて触れられた瞬間の、言葉に出来ない温かい感覚が、何ともいえずにグッと来た。

その結果、強い独占欲に駆られて、浴室に押し込んでしまったぐらいである。

レオルドは、正式とも言える自分の『求婚痣《あざ》』がカティの肌に刻まれているのを見た時、不思議な満足感が胸に広がるのを感じていた。訳が分からないといった様子で、自分を真《ま》っ直《す》ぐ見つめる子供に、仄暗《ほのぐら》い感情まで込み上げてしまったのだ。

もっと聞きたくなるような、甘く耳朶《じだ》を打つ啼《な》き声。

手にしっくりと収まる小さな身体と、吸いつくような白く柔らかい肌。

濡《ぬ》れた髪をかき上げた時、改めて近くから確認した子供の顔を見て、レオルドは強く欲情した。女性に困っている訳ではないのに、女遊びをしていた時以上の、はっきりとした激しい欲求を覚えた。

信じられない。何故自分が、あんな子供に対して理性を揺らされたのか。

それでも嫌悪感はまるでなくて、使用人達に叱《しか》られ、カティに謝罪している間も、レオルドは冷静を装った顔の下で、唇と舌で触れた肌触りを何十回と思い起こしていた。カティの濡れた身体をかき抱いていた時、彼の脳裏では既に、事に及ぶまでの妄想が膨れ上がってさえいたのだ。

罪悪感は湧《わ》き起こらないばかりか、シャワーを浴び、家族で夕食をし、父に見合いと仕事の報告を行っている間にも脳内では妄想が続いていた。それは、カティを存分に喘《あえ》がせた後、最後まで致すところを終えて、その流れを何度か繰り返す始末だった。

ただ仲良くしたいだけで、こんなにもあられもない想像が膨れ上がり、胸が変になるだろうか？

レオルドは、性を覚え始めたばかりの少年ではない。経験は他《ほか》の獣人に比べてかなり多く、理性も強い方だった。彼はカティと浴室で身体を触れ合わせた時、そして部屋で向かい合った一時、仮婚約者として、もう一度噛みたい欲求も強く感じてしまっていた。

実に不可解な衝動である。

成長変化から言いようのない苛立ちは感じていたが、こんなにも自分が理解出来ないのは、生まれて初めての経験だった。

「俺《おれ》は一体どうしちまったんだ……」

レオルドは「ぐぅ」と奥歯を噛みしめ、ベッドの上で苦悩の声を上げた。

――仲良くしたいと言ってくれる人を悪くは思えないんだよね。

不意に、カティの声が耳に蘇《よみがえ》った。

あの子供は、可愛《かわい》らしい顔をしている。変化する表情には愛嬌《あいきょう》を覚えるし、下品な言葉を発するとは思えないほど、中身が純粋だとも今日きちんと話してから気付けた。

そういえば、とレオルドは続けて思い起こした。

治安部隊の支部に行くたび、カティは他の部隊員達から「やんちゃな弟」「世話の掛かる弟」

ぐらいには可愛がられているようでもあった。今冷静になって記憶を手繰《たぐ》り寄せてみると、あの子供のそばにはいつも、ヴィンセントやウルズと教えられた獣人の顔も、あったような気がする。

この国では、少数だが同性同士の結婚もある。カティであれば、オス相手でも十分に可能性がありそうに思えてしまうから不思議だ。

もし、十六歳になって熟した場合、カティが貴族籍に入ったとしたならば、他のオスやメスから求婚されるのだろうか。相手が獣人であれば、勿論《もちろん》あの白い肌には、レオルド以外の『求婚痣』が刻みつけられるだろう。

そう想像して、レオルドは、知らず歯を剥《む》き出し唸《うな》り声を上げていた。

どうしてか、カティが違う誰かに噛まれる事が我慢ならない。相手が獣人でなくとも、あの白い肌に、愛の痕《あと》を残されると思うだけで腸《はらわた》が煮えくり返りそうな気がする。理由は分からないが、物凄《ものすご》く不快な気分だ。

その時、脳裏に一つの声が蘇った。

――多分、今は嫌いじゃない、

そこで、レオルドの唸り声がピタリと止まった。

――お話、しないの？

――仲良くしたいから、お話ししたいの？

きょとんとした子供の顔が、レオルドの閉じた瞼《まぶた》の裏に再生された。僅《わず》かに傾《かし》げられた小首と、自分をようやく真っ直ぐ見つめてくれた大きなエメラルドの瞳《ひとみ》……。

レオルドは訳も分からず声を上げたくなって、思わず枕を無言で殴りつけた。

くそッ、『お話』って言い方が可愛過ぎるだろ！　普段の毛を逆立てた猫みたいな態度と、乱暴な言葉遣いをどこへやったんだ！

カティは、十六歳になるとは思えないほど、精神的に幼い事も分かった。レオルドが不安に思うほどに物を知らない。だから、簡単に流されて言いくるめられるのだ。特に、警戒心を解いた一瞬の隙《すき》が危ういと思う。

「……」

いや、その警戒心が解けた一瞬を狙《ねら》ったのは、自分だった。

そう思い出したレオルドは、浴室に響いたカティの甘い喘ぎを掘り返してしまい、枕に突っ伏した。

「………なんだ、ギャップなのか？　懐かない猫の餌付《えづ》けに成功していくような、そういった反動みたいなものなのか？」

どうしよう。本気で自分が分からなくなってきた。

頭の中では、既にカティを脱がしにかかる想像が始まって、レオルドは苦悶《くもん》した。昨日《きのう》も利用したばかりだが、このまま女館にでも行ってこようかと対抗策を考えるも、どうも抱ける気がしない。

というより、レオルドは二年ほど前、カティに「女たらしだからアウト！」と言われてから女館の他は利用していなかった。社交界でのつまみ食いすらしていないのは、気分が乗らないせいである。

馬車内で、初めて自分に向けられたカティの素直な表情が思い浮かんだ。

そういえば、浴室で初めて笑い声を聞いたのに、ちゃんとその顔を目に収められていない事に気付いた。

実に勿体《もったい》ない事をしたと思う。まずは、カティの笑った顔が見たい。自分だけに向けられた笑顔を見てみたい。

「……とりあえず、寝るか」

子供というのは、人族も獣人も甘いものが好きなはずだ。早めに起きて、美味《おい》しい菓子でもポケットに調達しておいて損はないだろう。

出来れば自分も親愛さの窺《うかが》える、棘《とげ》のない説教をカティからされてみたいし、もっと警戒心なく接して欲しいとも思う。あの獣人のガキ共が、友達だからとその行為と距離感を許されているのであれば、レオルドだってカティと仲良くしたい。

相性の良い相手だから、親友になりえる事も可能なはずなのだ。父と母が揃《そろ》って一番の親友とする、バウンゼン伯爵が良い例だろう。プライベートに踏み込まれるのが大嫌いなあの両親が、自ら踏み込んで離さない人族の親友――。

つまり、自分もカティと仲良くなりたいのだろうと結論して、レオルドは無理やり目を閉じた。

※

夫が書斎に出払っている短い時間に、レオルドの母であり、ベアウルフ侯爵夫人であるエリザベスは、私室の前で中年執事スチュワートから、今日起こった『浴室騒動』について報告を受けていた。

「拝見したのは短い時間でしたが、私としても、奥様の推測が正しいかと……」

中年執事は、恐縮した様子で、扇で口許《くちもと》を覆い隠す侯爵夫人の前に立っていた。

エリザベスは、燃えるような赤い髪に、金色の切れ長の瞳を持った美貌《びぼう》の夫人である。獣人貴族として、社交界でもっとも女性達のコミュニティの場を支配する実力の持ち主で、夫の公務を手伝う傍ら、商業でも成功して日々を忙しく過ごしている。

女性にしては高い背丈をしているが、好んで踵《かかと》の高いヒールを履くせいで、目線は更に上がる。猫科の中でもっとも獰猛《どうもう》である希少種の血を引いているため、嗜《たしな》みで習得している剣術・体術は、現役の軍部総帥であるベアウルフ侯爵と互角レベルだ。

スチュワートから報告を受けた彼女は、「ふうん」と金色の瞳を左へとそらし、それからにっこりと、下心など皆無のように見える妖艶《ようえん》な笑みを浮かべた。

外面を良く見せるのは彼女の得意分野であり、その血は、確実に息子にも遺伝している。

「他の者は、なんとおっしゃって？」

「既に半数の者が奥様の推測を支持していたのですが、今日の一件で、彼ら以外の者達も賛同し始めています」

「うふふ、クライシス様の動きも、怪しいとは思っていたのよねぇ。仮婚約が解消した後に向けて、養子にするための準備をしているというのも変でしょう？」

それに、彼女は女性達の情報網から知っているのだ。クライシス・バウンゼン伯爵が、こっそり行っているであろう女性商品の買い物などについても。

考えると面白いし、とても楽しい。

どう叩《たた》きのめして自分の理想通りに事を運ぶか、それを自らの手でそっと加えていくのは実に愉快だ。何より、クライシス・バウンゼンを困らせて泣かすのは、昔から好物の一つだった。

とはいえ、令嬢時代からの大親友だったバウンゼン伯爵夫人、マリアが死んだ時の泣き顔は好きではなかったが。

バウンゼン伯爵と結婚した、マリア・エステレードは、令嬢時代からエリザベスの親友だった。誰《だれ》からも恐れられていたエリザベスを、初めて「優しい人ね」と言い、外見や言葉に迷わされず真っ直ぐに見つめて微笑《ほほえ》んでくれた、心優しい人族の令嬢だった。

身体が弱かったマリアは、あまり社交界に出る事も出来なかった。だからエリザベスは、マリアに友達が出来る場を作る事にした。

政略結婚にも使えないと、家族から冷たくされるマリアの笑顔を守ってあげたくて、誰にも文句を言わせない立派なコミュニティと、会社まで立ち上げた。人族社会に多くはびこる男尊女卑を払拭《ふっしょく》し、女性の権利を確立させた。

政略結婚にも使えないと判を押されたマリアを、それでもいいよ、と真っ直ぐ見つめて愛したのが、バウンゼン伯爵だった。

バウンゼン伯爵は、泣き虫で喧嘩《けんか》の一つも碌《ろく》に出来ない、人族の弱い男だった。鈍い癖に馬鹿《ばか》みたいにキレイな心をした男で、どんなにエリザベスが苛《いじ》めても、どうせいつかはマリアを泣かせるんでしょうと罵《ののし》っても、エリザベスを心の底から嫌悪もしなければ、人外としての恐れも抱かなかった。

君もマリアが好きなんだね。僕も、彼女のことが大好きなんだ。

えへへ、と場違いにも照れたように笑う、かなり鈍い男だった。

幼少から恐れられていたベアウルフ侯爵に、「君の耳って、犬より長いね」「素敵だなぁ」と言って周りをドン引きさせ、尻尾《しっぽ》を触りたいと平気で口にして、一緒に遊ぼうと最強の狼獣人の彼の手を引っ張って、外に連れ出した男――それが、バウンゼン伯爵だ。

エリザベスは、婚約前から噂《うわさ》では聞いていたものの、実際に会ったのは、マリアが彼に恋心を抱いて付き合い始めてからだった。実際に交流してみて「なるほど」と納得出来た。

彼の根本にある心や感性は、ずっと子供のままなのだ。難しい事を考えないで、一途《いちず》に誰かを愛する事が出来る珍しい人間だった。心許せる友人がいないベアウルフ侯爵が、初めて認めた親友で、——エリザベスにとって、彼は二番目の親友にもなった。

マリアが死んだ時、バウンゼン伯爵は泣きじゃくり、手に負えなかった。

セシルがいるのだからしっかりしろ、と、エリザベスはいつものように彼の尻《しり》を叩いたが、あれはちっとも面白くなかった。本気で傷ついて、悲しみに暮れている涙なんて、エリザベスは好きではない。

獣人でもないのに、彼はエリザベスの大切なマリアを、一心に愛してくれていた。男の癖に、彼があまりにも泣き虫だったから、エリザベスは悲しみに暮れる時間もあまりなかった。マリアのように慰める事は出来なかったから、彼女なりに、彼の尻を叩くしかなかったのだ。

男手一つの子育ては気掛かりだったが、息子のセシルは、マリアに似て素直で優しくて、今は賢く成長を遂げて父を支えている。

「ああ、全く——」

エリザベスは、らしくない感傷を頭から追い出した。

今回の件に関しては、エリザベスにとっては非常に嬉しい誤算ではあったのだ。含まれる悪意があるとしたならば、それは、こちらをうまく利用したと勘違いしている友人、バウンゼン伯爵を泣かせる楽しみである。

母性が強いエリザベスは、誰よりも息子の幸せを願っていた。そして、心許せる少ない友人達が大切で、親友であるバウンゼン伯爵も当然そこに含まれる。

二年と数ヶ月ほど前から、エリザベスは、いつも寂しげにしていたセシルの表情に、陰《かげ》りが見えなくなった事に気付いていた。大切にしていた妹の死を受けて、一時沈んでいたバウンゼン伯爵も、今では楽しそうに領地を走り回っている事も知っている。

そう、全《すべ》ては、レオルドが噛んだ子供が来てからなのだ。

バウンゼン伯爵家は、エリザベスが手を加えなくとも、満足いくほどの改善振りを見せていた。妻を亡くした親友が心配で、時折様子を見に行く夫が言うには、最近は特に伯爵邸が賑《にぎ》やかなのだという。

なんて素敵なのだろうか。

だからこそ、このままでは駄目なのだ。エリザベスは強欲である。手に入れられる大きな幸福は、全て収めなければ気が済まない。特に、それが待ちに待った『一目惚《ぼ》れ』なのだとしたら尚更――。

「わたくしに会わせないのを、常々変だとは思っていたのよねぇ。うふふふ、噂に聞くと、とっても可愛い子らしいのよ。クライシス様ったら、どうしてくれようかしら？　というより、うちの男共って揃いも揃って全く駄目ねぇ」

「は。それはアレでしょうか。旦那様《だんな》が奥様からの逆プロポーズに気付かなかった、例の黒歴史でしょうか」

「それは黒歴史の、たった一つじゃないの。あの人の鈍くて堅物で、純情なところも大好物なの、わたくし。それよりレオルドね。昔のわたくしのよう、と侮っていたのが悪かったのかしら。ここへ来て、父親以上の鈍感振りを発揮するなんて思ってもみなかったわ」

昔から感情に素直ではない哀《かな》しい子だったけれど、と呟《つぶや》き、エリザベスは扇を閉じた。

そこは母親には介入出来ない領分なので、彼女はこの日を待つしかなかったのだ。彼の心の穴を埋めてくれる唯一の、彼を誰よりも強く、そして世界で一番幸福な男にしてくれる、たった一人の女性を。

そして、もう子が産めない自分の、可愛い娘になってくれる子を……。

「シャロンちゃん達から色々と聞いてはいるけれど、他にも確認したい事が複数あるのよ。ひとまず、先にクライシス様の泣きそうな顔を堪能――こほん、クライシス様とゆっくりお話がしたいわ」

「は。すぐに手配致します」

スチュワートは、のんびりと日々を過ごしているバウンゼン伯爵に、言い訳をさせない文章を考えながら、早々にその場を離れた。

レオルドが変だ。というより、仲良くしたい獣人の行動というか、距離感がよく分からない。

仲良くしたいと言われた翌日、治安部隊に出勤したカティは、まず、ヴィンセントとウルズに見捨てた事を精一杯謝られた。怒られるような事はなかったから大丈夫、とカティが謝罪を受け入れると、二人は何故か微妙な表情を浮かべ、詳細に関しては訊《き》いてこなかった。

そして、広間でヴィンセントとウルズと共に書類作業を行っていたところで、部下を引き連れてレオルドがやってきたのだ。

パチリ、と目が合い、レオルドが立ち止まった。

挨拶《あいさつ》をするという約束事を思い出し、カティは「こんにちは」とひとまず言葉を掛けたのだが、何故かキャンディーをもらってしまった。

とりあえず、カティは困惑しつつも「ありがとう?」と返した。彼はじっとこちらを見つめ、どこか残念そうにふてくされた顔をしたが、不穏な空気を感じ取ったカティが条件反射のようにギクリとすると、レオルドが途端ににっこりとした。

怒らない宣言をしてから、レオルドは笑顔を見せるようになっていた。凛々《りり》しい笑顔は大人《おとな》の余裕が窺えるし、怖い軍人という印象が薄れるので、これで女性を誘っているからモテるのかとも肯《うなず》ける。

しかし、相手はレオルドであり、笑顔を向けられているのはカティなのである。彼に対する怖さは三割ぐらい減ってくれてはいるが、やはり戸惑いの方が大きかった。

レオルドは、約束をしていたザガス治安部隊長の執務室へ行く前に、カティの手にもう一つキャンディーを握らせて、頭をポンポンと叩いて歩いていった。彼を待っていた部下達が、信じられないとばかりに青い顔をしていた。

カティ自身も、唖然《あぜん》としていた。完全に子供扱いされている気がする。

いや、十三歳は年齢が離れているので、彼が年下の男友達を持っていないとしたら、形から入ろうとする姿勢に間違いはない、のか……？

獣人が常識とする『仲良くなる』の不明瞭《ふめいりょう》な距離感を不思議に思いながら、カティは席に戻った。甘い物は好きなので、キャンディーについては嬉しくもあり、ペンを走らせる前に有り難く口に放り込んだ。

それを周りで傍観していた同僚達が、レオルドが去ったのを確認して、カティを怖々と見た。

「お、おい。狼隊長はどうしちまったんだ？　つか、あんな笑顔初めて見たんだが……」

「よく分かんないけど、ひとまず喧嘩はしない事になった」

「ふうん。狼隊長も、ようやく大人になって落ち着いたってことか？　ま、いきなり喧嘩おっぱじめられる心配がなくなるのは大歓迎だけどな」

「というかさ、疑いもなく菓子をもらうチビ助も、根性据わってるよな。普通なら受け取れねぇって」

どこか安心したように陽気に語り出した彼らを見て、ヴィンセントとウルズが、互いの顔をぎこちなく見合った。

その翌日も、レオルドは、カティがタイミング良く書類作業中の時やってきて、挨拶がてらのようにキャンディーを手渡してきた。やはり数秒こちらを見つめた後、彼はどこか残念そうな顔をした。

「飴《あめ》は嫌いだったか？」

「嫌いじゃないよ。甘いものって結構食べるし」

「そうか……」

笑顔を見たいのだが、飴では効力が弱いのだろうか。他に甘いものといえば何があるのか……レオルドが思案するように口の中で小さく呟いた。カティは、彼の言葉が聞き取れず首を捻《ひね》った。

その翌日は、外回りが多かった事もあり、カティはレオルドを見掛けなかった。

※

メイン通りに鎮座している王都警備部隊の本部で、中堅隊員アルクライドは、数人の同僚達と、しばし無言で、とある部屋の扉を見つめていた。

アルクライドは、今年で二十七歳である。青み掛かった癖のない黒い髪に、文官のように大人しい顔立ちをした好青年であるが、これでも熊《くま》科の獣人として、それなりに実績も持っていた。現在は、レオルド直属の一班のリーダーを務めている。

レオルドの部下となって付き合いは長い。しかし、アルクライドの紺色の瞳は、今日はより一層不安げに揺れていた。

原因は、彼が見つめる先の扉にある。そこは隊長であるレオルドの執務室で、部屋は締め切られているというのに、廊下までピリピリとした殺気が漏れ漂っていた。

絶対に入りたくないし、ノックした途端に死ぬんじゃないだろうか、と危惧《きぐ》するレベルの異常事態である。

「……おい、誰かヘマでもしたのか？」

「いや、そんなのは聞いてないけどな……」

むしろ、仕事は先週に比べて落ち着きを見せていた。軍が管轄する業務が、春の多忙時期を過ぎたからである。

先日、先々日と、レオルドも珍しく機嫌が良いようだった。彼に付き従って治安部隊の支部まで行った面々が、何故か体調不良を理由に早退する、という事はあったものの、レオルドは嫌いな書類処理も手早くあたっていた。

基本的に、レオルドという男は仕事に全てを注いでいるのだ。肉食系の獣人として血が強い事もあり、特に荒事の仕事が出てくると、不敵な笑みを浮かべて余す活力を発散するように暴れる。

そんなレオルドのまとう雰囲気が、異様な不機嫌さを滲《にじ》ませ始めたのは、今朝《けさ》の日程表を見たあたりからだ。

飛び込みの仕事が増え、正午前になって機嫌が急降下し、今に至る。

「やっぱりあれかな、過激派の制圧依頼の件。人質の救出とかもあって面倒な案件だったし。子供がトラウマになってるって、狸《たぬき》親父の獣人貴族から、上にクレームが来てたんだろ？」

「隊長がそんな事いちいち気にかけるかよ。『来たら叩き潰《つぶ》せばいい』で終わりだろ」

「今回の要請依頼って、希少種の『虹鳥《にじどり》』の卵が絡んでるんだろ？　密輸組織ごと抑えろって事だし、――アルクライド、頑張れッ」

同僚の一人に肩を叩かれ、アルクライドは「いやだなぁ……」と本音をこぼした。どうしてか、今のレオルドに「これからすぐに動かなくてはいけない仕事が増えました」とは言い辛《づら》い。

仲間達の声援を後ろに、アルクライドは勇気を振り絞り、普段通りを心掛けて扉をノックした。

「失礼します、隊長。実は先日消えた『虹鳥』の卵の件で、密輸組織の居場所が特定されまし――」

開けてすぐ、アルクライドは開けた事を強く後悔した。彼の後ろで、同僚達が同じように沈黙した。

執務席に腰かけていたレオルドが、組んだ両手に顎《あご》をあてたまま、射殺さんばかりの獣目をゆっくりと持ち上げた。威嚇するように喉《のど》の奥を低く鳴らし、獰猛な金緑の瞳でこちらを睨《にら》み据える。

その凄《すさ》まじい怒気と気迫に圧され、部下達は揃って唾《つば》を飲み込んだ。

立ち上がった拍子に、レオルドが掴《つか》んだ椅子《いす》の背もたれが、バキリと音を立てて砕けた。彼のテーブルにあったはずの鉄製の熊の像が、無残にも指の形でひしゃげてしまっている。

その熊の横に置かれている、レオルドには全く似合わない可愛らしい菓子の包みと紙袋を、アルクライド達は怖くて訊けずにいた。有名な店のドーナツなのは分かるが……。

「――たかが卵一個で煩《わずら》わせてる、そのクソ野郎共は、今どこだ」

あ、これ、相手死んだな。

アルクライド達は瞬時にそう察した。相手が死なないよう、自分達がフォローしなければならないやつだと理解する。

風を切るように歩くレオルドを、アルクライド達は後方から早足に追った。道行く通行人達が、物々しい王都警備隊の小隊を見て「頼りになる軍人さん達ねぇ」「緊張感ある雰囲気がいいわ」と囁《ささや》きながら道を開けていく。

しかし、レオルド以外の部隊員達は、引き締めた青い顔で、ある一つの事を考えていた。

あのドーナツは、一体どういった経緯で、隊長の机の上にあるのか。

記憶違いでなければ、あれは早朝一番に並ばないと買えない店のものだったはず……まさか、隊長自ら並んで買う事はないだろう。とすると、店の看板娘からでももらったのか？

しかし、甘いものを食べないレオルドは、女性から貰《もら》った菓子があれば、適当に部下に押し付けて「処分しておけ」と食べておくよう指示するのが常だった。そもそも、大抵の差し入れは「殿方は沢山食べますわよね」と数人前あるのだが、あれは、どう見ても一人前のドーナツだ。

……謎《なぞ》だ。レオルドの最悪な機嫌と併せて考えると、余計に推測がつかない。

使用者がなくなって久しい旧商会の敷地内に踏み込むと、レオルドは鼻先を動かせ、迷う事なく二番工場倉庫へ足を進めた。アルクライドが止める間もなく、彼が目にも留まらぬ速さで抜刀し、工場倉庫の鉄の大扉が数個のパーツに分解して吹き飛んだ。

凄まじい破壊音と共に、剣一本で起こされた風圧が部隊員達の顔を打った。その僅かな間に、レオルドが獣のように現場へと飛び込み、中から騒がしい音と悲鳴が聞こえ始めた。

「た、隊長……」

めっちゃ機嫌悪ぃ！

一瞬呆《ほう》けていたアルクライドは、先に我に返った同僚の一人に「俺らも行くぞッ」と肩を叩かれ、慌てて駆け出した。

しかし、現場に踏み入ってすぐ、部隊員達は、数秒ほど為《な》す術《すべ》もなく立ち尽くしてしまった。

レオルドが飛び込んで十数秒も経《た》っていないにもかかわらず、そこは既に大混乱と化していたのだ。

通常の獣人ですら持ち上げられない重量の重機が、レオルドによって片手一つで放り投げられ、人間が容易《たやす》く宙を舞い、切り裂くための剣が地面を叩き割るという、あまりにも現実感から遠い光景が、そこには広がっていた。

殺す事はしていないようだが、レオルドからは、激しい私怨のようなものを感じた。最強の獣人である彼の、殺気と力に気圧《けお》され、精神的に弱い男達が失神していくのも見えた。

「――……ッて違う！　そうじゃなくて、卵！」

もう一つの大事な目的を思い出し、アルクライドは「卵の確保ッ」と己に課された任務を口にして走り出した。その声を合図に、同僚達が密輸グループの男達の拘束に取りかかった。

アルクライドは、目の前を飛ぶ机や、機材や人間などを避けながら、自然災害のような騒しさの中を駆けた。レオルドが怒り任せで「邪魔だ！」と吠《ほ》えて蹴《け》り上げた印刷機が、高い天上を突き抜け、その破片が降り注いで、アルクライドは堪らず「うぎゃあッ」と頭を抱えた。

密輸グループは五十人を超える大型クラスだったが、レオルドを前にすると、ちっぽけな相手にしか見えないから不思議である。

卵をようやく発見して回収したところで、アルクライドは、改めて現場を振り返った。部下の助太刀という戦力がほぼ要らなくなるのを、喜ばしいと取るべきなのか、どうなのか実に悩ましい限りの光景を、しばし茫然《ぼうぜん》と見つめた。

あっという間にボロボロになった、工場倉庫の現実を目《ま》の当たりにすると、レオルドが三階建ての建物を、物の数分で瓦礫《がれき》に変えられる事が改めて思い起こされた。恐らく、それ以上の階でも出来るだろうが……。

何せ、彼の父にあたる軍部総帥の狼侯爵は、十代から全盛期にかけていくつもの城を潰しているのだ。狼侯爵夫人も、彼との婚約を認めない兄達を叩きのめす際に、十五歳にして別荘を破壊したというのは、獣人貴族界でも有名な話だった。

最古最大の肉食大狼と、猫科で最も大型で獰猛な希少種の獣人。――それを両親に持ったのが、狼隊長であるレオルド・ベアウルフである。

レオルドは、血が強い大狼の獣人として生まれたが、残念な事に、どちらの性質も濃く受け継いだ優秀で最強のオスだった。

「ふぅ、怖ぇな。味方だとしても震えるよ」

彼の場合、あらゆる意味で強さが半端じゃないのだ。レオルドの強さに惹《ひ》かれて寄ってくるメス達も、本能で畏《おそ》れ、妻の座を躊躇《ちゅうちょ》し踏み止まってしまうほどである。

いつの間にか、工場倉庫内は静まり返っていた。地面に沈んだ男達を一瞥《いちべつ》し、レオルドが「つまらん雑魚が」と吐き捨てて踵《きびす》を返した。

どうやら、これだけ暴れても鬱憤《うっぷん》が晴れないらしい、とアルクライド達は悟った。一体どんな地雷を、誰が踏み抜いたのか、物凄く気になるところではある。

しかし、アルクライド達は保身のため、「お疲れさまでしたッ」と素早く上司を見送った。

◆

カティは昨日、無駄に忙しくてレオルドに会っていない事も忘れていた。数日に一回見掛ける程度だったので、偶然にも連日に顔を会わせていた方が珍しく、会えなかった事には疑問を抱いてもいなかった。

どうやら、一旦落ち着いていた王都警備部隊が慌ただしくなったため、向こうが処理しきれない分まで、治安部隊に回って来ているようだ。治安部隊は、基本的に事件性があるものは扱わないのだが、昨日はベテランの班が何組もそこに回されたのだと、カティは出勤時に先輩部隊員から聞かされた。

朝のミーティングの際、今日も引き続きベテランの班が抜けると、治安部隊長のザガスが告げた。詳細は不明だが、昨日、旧商会跡地が物理的に崩壊したらしく、そこにも人員が回されるらしい。

治安部隊は今、人員がギリギリの数だ。指令塔であるザガス自身も、あまり支部を空けないよう動く事になったのだが、それでも、カティ達の見回りと雑務はぐっと増えた。

支部に戻る暇がなくて、カティは、ヴィンセントとウルズと共に外を走り回った。業務報告をまとめる暇もなく、仕方がないと諦《あきら》めて、三人は残業覚悟で午後遅くまで外で動き通した。

「は？　私の事を捜してた？　あいつが？」

支部の一階にある広間に戻って早々、カティは、二班の部隊員達に声を掛けられた。外に出ている者が圧倒的に多いため、室内はがらんとしていた。

「なんつうか、『今日はいないのか』って声を掛けられた」

「ふうん？」

顔を会せたら声を掛ける、出来るだけ話をして交流を持つという事を、レオルドは真面目《まじめ》に実行中らしい。

カティがそう推測していると、四名の部隊員達が、ぎこちなく言葉を続けた。

「あのさ、お前、狼隊長に何かしたか……？」

「喧嘩は停戦してるし、キャンディーはもらったけど何もしてないよ。どうして？」

「その、狼隊長から、凄まじい威圧感が出ていたというか……なぁ？」

リーダーの男が、仲間達に同意を求めるように視線を向けた。視線を受け止めた男達が、真面目な顔で肯いた。

「チビ隊員がいないって答えた時の目とか、やばかったぜ。昨日、誰か殺してんじゃないかって思っちまったぜ」

「一緒にいた部下の方が、今にも死にそうな顔してたな」

「まぁチビ助に心当たりがないって事は、それぐらい忙しいって事なのかもな。出歩いてた警備部隊のやつらも、げっそりしてたし」

もしや彼の中では、キャンディーをあげる事も『交流の日課』に加わっているのだろうか？

カティは不思議に思いながらも、沈黙するヴィンセント達と報告書作りに取り掛かった。

走り回る雑務の他はないのだから、明日も無事にこなせるだろうと、その時は悠長に考えていた。


その翌日、どちらの部隊もクソ忙しいという事が、どれだけ厄介であるのか、カティはようやく理解出来たような気がした。

「――うん。確かに人手が足りないっていうのは分かるけどさ。これはなくない？」

正午休憩まであと一巡回、というところで遭遇した騒動を前に、カティは、花壇の陰に身を隠しながらそう呟いてしまった。

同じように、隣で身を潜めていたヴィンセントが、げんなりしたように「俺もそれぐらい分かってる」と言った。すると、ウルズも耳と尻尾を垂れさせたまま口を開いた。

「僕としても不思議でならないんだけど、なんでこんな日中に強盗するかな」

「強盗団だからだろ。ごろつきだけど」

「いちおう指名手配書にも載ってる中小グループでしょ。ごろつきだけど」

カティ達は先程、出歩いているところを「大変なんですッ、来て下さい」と女性に呼び止められた。そして、急ぎ案内された先にあったのは、店主店員、客が逃げ出した後の宝石店を、我が物顔で襲っている最中の強盗団の姿だったのだ。

今日に限って近くに王都警備部隊員の姿はなく、カティ達は近くにいた男達に、治安部隊に応援を寄越させる伝言を頼んだ。彼らが走っていくのを見届けた後、さてどうしたものかと、花壇の陰から問題の強盗団の様子を窺い、今に至る。

というのも、その『ごろつき』が、ちょっと問題だったのだ。

支部の指名手配書でも見た特徴的な強盗団は、全員で十二人いるのだが、玄関に頭が届くほどに大きい。

男達は全身が太く厚い筋肉に覆われ、その後ろ姿は「同じ人間か？」と疑うほどにずんぐりとしている。彼らを見ていると、レオルドが一番怖い男であるとは断言出来なくなって、カティは、しばし呆気《あっけ》にとられてしまった。

じっくりと相手の動きと人数を見ていたヴィンセントが、カティの心境を察したように、一つ肯いて説明した。

「あいつらは、ナーガスっていう戦闘部族なんだ。巨人の血を引いているから、迂闊《うかつ》に手を出すと返り討ちに遭う。馬鹿に剣も重いから、獣人でもいなすのが一苦労だぞ」

「えッ、巨人っているの？」

「竜もいたんだから、巨人族もいたんだろ。博物館で骨の一部が展示されてるぐらいだし」

そういえば、ベアウルフ侯爵家の専属医であるレイは、最古の竜の血を引いた獣人だとか言っていたような……あれ？　そもそも、竜って獣なのか？

カティは、そんな場違いな事を考えてしまった。宝石店に目を留めていたウルズが、黒い目を見開いて「あ、まずい」と耳をピンと立てた。

「ナーガスの連中、そろそろ動き出しそうだよ。応援まだ来ないけど、どうする？」

ウルズは判断を仰ぐように、難しい顔で考え込んでいるヴィセントへ顔を向けた。

強盗団は、既に馬車に荷物を担ぎ入れ終わり、半分のメンバーがそこに乗り込んだところだった。

「三名でどこまで出来るか、だよな……。荷物の他にナーガスも乗って、あれだけ重量があれば馬車の速度は早くない。とはいえ、残りの六人は妨害を対処するメンバーってところだろうし、六対三ってのもな……」

部隊員の安全を考慮したヴィンセントが、悩ましげに眉《まゆ》を寄せた。カティは、「難しく考え過ぎない方がいいんじゃない？」と提案した。

「人数が半分は減ってくれているし、とりあえず追い駆けて、妨害されたらボコるってのは、どう？」

「カティは単純思考だよね。まぁ作戦としては簡単だし、僕としてもそっちに賛成かな」

腕っ節に自信があるから、目立った行動を取っている可能性は十分にあるが、それでも、指名手配書のランクは下から二番目あたりだ。種族がどうであれ、最高難易度の敵ではない。

カティ達が話す間にも、馬車は人間が走るぐらいの速度で動き出していた。

「ヴィンセント。僕が思うに、多分すぐにでも、ザガス隊長あたりが駆け付けてくれると思う。誰かが警備部隊を呼びに行っている可能性もあるし、とりあえず放っておく方がまずいでしょ？」

「つまりあれか、俺らで時間稼ぎって事か？　先に言っておくが、俺は猫みたいに柔軟じゃないんだが……」

「回避率を上げるのなら、狩猟犬としての機転を活《い》かすしかないね。相手はナーガスだし」

ヴィンセントが額に手をあてて、深い溜息《ためいき》をついた。

「仕方ない。俺らで足止めぐらいにはなるだろうし――、俺とウルズで外の六人の注意を引き付けている間に、カティが馬車の車輪を壊す作戦で行こう」

互いの役割を確認するように肯き合った後、カティ達は抜刀して強盗団を追った。

馬車と並走していた六人の大男達が、カティ達に気付いて振り返り、すぐ訝《いぶか》しげな顔をした。まさか、子供の部隊員が一番乗りで来るとは思ってもいなかったのだろう。どこか拍子抜けしているような顔でもあった。

大男の一人が顎で指示し、そばにいた灰褐色の髪と目をした大きな男が、「やれやれ」と首を振って、背中の斧《おの》を手に取った。

その大男が、気だるそうにこちらへ身体を向けた瞬間、――彼が踏みしめた地面が、ゴッとめり込むような音を立てた。

瞬《まばた》きの間に、一瞬で大男がこちらと距離を詰めた。眼前に迫った大男の存在に気付いた途端、カティ達は、慌てて急ブレーキを掛けた。

「めっちゃ速いッ」

「だから言っただろ戦闘部族だって！」

大男から繰り出される斧を、反射的に剣で受け止めようとしたカティを見て、ヴィンセントがその後ろ襟を掴んで脇《わき》へ回避した。巨大な図体だとは思えないほど、速く振り下ろされた斧から、ウルズも間一髪で後退する。

振り下ろされた巨大な斧は、先程カティ達がいた地面を、あっけないほど簡単に叩き割ってしまった。

カティは、刃が地面に深くめり込んでいる様子を、しばし唖然として見ていた。ヴィンセントが素早く動き出すのを見て、ウルズと共に続くように剣を構えて走り出す。

どんなに屈強な敵だろうと、相手が一人であれば、どうにか抑え込めるはずだ。

カティ達はそう考え、大男が武器を地面から引き上げる前に、三人掛かりで飛びかかった。

すると、大男がどこかのんびりとした様子で、身を庇《かば》うように腕を上げて拳《こぶし》を握った。

太い腕の筋肉が一気に膨れ上がった瞬間、それは、あっさりと三人分の剣を受け止めていた。

「えぇ!?　うっそ切れないいんだけど!?」

剣が通らないとか、本当に同じ人間なのだろうか。

カティが思わず叫ぶと、彼女の視線を受け止めた大男がニヤリとした。近くで見た大男の灰褐色の瞳は、悪党というよりは子供のように丸くて、まるで遊んでいるかのような無邪気な輝きがあった。

ナーガスの屈強な身体が刃を受け止めている光景を眼前に、ヴィンセントとウルズが、「やっぱり駄目か」と顔を歪《ゆが》めた。

大男がニッと笑顔を浮かべ、まとわりついた小虫を払うように、腕を大きく振るってカティ達を弾《はじ》き飛ばした。

ウルズが空中で体勢を立て直し、一番に着地した。ヴィンセントが、どうにか片手をついて転倒を免れ、一番体重の軽いカティは、大きく一回転して威力を殺し、両足を踏ん張って地面の上を数メートル進んで踏み止まった。

体勢を整えてすぐ、カティは目を走らせた。しかし、ヴィンセントとウルズの向こうに先程までいたはずの、大男の姿がない事に気付いて「あれ？」と拍子抜けした。

「もしかして、逃げられ――」

「カティっ、後ろだ！」

ヴィンセントの警告の声と共に、ガシリと襟首を掴まえられた。

カティは、いつかの既視感と浮遊感に「え」と声を上げた。持ち上げられ、向かい合わされた先には、背中に斧を戻した大男の顔があった。

やはり、こうして近くから見ると、大男はどこか全体的に幼い顔立ちをしているようにも思えた。彼は無精髭《ぶしょうひげ》の顎に手をあてながら、カティをまじまじと覗《のぞ》き込んでくる。

「あ、あの、なんで剣が通らないんですかね……？」

「この状況でそれを訊くのか。面白いやつだ」

いや、正直何か話していないと、怖くて身体が竦《すく》みそうなんですよ。

足が地面からかなり遠い位置にあると実感し、カティは剣を右手に持ったまま、どう動けばいいのか頭の片隅で必死に考えた。背後の様子が窺えないせいで、ヴィンセント達がどのように動くつもりなのかも把握出来ない。

「そりゃ、力が足りないからだろ」

「はぁ。筋肉って事ですか？」

「知らないのか、ナーガスの身体は種族一頑丈なんだ。それ以上の力を加えないと、ダメージを与えられない」

「そんな馬鹿な……」

カティにとって、それはあまりにもぶっ飛んだ話だった。もはや人間じゃないだろうと、恐怖よりも呆気に取られてそんな感想を抱いてしまう。

すると、大男が「うむ」と何事かを決めたように肯いた。

「気に入った。素直で可愛いガキは嫌いじゃない。連れて行こう」

「……は？」

その時、大男が「おっと」とひょうきんに呟いて、片腕で素早く斧を振るった。間合いを詰めて来たヴィンセントとウルズの剣を受け止め、ニヤリとする。

「すまんが、お前らは好みじゃない」

そう呟いた瞬間、視認出来ないほどの速さで、大男の腕が振り払われた。

遠巻きに様子を見守っていた住民達が、勢い良く吹き飛ばされたヴィンセントとウルズに気付き、悲鳴を上げてとびのいた。勇気のある男達が、数人がかりで二人の身体を受け止めて、共に崩れ落ちる。

強盗団の馬車はすっかり止まっていて、彼らはこちらを見て「おーい」と声を上げていた。

「何してんだ、ヴァルグ！　とっとと行くぞ！」

「これ、連れてく」

「またかよ。お前の好みってマジわかんねぇ」

そう言いながらも、彼の仲間達はニヤニヤとしていた。

気味が悪くなって、カティは身をよじろうとしたのだが、不意に襟首を解放され「うぎゃッ」と声を上げて落下した。思い切り打ちつけた腰の痛みに顔を顰《しか》めて、両手で上体を起こし上げてすぐ、うっかり剣を手放してしまっている事に気付いた。

その時、大男が両膝《りょうひざ》と両手をついて、こちらと距離を詰めて来た。

「ちょっとだけ先に味見してもいいか」

「は……？」

「あ、経験ない？　オーケー、そういうのも超好き。大丈夫、口をぶちゅっとやるだけだから」

「…………」

それは、世間でいうところのキスでしょうか？

男の恰好《かっこう》をしているのに、何故キスを求められるのだろうか。カティは困惑したが、この大男と、と考えただけでも生理的な嫌悪感を覚え、座り込んだまま少し後退した。大男は相変わらず子供みたいな表情で、腕を付いて距離を縮めて来る。

「眉をそっと寄せる表情も可愛いなぁ」

うわぁ……きっと、こいつは本物の変態野郎だ。目が腐ってるに違いない。

顔を寄せてくる大男から離れるべく、カティはじりじりと後退しながら、後ろに転がっている剣をどうにか手に取る方法を考えた。ちらりと後方の剣との距離を測っていると、目の前に影が出来て戦慄《せんりつ》した。

ハッとして視線を戻すと、見上げた先に大男の顔があった。

「近くから見ると最高に可愛いなぁ。もっと顔が見える感じで味見し――」

大きな手がこちらに伸びた瞬間、強い風が吹き抜けて、物騒な殴打音と共に目の前から大男が消えた。

カティは、唐突に起こった凶暴な風から咄嗟《とっさ》に身を庇った。どこからか慌ただしい複数の足音が聞こえて、聞き慣れた数人の男の叫びも聞こえた気がしたが、風の音が煩《うるさ》くてハッキリしなかった。

風が止《や》んだタイミングで、カティはパチリと目を開けた。飛び込んで来た光景を見て、数回瞬きをする。

「変だな、目の塵《ちり》かな……」

思わず目を擦《こす》ったが、再び視線を向けた先では、変わらず大空に舞い上がった無数の宝石が、太陽の光を受けてキラキラと輝いていた。穴の開けられた馬車が、建物よりもずっと高い位置まで浮かび上がり、そこには悲鳴を上げて飛ぶ三人のナーガスの姿まであった。

十二人の強盗に突っ込み、まるで暴動のような騒ぎを起こしているのは、黒い隊服を着た一人の男だった。恐ろしい形相で咆哮《ほうこう》しているが、カティは、それがレオルドであると気付いた。

どこから飛び出してきたのかは不明だが、レオルドは、抜刀もしないまま素手で大男達を叩き伏せていた。彼の拳一つで大男が吹き飛び、強靭《きょうじん》な蹴りを受けた者が建物の壁を突き破り、腕一本で振り回され、叩き付けられたナーガスの下で地面が割れた。

レオルドは、まるで荒れ狂う獣のようだった。

休憩などせず、落ちてきた馬車を再び持ち上げると、逃げようとしたボロボロのナーガスに向かって勢い良く投げ付けた。ナーガス達は既に地面に沈んでいたが、レオルドは失神していない者は容赦なく拾い上げて、再び腕と足を振るった。

破壊されていく建物の破片が降り注ぎ、民間人達が、堪らず悲鳴を上げて逃げ出した。駆け付けた治安部隊のザガス一向と、警備部隊の部下一向も、為す術がなく青い顔で見守っている。

あんなに苦戦していたのが嘘《うそ》のような光景を、カティは、座り込んだまま茫然と眺めていた。もはやナーガスが、肉食獣を前にした、狩られる兎《うさぎ》ぐらいにしか見えない。

驚異的な力の差を見せつけたレオルドは、あっという間に強盗団の鎮圧を完了してしまった。喉で低い唸りを上げ、獲物を探して視線を巡らせていたが、ふとこちらに目を留めると、ピキリと硬直し、荒々しい怒気と凶暴性が消えた。

カティは、遠くの距離からパチリと目を合わせたまま、レオルドとしばし見つめ合っていた。

しばらくすると、レオルドが戸惑うような表情で、ぎこちなく足を進めてカティの方まで歩み寄って来た。

「その、す、すまない。……怪我《けが》はないか？」

「──いや、別にないけど」

近くに来た彼に問われて、カティは、自分が座り込んだままである事に気付いた。双方の部隊が息を呑《の》んで見守る中、レオルドがカティに向かって手を差し出した。カティは、彼の手を一度見て、すぐに顔を上げてレオルドの顔を穴があくほどじっと見つめた。

手を取ってくれない様子を見たレオルドが、ギクリと身体を強張《こわば》らせた。

彼は、チラリと後方の惨事を確認すると、その元凶達を睨みつけて忌々しげに顔を歪めたが、すぐに不安を滲ませた表情を浮かべた。カティへ視線を戻すと背を屈め、様子を窺うように顔を覗き込む。

「…………俺が、怖いか……？」

「は？」

カティは、恐る恐るといった様子で訊いてくるレオルドが不思議で、思わず首を捻った。

先程は猛獣のようであったのに、レオルドは、今や道端で捨てられている子犬みたいに委縮している。こいつは一体何を言っているのだろうか、とカティは疑問を覚えた。

「何言ってんのッ、スカッとしたに決まってんじゃん！」

カティは、込み上げる興奮のままに瞳を輝かせると、レオルドを真っ直ぐ見て、満面の笑みを浮かべた。

レオルドが目を見開いて、こちらを凝視するのも構わず、カティは話し続けた。

「獣人って凄いんだね。人があんなに簡単に飛ぶとか、こっちに来るまで見た事なかったよッ。こう、ばんばん悪党をやっつける感じが恰好良かった！　馬車持ち上げるとか、発想すらなかったもん」

清々しいほどの最強振りは、次元が違っていて、他の誰かと見比べて恐ろしいと感じるのが馬鹿らしいほどだ。

先程の大男と比べると、レオルドは助けてくれる思いやりもあり、怪我はないかと心配して気遣う心もある。何より、最高ランクの冒険者並みに頼れる男であったのだと、カティの中で、レオルドに対する評価が変わっていた。

母から聞かされた冒険談のような、わくわくする気持ちは久々で気分が高揚した。カティは、身ぶり手ぶりで夢中になって語っていたのだが、ふと、レオルドから返事がない事に気付いて、口をつぐんだ。

よくよく見れば、彼の頬《ほお》は僅かに赤くなっていた。カティが小首を傾げると、レオルドがゆっくりと口許を手で隠した。

「どうしたの？」

「――その、なんというか…………ッやばい、何だこれ、可愛過ぎるだろ。もっと笑って欲しい」

「え？　なに？　よく聞こえないんだけど」

彼が途端に顔を伏せて、口の中でもごもごと言ったので、カティは尋ね返した。

すると、レオルドがハッとしたように顔を上げた。彼はカティの手を引いて立ち上がらせると、彼女のズボンの裾《すそ》についた瓦礫を手早く、しかし優しく払い落とし「俺は仕事があるからッ」と早口に告げて駆け出していってしまった。

カティは、レオルドの姿があっという間に人混みに紛れていくのを、きょとんとした顔で見送った。ようやく場の緊張が解けたといわんばかりに、残っていた警備部隊と治安部隊の男達が動き出す。

治安部隊の男達の半分が、真っ先にカティの元へ駆け寄った。

「チビ隊員、お前、もしかしてとは思っていたけどさ。すげぇ鈍い？」

「は？　何が？」

「スカッとしたとか、お前の感想おかしいよ。普通じゃねぇって」

「そうそう。普通ならさ、こう、もっと他に何かあるだろう？」

彼らは口々にそう言ったが、カティにはよく分からなかった。

何故か警備部隊の人間達からも、物言いたげな視線を感じた。カティは、それを不思議に思いながらもザガスに許可をもらい、怪我の手当てを受けるヴィンセントとウルズの元へ走ったのだった。

五章　まるで狼《おおかみ》を手懐けているようで

強盗団をレオルドが一人で制圧してしまった事件の翌日は、王都警備部隊の凄《すさ》まじさに気圧《けお》されたのか、朝から大きな騒動を起こす輩《やから》もおらず、治安部隊には久々にゆっくりとした空気が漂った。

何組かの班は、引き続き王都警備部隊の仕事を手伝わされてはいるが、カティ達や、中堅以下の若手の班は通常任務のみだ。

ザガスと談笑を交えられるぐらい支部は落ち着いており、午前の報告書も数枚で済んだ。同じ時間に休憩に入るメンバーで、久々に正午に食堂に行く事が決まり、カティは、昼の休憩時間を楽しみに待っていた。

しかし、そろそろで休憩に入れると、カティが支部の広間でそわそわしていると、何故《なぜ》か部下も連れないでレオルドがやってきた。

「時間がとれたから、話をしよう」

ざわつく室内の様子を気にもとめず、レオルドは、真っ直《まっす》ぐカティのいる席へと歩み寄って来た。しかも、大勢の部隊員がいるど真ん中で、唖然《あぜん》とするカティの前で片膝《かたひざ》を付いて手を取り、「いいだろうか？」と下から窺《うかが》い立てた。

レオルドは無意識なのか、カティを見つめたまま手の甲を指先で撫《な》でてきた。彼が特に恥ずかしがっている様子もないので、きっと人族にない距離感というだけで、気にしてはいけないのだろう。

とはいえ、この獣人《じゅうじん》の友情のスキンシップ、普通だと凄《すご》く恥ずかしいやつなんじゃ……？

「えぇと……あの、実は」

カティが思わず、先に食堂に行く約束をしていたヴィンセント達に視線をやると、「メシは今度にしよう」「気にせずさっさと行くんだ」「よく分からんが引き止めると不味《まず》い気がするから、チビ隊員行ってこいッ」と目で語られた。

普段見回りしているルートを案内して欲しいと言われたので、カティは『ハリッシュ』を食べながら、レオルドを連れて町を少し歩いた。

休憩時間が終わるよりも前に支部に送り届けられたのだが、彼のポケットからキャンディーではなく、ドーナツが入った紙袋が出てきたのは驚いた。大きいレオルドが持つと、紙袋が小さく見えるのも不思議だ。

カティが困惑しつつも紙袋を受け取ると、周りにいた部隊員達が途端に「どういう事だッ？」と堪《たま》らず遠くから訊《き》いて来たのだが、彼らはレオルドの方を見るなり青ざめ、一瞬にして逃げ去った。

カティが不思議に思って振り返ると、そこには、にっこりとしたレオルドがいた。

その時から、何故かレオルドの行動に対して訊いてくる同僚が一人も出なくなった。ヴィンセントとウルズも、不思議と口を閉ざしていた。

あまりにも不自然に視線をそらされるので、カティはヴィンセント達に、それとなく問い掛けてみたものの、遠い目をして「なんとなく予想がついてる」と呟《つぶや》かれた。ウルズの方が青い顔で「姉さんが……馬に蹴《け》られる……」と意味不明な事を口にしていた。

その後も、レオルドから、ドーナツ、キャンディー。またドーナツと、菓子を与えられる日々が三日続いた。カティは、彼の言う『仲良くする』ための日課として、菓子が加わったらしいと気付いた。

もしかしたらこいつ、友達がいないんじゃないのか？

その一つの可能性について推測を進める間にも、普段のレオルドの顔からは想像できない笑顔を、いくつも見せられた。

見上げると首が痛いと以前に伝えておいたせいか、レオルドは、いつも屈《かが》んで目線を下げてくれた。下から顔を覗き込んで困ったように笑ったり、どこか愉快そうに口の端を引き上げたり、何が嬉《うれ》しいのか分からないが、唐突にはにかむように笑んだりする。

そういえば、彼が友達と歩いている姿は見た事がないし、そういう話も聞いた事がない。

カティは、ドーナツの感想を教えただけで心底嬉しそうに微笑《ほほえ》んだ彼を見て、確信してしまった。

こいつは友達がいないのだ。仮婚約者として二年以上も付き合いがあるから、カティとなら友達になれるのかもと、子供が好きそうな菓子を贈ってくれているのだろう。もらった物を返すのも哀《あわ》れに思えて、わざわざお金を使って用意しなくてもいいよ、とはすぐに言えなくなった。

獣人特有の友好のスキンシップや笑顔にもまだ慣れないが、いつかタイミングを見計らって、贈り物をしなくとも友達になれるよ、とは教えてあげよう。根は悪い奴《やつ》じゃないのだ。純粋に友達を求めるぐらいに、少しだけ子供っぽいところもある。

とはいえ、連日彼と遭遇するというのも珍しくて、カティは首を捻《ひね》った。

四日目はカティの外回りが忙しくて、レオルドと会う事はなかった。カティは巡回の途中で、久しぶりにヴィンセントとウルズと菓子パンをつまみ食いした。

◆

翌日、治安部隊には、朝からのんびりとした空気が流れていた。

春という季節の中で、短期間に集中して騒動が起こる浮ついた空気が、ようやく収まってくれたようだ。王都警備部隊の応援要請も昨日《きのう》で終了となっており、朝の業務日程を聞かされた時は、皆で手を叩《たた》いて喜んだ。

通常の見回りの他《ほか》は、広間の席で賑《にぎ》やかな雑談がされる、という久しい光景も広がった。

「お前ら！　『春の地獄の多忙期』脱却宣言がされたら、俺《おれ》が飲みに連れて行ってやるぞ！」

正午の休憩前、広間にいた部隊員達を前に、二階へと続く階段に立ったザガスが、そう叫んだ。

カティは、そういえば去年もこんなやりとりがあったな、と記憶を思い起こした。その後ろの席に座っていた第三班メンバーの一人が、大きな声で笑うようにこう言った。

「そんな事誰が宣言するんすか？」

「というか、毎回不思議でならなかったんすけど、脱却宣言ってなんすか、隊長」

「春って鬼門ですけど、管理してる課でもありましたっけ？」

広間にいた男達が、そう面白そうに囃《はや》し立てた。

すると、ザガスがニヤリとして胸を張った。

「聞け、野郎ども。俺の経験上、一週間経《た》っても馬鹿みてぇな異常な忙しさが戻って来なかったら、それが『春の地獄の多忙期』の脱却だと俺が決めてんだ」

「真面目《まじめ》に聞いて損したッ。結局は隊長の独断って事じゃないですか！」

「さすが隊長。半端ねぇぐらい、いい加減っすね！」

「去年と同じく奢《おご》りですか？」

部隊員達が次々に声を上げた。周りが煩かったので、カティは、ヴィンセントとウルズへ顔を寄せて話しかけた。

「去年は奢りだったの？」

「おぅ。全部ザガス隊長持ちだった」

「あの人、ああ見えて公爵家の人間でさ。無駄に収入もあるから、どんどん奢らせちゃったらいいんだよ」

そう言ったウルズが、ふと思い出したようにカティへ目を向けた。

「うちの国じゃ、十五歳からお酒も飲めるでしょ。カティは今年も参加しないの？」

「うーん、伯父さんが煩《うるさ》いから行かないと思う。お酒は十六歳からにしてって泣きつかれたし」

以前、不良少年グループで世話になった際に、カティは酒を飲んだ事はあった。甘いお酒は嫌いではないのだが、バウンゼン伯爵に泣かれながら、くどくどと説かれる未来が想像出来て飲む気にはなれない。

近くの席で騒いでいた部隊員達が、カティに同情の眼差《まなざ》しを向けた。

「バウンゼン伯爵ってあれだろ、一人息子をすげぇ溺愛《できあい》してる親馬鹿《おやばか》。陛下も参加されている大きなパーティーで、『僕を置いてかないでッ』って息子に泣きついたって聞いたけど、あれってマジなの？」

「……うん、セシルから聞いた」

「『泣き虫伯爵』って呼ばれてるらしいぞ、お前の伯父さん」

「…………だろうとは思ったよ」

出会ってから二年と数ヶ月、カティが窓から脱走しようとしたり、文句を言い返すたび、未《いま》だにバウンゼン伯爵は泣いたり失神したりした。

カティがそんな事を思い返していると、眼鏡《めがね》を掛けた別の部隊員が「カティも来たらいいのに」と椅子《いす》に腰かけたまま、首を伸ばして穏やかな目を向けた。他の部隊員達も、立ったまま、座ったまま、それぞれが賛同するように肯《うなず》き始める。

「そうだぞ、チビっ子。食堂の飯は美味《おい》しいし、居酒屋じゃねぇから治安も悪くない。どうにか伯父さんを説得してこいよ」

「いつも夕刻からしか開かない『オレガノ食堂』はな、料理がすげぇ美味《うま》いんだぞ」

「店員に兎の獣人の子がいてさ、すごく可愛《かわい》いんだぜ。もう少しで成長変化しちまうから、兎耳付きの姿は、今しか見られないッ」

「手作りのケーキもあるぞ?」

ケーキと聞いた途端、カティは顔色を変えて沈黙した。それは魅力的だと思えて、眉根《まゆね》を寄せて真面目に伯父の説得について考えてみた。

ケーキを好きなだけ食べていいというのなら、伯爵邸では実現出来ていない、食事を少量にしてケーキの量を増やすという事も可能ではないだろうか。いくつの種類のケーキがあるかにもよるが、手作りというのは捨て難いと思う。

そんなカティの様子を、周りの部隊員達がしばし観察した。

「おぉ、良い感じでチビ隊員が悩んでるな」

「よしッ、ルーノ！　任務を言い渡す、引き続きカティを誘惑するんだ！」

「え～、俺を指名しないで下さいよ、隊長」

「だって、俺もカティにご馳走《ちそう》してやりたいんだよ。こいつ、めっちゃ働き者じゃんか。読めるぐらいには字も上達してるしさ」

その時、外からやって来た一つの軍靴の足音が、広間でピタリと止まり、場に満ちていた賑やかさが一瞬にして消え失《う》せた。

カティの周りに集まっていた部隊員達が、足音を立てないよう、そろりと慎重に離れ始めた。考えに耽《ふけ》っていたカティは、突如として場を包んだ緊張感と静けさに気付けず、隣のヴィンセントに腕を小突かれ初めて、ようやく「何だよ」と言って顔を上げた。

見つめ返したヴィンセントの顔色は、血の気が失せていた。カティが訝《いぶか》しく思って首を傾《かし》げると、ウルズが今にも死にそうな顔で「あっち、あっちを見てあげてッ」と必死に指を差し向ける。

カティは、場に漂う沈黙に遅れて気付き、促されるままそちらへ顔を向けた。

一同の視線を集める先には、隊服をきっちりと着込んだレオルドがいた。彼は、まるで無害だと主張せんばかりに、爽《さわ》やかな笑顔を浮かべている。

周りの部隊員達が、ざわりと小さな囁《ささや》きをこぼした。彼らは驚愕《きょうがく》し、戸惑い、青ざめるといった各々の表情を浮かべ、「さっきの鬼人はどこに行った」「視線だけで人を殺せる目だっただろッ」「すげぇ早変わり……え、なんで？」と言い、ザガスが目を擦《こす》りながら「おかしいな、狼《おおかみ》隊長と別人のイケメンが見える」とぼやいた。

カティは、まだ規定の勤務時間中のはずだが、何故レオルドは部下も引き連れず一人でいるのだろうかと疑問を覚えた。

「こんにちは？」

ひとまずは、挨拶《あいさつ》しておく決まりを思い出して、そう口を開いた。

また話そうという誘いだろうか、とカティが考えている間にも、レオルドは波のように部隊員達が身を引いて開けた道を、真っ直ぐ歩いて前に立った。

大きな身長に威圧感を覚えたのも束《つか》の間で、レオルドがそっとしゃがみ込んだ。片膝を落とし、椅子に座るカティを見上げる。

「午後に休暇を取った。美味しいと評判のカフェがあるから、そこでお茶をしたい。その後に少し、長めに散歩をしよう」

「散歩？　あのさ、ちょっと待って。この辺って巡回とかで結構出歩いていると思うし、あんた必要ないんじゃ……？　というかさ、私は午後も仕事があるから、散歩とか無理――」

「休暇を申請してあるから、心配はいらない」

「へ？」

待て待て、勝手になんて事をしてくれるんだ。

カティが唖然としていると、レオルドは僅《わず》かに眉尻《まゆじり》を少し下げた。視線を絡めたままカティの右手を取り、キャンディーを一つ握らせながら両手で握り込む。

「昨日は顔を見られなかったから、今日《きょう》は多めに話す時間が欲しい」

「いやいやいや、毎日顔会わせているのが普通みたいに言っちゃってるけど、違うよね？　先週まではさ、ここで顔を会わせるのも週二ぐらいで――」

「カフェで限定の新作ケーキを予約している」

「…………」

カティは沈黙した。

昼食なしでケーキだけ食べていいという誘いなのであれば、便乗しないのは勿体《もったい》ない気がする。既に休暇申請されてしまっているのだし、断る道はないわけで……。

カティが悩んでいると、レオルドの手がそっと離れた。

その直後、カティは、腕を引っ張り上げられ、気付くと彼の肩に担がれていた。ギョッとする間もなく、レオルドが軽い足取りで踵《きびす》を返して歩き出してしまう。

「ちょッ、自分で歩けるから！　高いし上下に揺れて気持ち悪――ぐぇッ」

「なぜか一分一秒も早くここから連れ出したい気分なんだ」

レオルドが歩きながら担ぎ直し、カティは危うく舌を噛《か》むところだった。上下に揺れる視界に気分が悪くなり、両手で自分の口を押さえて吐き気を堪《こら》える。

ザガスと視線が合う位置まで歩いたレオルドが、出口へ足を向ける直前で立ち止まり、居合わせた男達を高圧的な眼差しで見渡した。

「――悪いが、これは二年以上も前から俺の仮婚約者だ。連れていくぞ」

堂々と言い切った彼に、カティは口を塞《ふさ》いだまま硬直した。

公にしないって伯父さん達が言ってたのに、なんでここで、あんたがそれをバラしちゃうかな!?

支部から出た直後、ザガスを含む全部隊員達の、驚愕する悲鳴が聞こえてきて、カティは支部内に走る激震を前に頭を抱えた。

友達になりたいのは分かるが、要らぬ憶測を招くような事をして、彼は一体何がしたいのだろうか。

カティは、仲良くしたいという獣人の距離感がますます分からなくなった。

◆

バウンゼン伯爵は、これまでにない幸せを、日々の中に感じ過ごしていた。

余命宣告まで受けていたセシルが、元気で逞《たくま》しく成長し、あっという間に自分の仕事を手伝うまでになった。愛する息子と共に社交に出られるようになった事は、本心から嬉しくもあり、とても頼もしい。

その昔、バウンゼン伯爵には、恐ろしい妹が一人いた。

父親一人の家だったから、彼なりに妹を大切にしていたのだが、何故か愛情を煙たがられ、いつも悪意のない嫌がらせを返されて、泣かされるか気絶させられた。

令嬢らしかぬ彼女との怒涛《どとう》の日々は、それでも、静かだった伯爵邸を賑やかにしてくれた宝物のような日々だった。毎日が新鮮さに満ちていて、大変で、彼女が出ていった後の平穏に慣れるまでには時間がかかった。

不出来な兄を想《おも》ってか、妹は居場所を知らせるように、たびたび手紙を送ってきてくれた。結婚は無理かもしれないと常々思っていたが、定住を決めた地で、庶民婚を果たした。

亡くなってしまった知らせを受けた時は、言いようのない激しいショックを受けたが、彼女は一人の子供を残してくれていた。

娘の名前は、カティルーナ。

ニカッと笑った顔は妹とそっくりで、きょとんとした素直さが見える表情は、恐らく妹の夫似なのだと思うが、とにかく、愛《め》でても愛でても足りないぐらいに可愛らしい。

バウンゼン伯爵は、どうしようもなく彼女が可愛くて「カティルーナ」「ルーナ」と呼んだ。カティ本人は嫌がる素振りを見せたが、十歳で早々に親離れしなければならなかった寂しさはあったようで、そう呼ぶと、少し恥ずかしそうにしながらも目元が綻《ほころ》ぶのを、彼も息子も、そして使用人達もとっくに気付いていていた。

これまでの年月を埋めるように、バウンゼン伯爵は、食事の席でよくカティの話を聞いた。

そこで判明したのは、やはり妹の夫は、彼女とは対照的な温厚な男であった事だった。料理に裁縫、掃除上手で傷の手当ても得意とし、家事も育児も完璧《かんぺき》にこなせて、村の婦人会の集まりにも参加してきちんと交流を……。

あれ、これって、夫というより嫁そのものじゃない？

そうバウンゼン伯爵は笑顔の下で思ったのだが、優秀な老執事セバスに、首を左右に振られ「お嬢様にはおっしゃらないように」と止められた。

とにかく、彼女の夫が理想的な嫁であるように、バウンゼン伯爵の妹は、その辺の男がダメに見えるぐらいに逞しい女の子だった。細腕で大剣を振り回し、刺繍《ししゅう》もダンスも一切出来なくて、得意な料理は山で狩った獣の丸焼きだった。実に漢《おとこ》らしい即席料理である。

彼女の夫となった男は、その女子力のなさを全《すべ》て引き受けるような、素晴らしい人間であったらしい。

そのおかげか、歩く自然災害のようであった妹とは違い、カティは、性格も非常に可愛らしかった。セシルにそっくりな見目も愛らしいが、父親の影響で家事などが嫌いではなく、自然に掃除や整理整頓をやるぐらい教え込まれている。

多分、カティの父親は、物腰の落ち着いた話し方をする男だったのだろう。

落ち着いている時のカティの自然な話し方は、庇護《ひご》欲をそそるほどに可愛らしかった。袖《そで》を軽く引いて、「あれは何？」と素直に尋ねてくる仕草と声も堪らない。椅子にちょこんと腰かけて、こちらの話をきちんと聞き、小首を傾げる様子も愛らしい。

うん、そこは、ほんっとうに妹とは大違いである。

バウンゼン伯爵は、妹の面影があるカティを見ては、何度も思い出して比較してしまった。

彼の妹は、社交の際には完璧な令嬢として振るまえたが、素の喋《しゃべ》り方は、実の親が「もうアレは駄目だ。屋敷では好きにさせておけ」と匙《さじ》を投げるほどだった。

妹は好奇心が人一倍強く、令嬢としての幼少教育が開始される前、自由に過ごさせている間に、男装姿で伯爵邸を抜け出しては男の子達と走り回り、冒険者や旅人の話を聞いては交流を深め、身分問わず多くの友人を作った。

元々少年じみた思考の持ち主ではあったが、それらも強く影響して、令嬢教育を受ける頃《ころ》には、修正が不可能なほど素の性格から少女らしさが消えていた。

――おい、クライシス！　あっちの木に登って、セバスの奴を困らせてやろうぜ！

やめて、困らせないで。セバスは父様よりも年上だからね？　うっかりぎっくり腰にでもなったらどうするの。

そうバウンゼン伯爵が説得を試みると、彼女は、途端に少年のような溌剌《はつらつ》とした笑顔を浮かべてこう言った。

――そりゃ面白ぇ。あいつ、常々女はどうのってうっせぇんだよな。そん時は、ベッドで横になってるセバスの部屋に突撃して、目の前で大笑いしてやるわ！

当然のような顔で、そう平気で言ってのけるような子だった……うん、悪魔だ。

――クライシス、お前の服貸せよ。パーティー会場で『どっちがどっち』やろうぜ。

セシルとカティが似ているように、バウンゼン伯爵と妹も、当時はそっくりだった。妹は長い髪をしていたが、器用に隠して、兄と同じ髪型を作ってしまえる才能の持ち主だった。

勿論《もちろん》、毎回の暴れ具合が身に沁《し》みているから、バウンゼン伯爵は断ったのだが、結局は彼女の暴挙を止める事は出来なかった。

妹はカティと違い、何というか、じっとしていられない子だったのだ。

人の話も聞かず、いつも台風のように周りを巻き込んだ。誰の事も考えず好き勝手に行動し、伯爵邸の者が毎日走り回らされた。

特に、たった一人の兄を巻き込むのが好きで、一方的に外に引っ張り出すような困った子だった。彼女は女性にしては長身だったから、まるで双子みたいだと笑って、十六歳で出ていくまで『どっちがどっち』の遊びも続いた。

それなのに、身体《からだ》が弱かったバウンゼン伯爵が寝込むたび、妹は二階の窓からやってきて、無自覚な優しさでいつも彼を泣かした。

――風邪？　んなもんアタシには移らねぇよ、まず引いた事ねぇしな！　一人の夜は心細いだろ。だから部屋を抜け出してきたんだよ。

――おいおい、また泣いてんのか、泣き虫クライシスは。まだ何もしてねぇのに、怖い夢でも見たのか？

――これ、そのへんで摘んだ花なんだけど、お前『いい香り』とやらが好きなんだろう？

――お前が寝てる間に、外では面白い事が勃発《ぼっぱつ》してんだぜ。昨日なんてさ、セバスに奇襲をかけてやったんだが……。

兄の事を平気で呼び捨てにするし、大雑把《おおざっぱ》過ぎる女の子だった。それでも、根はとても優しい子だったのだ。

自由奔放で何者にも縛られない彼女は、きっと近いうちに、守られた安全なこの世界から飛び出していってしまうだろう。そう分かっていたから、バウンゼン伯爵は、旅立ちの日も彼女を止めなかった。彼は、誰よりも妹の幸福を大切に思っていたのだ。

バウンゼン伯爵は、妹の事を誰よりも知っていたから、カティと彼女は違うのだと一目見て分かり、引き止めて家族に迎える事に決めた。

この子はきっと、誰かに守られて、幸せに笑う生活がよく似合うだろう。

カティは、いつもセシルの話を嬉しそうに聞く。セバスには特に懐いていて、食事の席に出たデザートに感極まると、料理長のもとへ直撃し礼を告げたりした。どの使用人にも、分け隔てなく話しかけては、楽しそうに笑う。

何かと文句を言う割には、バウンゼン伯爵が「カティルーナ」「ルーナ」と呼ぶと足を止めて、きちんと振り返り、誰も置いていかないよと安心させるような、とても柔らかい笑顔を見せてくれるのだ。

彼女が、親友であるベアウルフ侯爵の一人息子、レオルドの仮婚約者になってしまったのは予想外だったが、幸いにもうっかり噛まれてしまっただけだ。

そう、うっかり噛まれただけなのだ。いくら獣人として血が強いからといって、まさか、あの一瞬、目が合っただけで一目惚《ぼ》れだなんて、そんな事はない……はずなのだ。

バウンゼン伯爵の思考は、そこで停止した。

彼は、自分にとって都合が良い方に考え直す事にした。ベアウルフ侯爵の協力も得られたので、彼女が王都を出られない事を利用して、カティを伯爵邸に慣れさせる事にしたのだ。

最近は、レオルドの見合いも順調に進んでくれているようだ。彼に他の仮婚約者が出来たと、ベアウルフ侯爵が笑顔で報告を持ってきてくれた時は、とても喜ばしく思った。バウンゼン伯爵は、近い未来に思いを馳《は》せて「うふふふ」と思わず笑ってしまう。

可愛い息子と娘を両手に、社交に出るのが彼の一番の目標だった。

可愛いカティを、セシル共々自慢して歩きたい。年々カティは可愛さが増して、最近はキレイな顔立ちにも磨きが掛かってきたから、きっとどんなドレスも髪飾りも、よく似合うだろう。そのためには、最低限でも彼女にはマナーを学んでもらいたかったのだが、授業を入れようとしたら全力で拒否されてしまった。

とりあえず、カティの今のマナーレベルをチェックするために、それとなく使用人やセシルに協力を仰いだ。すると、意外にも女の子らしい立ち居振る舞いが出来る事が確認され、それにはすごく安堵《あんど》した。

カティの父よ、お前は良い仕事をした！

バウンゼン伯爵は、思わず天を仰いだ。

「でも父様、姉さんを社交界に出させたら、多分いっぱい見合いの話とか来ると思うけれど、心の準備は出来てる？」

「………………心の、じゅん、び」

「だって、そうでしょう？　僕にも縁談が来ているぐらいだもの」

伯爵としての名は中級程度だが、歴史は古い家柄だ。セシルの知的で温厚な性格や、儚《はかな》げな美少年といった容姿もあって、彼も社交界では人気が出ている。

セシルは、既に将来の事もしっかりと考えてくれているので、バウンゼン伯爵としても安心して、縁談については彼自身に全て任せているのだが、――カティとなると話は別だ。彼女は貴族としての教育は受けておらず、何より、大人《おとな》の世界を知らなさすぎる節がある。

「……でも、ほら、短い髪の令嬢なんていないから、数年は大丈夫かなぁって」

「父様は甘いよ。特に最近の姉さんは、性別に関係なく人の目を引くぐらい可愛いのに。セバス達も心配してたよ？　この前なんて、ストーカーみたいな人がいて排除したって、皆がそう話していたもの」

「それ、父さん聞いてないんだけど……」

彼女を引き取って、まだ三年も経っていないのだ。どんなところから縁談話があったとしても、教育を終えていない、もっと親睦《しんぼく》を深めてから嫁がせたい、と色々と言い訳は出来るはずだと、バウンゼン伯爵はそう考えた。

試着ぐらいなら問題ないと思って、彼は当初から、ドレスや髪飾りをこっそりと集めては、カティの部屋に揃《そろ》えて誘い続けてはいた。未だに成功していないが、もしかしたら、高価な見た目が駄目なのかもしれないと、最近は思うようになった。

という事は、町娘の恰好《かっこう》からならイけるんじゃないか……？

すっかり平和惚《ぼ》けに浸ったバウンゼン伯爵が、真面目にその策について練り始めた頃、一通の不穏な手紙が伯爵邸に届けられた。

その手紙には、ベアウルフ侯爵夫人であるエリザベスから、カティと顔会わせをしたい、という提案が記されていた。それを見た途端、彼は震え上がった。

無理！　絶対無理ッ、エリザベスに会わせたら最後、確実に余計なその他諸々がバレて、シめられるッ。

バウンゼン伯爵は、あらゆる言い訳を駆使して手紙を送り返した。

手紙の内容からして、ベアウルフ侯爵と共謀して、カティの性別を隠している事はバレていないようだった。しかし、何故今更になって、カティに会ってみたいという事になったのだろうか？

エリザベスとは、社交界では常々顔を会わせている仲だ。その際には何も言われなかったのに、とバウンゼン伯爵は不安を覚えた。

カティの『求婚痣《あざ》』は、あと数ヶ月で消えてしまうところまで来ている。レオルドの見合いが一段落したので、改めてバウンゼン伯爵共々、カティとも仲良くしたいという考えだけなら、構わないのだが……。

もし、レオルドがまだ結婚の意思を固めていなかったとしたら、どうだろう。

痺《しび》れを切らしたエリザベスが、ふとカティの性別を疑い、彼の結婚相手の候補の一人として、正式に放り込もうとしている可能性はないのか？

レオルドは、獣人としての血が強いと有名だ。そうすると、あの『うっかり噛みつき』事件は、熟してもいないカティから相性を感じ取り、一目惚れし、咄嗟《とっさ》に『求婚痣』をつけたとも説明出来る。

そうだとすると、恋愛第一のエリザベスの言い方をすれば、まさに運命の出会いともいえるのではないか。

「──って、そんなの嫌だぁぁぁあああ！」

バウンゼン伯爵は頭を抱えた。

そんな馬鹿な事ある訳がない。引き取って早々に、可愛いカティを取られそうな構図には運命の悪意さえ覚える。

レオルドは、カティに対しては特に失礼なのだと、バウンゼン伯爵は当初から報告を受けていた。だから、肩を噛まれたのはうっかり的な不運であり、事故であるのだと、自分に何度も言い聞かせてきた。

そうだとも、レオルドとカティは違う。──バウンゼン伯爵は改めて、この二年と数ヶ月を思い返し、自分をそう納得させた。

獣人は情が深いからこそ、愛された者は、世界で一番幸せになれるとは聞いていた。誰よりも深く愛し、執着し、幸福という名の檻《おり》に閉じ込める。強い獣人であるほど最強の守り手となれるから、人族の令嬢の一部にも、獣人貴族の男子は人気だった。

バウンゼン伯爵としても、紳士淑女である獣人の純愛話に憧《あこが》れがない訳ではない。カティの幸せが大切なので、そういう相手であれば、確かに良いとも思える。

勿論、それは今ではないし、その相手はレオルドでもない。

カティが嫁ぐだなんて、数年先、へたしたら十年先でも良い話である。

とにかく、バウンゼン伯爵としては、ひとまず仮婚約が解消するまでは、エリザベスとカティを会わせない方向で考えていたのだが――。

「申し訳ございません、旦那《だんな》様。対策が万事尽きました。ベアウルフ侯爵夫人、エリザベス様が押し掛けで来訪されていらっしゃいます」

「……え、今？」

「はい、直接話したい事があるそうで。十分以内に顔を出さなかった場合、物理的に旦那様を捜し出して、縛りつけた上で人間椅子に仕上げ、強制的に話し合いを開始すると伝言を頂いております」

「………………」

「父様、僕も近くに控えていますから。ね？」

バウンゼン伯爵は重い足取りで、セバスとセシルを連れて客室へ向かった。

先週のパーティー会場でも顔を会わせていたエリザベスは、彼が顔を見せるなり、妖艶《ようえん》な作り笑いを浮かべた。いかにも無害ですと言わんばかりの愛想笑いに、バウンゼン伯爵の笑顔は引き攣《つ》った。

バウンゼン伯爵は、妻であったマリアと婚約とした当初から、エリザベスには泣かされ続けてきた。妹とは違い、彼女は本当に容赦がない。

エリザベスは、友人と家族想いの素晴らしい女性ではある。しかし、彼女はかなり気性が激しく、見事な作り笑いを見せられて良い事があった試しがないため、彼は胃が痛くなってきた。

「わたくし、茶会友達から面白いお話を聞きましたの。ここ最近、一週間ほどかしらね？　うちのレオルドが、『カティ君』と仲良くしたいと奔走しているだとか」

「ぶほッ」

バウンゼン伯爵が紅茶に口を付け、喉《のど》に流し込んだ絶妙なタイミングで、エリザベスがそう切り出した。

「あらやだ、汚ないですわ。クライシス様」

「ご、ごめん。その、えぇと、ウチの『カティ君』と、あの相性最悪なレオルド君が……？」

思わず尋ね返すと、エリザベスは、にっこりと微笑んだ。

言葉で回答が得られなかったバウンゼン伯爵は、余計に不安を煽《あお》られた。三人掛けソファに縮こまって座り、次の彼女の言葉を待つと、エリザベスが満足げに形のいい唇を開いた。

「息子の反応がいまいちなのよ」

「い、いまいち……？」

「そう。どのご令嬢と引き合わせても、わたくしの理想とするような面白――こほん。特にこれといって変わった反応が見られないのが、つまらなくて」

エリザベスは、常々レオルドをつまらないと評価していた。それは彼が、女遊びで修羅場に発展させるようなミスも犯さず、出会いを続ける中で情熱的な恋に落ちる事もないせいだ。

獣人女性は、特に強い恋愛論を持っている者が多く、エリザベスもそうだった。彼女は獣人らしい激しい純愛に落ちてこそ、という自身の幸福論を強く持っており、それを息子に押し付けたがっている節もある。

レオルドが、二十歳の最年少で警備部隊長に就任してからずっと、エリザベスは義娘に憧れ、初孫の期待を裏切られ続けていた。それをバウンゼン伯爵は、よく聞かされて知っていた。

「成長変化が遅くて、暴走した件でネチネチとつつくたび、あの子の顔が歪《ゆが》むのはとても愉快だったのだけれど、もう飽きちゃって」

うわぁ、うちの妹以上の悪魔っぷり……。

バウンゼン伯爵は心の中で呟《つぶや》き、あまり交流のないレオルドには深く同情した。

「えぇと、エリザベス。君の息子は、既に複数の仮婚約者がいるというじゃないか。彼もアーサーと似て冷静な男だから、ゆっくりと愛を育んでいるのかもしれないよ？」

「アレはわたくし似よ、クライシス様」

エリザベスが、笑顔のままぴしゃりと、バウンゼン伯爵の意見を一蹴《いっしゅう》した。

「確かに、あの子は仮婚約となった令嬢達と、きちんと交流しているわ。正式な両家の顔会わせもして、わたくしも何度か茶会に同席しました。でもね、思っていたのと違うのよ。レオルドったら、いつも通りつまらない男で」

「つ、つまらない男って……」

「わたくし、初めてアーサー様と会った時、それはそれは面白い女になりましたのよ。今は時間がないので手短に話しますけれど、――つまり、一番目の仮婚約者である『カティ君』とも会ってみたくなったの。出来れば、レオルドと『カティ君』と、わたくしの三人で茶会をしたいわ。こちらの都合を伝えるから、近い日にセッティングしてちょうだいな」

「で、でででも喧嘩《けんか》になるから君の茶会がぶち壊しに――」

「ならないわ。あの子、ちゃんと話をするために、『カティ君』に怒らない事を誓ったそうよ？」

面白いわよねぇ、とエリザベスが金の瞳《ひとみ》を愉快そうに細めた。

バウンゼン伯爵が、蛇に睨《にら》まれた蛙《かえる》のように硬直すると、エリザベスはついとテーブル越しに身を寄せて、真《ま》っ青《さお》な彼の顔を覗き込んで低い声で囁いた。

「ねぇ、クライシス様。よくもあんな面白そうなのを隠してくれていたわね？『カティ君』、とっても良い子なんですって？周りからの評判も良くて、わたくし好みに可愛らしいのだとか」

「は、ははは、そ、そうだね。性格はすこぶる良いけれども、少々やんちゃなところがあるというか……」

「あなたも確かめたくないかしら？レオルドがどうして『カティ君』を噛んだのか」

バウンゼン伯爵は、今にも泣きそうな顔をエリザベスへ向けた。彼女の口調には自信が溢《あふ》れており、それは彼が想像したくなかった嫌な展開を思い起こさせた。

しかし、彼女はそこで好戦的な威圧感を潜めると、彼を宥《なだ》めるように貴婦人の顔でにっこりとした。

「『カティ君』の事なら、あなたがよくご存じでしょう？　わたくしは白黒ハッキリさせたいだけで、違うのであればそれでいいのよ。その時は、わたくしが、あの子の教育の手伝いをしてさしあげますわ。――だって、わたくし達は友達でしょう？」

促されたバウンゼン伯爵は、エリザベスの持つ『白薔薇《しろばら》の会』を思い起こした。令嬢達にとっては最大級のコミュニティであり、淑女教育から社交界のサポートまで行ってくれる、デビュタントにとって最も心強い女性会だ。

レオルドにとって、カティがそういった対象でないというのなら、事実上、仮婚約者から除外してくれるとエリザベスは言っているのだ。そのうえ、『カティルーナ』が伯爵家の令嬢となれるよう、男手一つのバウンゼン伯爵に力を貸してくれるという。

考えてみると、悪い話ではないように思えた。バウンゼン伯爵は、レオルドがカティにひどい暴言を吐き、たびたび木刀で喧嘩していた様子を思い起こして、そう思う。

表情に全部出るバウンゼン伯爵を見て、エリザベスがニヤリと口角を引き上げた。彼女は彼の視線が持ち上がると、完璧な貴婦人の微笑みに戻して、こう続けた。

「それでは、交渉成立ですわね。――それから、いずれは『カティ君』の本当のお名前も教えて頂きますから」

「うッ……。はい」

バウンゼン伯爵は、そう答えるのが精一杯で項垂《うなだ》れた。

もう完全に把握されてしまっているのだなと思うと、これ以上下手に逆らえないと理解した。うっかり余計な事を口走ってしまったら、今度こそ恐ろしい報復が待っているだろう。

その様子を見ていたセシルは、エリザベスの圧勝に苦笑するしかなかった。

実をいうと、レオルドの最近の行動や態度については、カティにちらりと聞かされて知っていたのだ。セシルがそれをセバスに伝え、彼を中心に速やかに調査も行われていた。

レオルドは、とっくに女遊びもしていなかった。実際に現場の確認に出向いた狼隊長を知る下町の探偵が、怖がらせないようカティと接していた、と実に可笑《おか》しそうに報告をしてきた。

先日に起こった強盗団の事件に関しては、セシル達は肝を冷やしたものの、レオルドがしっかりカティを助けてくれたと知らせを受けて、それならばと見守る事にしたのだ。

セシルとしては、社交界で接するようになったレオルドが、まだカティの性別に気付いていない事が不思議でならないのだが、――気付いていない今の状況で、カティを大事にするような行動を取っている事を、嬉しくも思っていた。

二年以上も前、セシルは、真っ直ぐにこちらを見てくれた少女に心を救われた。

ずっと一人だと思っていた彼の心に、躊躇《ちゅうちょ》なく踏み込んできて、あっという間に世界を広げてくれた姉が、セシルは大好きだった。

人族と違って、獣人の愛は、深くて純粋だ。

きっと、姉は誰《だれ》よりも幸せな女性になれるだろう。そう思うと、セシルはとても安心出来るのだ。

◆

バウンゼン伯爵がエリサベスと顔を会わせていた頃、カティは、レオルドと共にカフェの奥にある仕切りの個室席にいた。

テーブルには紅茶と、三種類のケーキが載せられた皿が置かれていた。カフェの店内に他の客の姿はなく、扉に掛けられた『貸し切り』の看板が、カティは気になったのだが、尋ねる勇気はなかった。

席に座ってからずっと、レオルドに穴があくほど見つめられて居心地も悪い。

彼の眉間《みけん》に皺《しわ》はないが、小さな反応一つ逃さないと言わんばかりの真剣な眼差しが、カティに緊張感を生んだ。

「食べないのか」

「まぁ、食べるけどさ……」

カティが困惑している間に、レオルドが手本を見せるようにケーキを口に運んだ。こんな大男でもケーキを食べるんだな、と不思議に思いながら、視線が外れてくれた事に安堵して、カティも小さなフォークを手に取った。

一口食べてみて、カティは口の中に広がる甘さに一時、今置かれている状況を忘れた。すごく美味しい。上に乗っている赤いカットフルーツも甘くて好みだった。チョコ味のケーキも苦みがなく、知らず上機嫌になって食べ進めていた。

「美味しいか」

「うん、すごく美味しい。うちでもデザートが一番の楽しみなんだよね。あ、この前もらった苺《いちご》味のドーナツも美味しかったよ、ありがとう」

にこにこと答えつつも、最後の一切れを食べるまで、カティは手を止めなかった。

最後の一切れを口に入れて満面の笑みを浮かべたところで、目の前に二つのケーキが載った皿が寄せられた。

なんだろうか、とフォークを口に入れたまま目を向けると、なんだかしまりのない嬉しそうな笑顔を浮かべたレオルドがいた。彼の不機嫌面を見慣れているカティは、まるで別人にも見えるその表情に違和感を覚えたが、すっかり友人認定されているようだと思った。

「俺のも食べるといい」

「本当にいいの？　美味しいから食べればいいのに」

「甘いから一つで満足したんだ」

「ふうん……？」

少し考えたものの、疑問はすぐに脳裏から離れていき、カティは「それなら遠慮なく」と彼の分のケーキも食べ始めた。

「美味しそうに食べるんだな」

「美味しいもん、仕方ないよ。そういえば、お話はしないの？」

カティは、ふと思い出してレオルドを見つめ返した。彼は何が嬉しいのか、頬杖《ほおづえ》をついてこちらを見つめている。

支部で仮婚約を暴露された一件を思い出したが、その表情を見ていると叱《しか》れそうにもなくて、カティは黙っていた。ケーキをもらってしまった手前、文句を言うのも悪いなという気もしていた。

すると、レオルドがにっこりと、やけに爽やかな感じで笑った。

「済まない、よく聞こえなかった。もう一度言ってくれるか？」

「だから、お話はしないの？」

「もう一回」

「ん？　いやだから、お話、しないの？」

騒音もないはずだが、彼は疲れているのだろうか。

カティが首を傾けつつ問い掛けると、レオルドの表情が更に弛緩《しかん》した。彼はやけに幼く、嬉しそうにへらりと微笑んだ。

きっと錯覚だろう、そう思って、カティは目を擦った。多分、自分の方が疲れているに違いない。

「そうだな。最近の事を話すと、仮婚約者の一人だったアーデリア嬢と、獣人貴族のルーファス卿の婚約が決定したな」

「獲《と》られちゃったの⁉」

「獲られる？　候補の一人というだけだろう？」

レオルドが、実に不思議そうに告げる。

お相手の令嬢にとっても、レオルドは婚約者の候補の一人に過ぎないのだと、カティは改めて獣人と人族の常識の違いに頭を悩ませた。

「つまり、あと四人しかいないって事だよね……？」

「お前を入れると五人だ」

いや、頭数に入れる時点でおかしいから。こっちは令嬢でも何でもないからね？

「あのさ、普通だったら恋愛は『好きかも』とか、そういう事から始めると思うんだよね、結

婚って」

見合いだろうが、気持ちは大事だと思う。そうカティが続けて指摘すると、レオルドはしばし考えるように眉根を寄せた。

彼の表情から、本気で微塵《みじん》たりとも考えていなかったと見て取り、カティは心底呆《あき》れてしまった。レオルドの場合、獣人貴族だからというよりも、そういった根本的な問題で結婚相手が定まらないのではないだろうか、と疑ってしまう。

「それはどういう感じなんだ」

「…………」

こいつは阿呆《あほ》なのだろうかとも思ったが、そういえば、女遊びもしている男であったと遅れて思い出した。

女遊びというものは、恐らく恋愛意識が欠けているから出来る芸当なのかもしれない。そう思い至ったカティは、彼のために真面目に考えてみた。

恋愛経験はないが、相思相愛だった両親を思い起こすと、上手《うま》く説明出来そうな気がした。

「うーん、好きになって、家族になれたら幸せだなぁって思えるような感じとか？　いつかその人と手を取り合って、一緒に歩んで、その人との間に子供が出来て、やっぱり好きだなぁって思えると、素敵だよね」

父の言葉を思い出して、カティは懐かしさに目を細めた。

幼い頃、母の帰りを待ちながら、父は自分がどれだけ母を愛しているのか、カティをどれほど大事に想っているのかを話し聞かせてくれた。カティは、そんな父の話を聞きながら、幼いながらに理想を見付けたような気がしたものである。

最近は伯爵邸で、「カティルーナ」「ルーナ」と親しげに呼ばれる事に、カティは心地良さも覚えていた。冒険への意欲がなくなった訳ではないが、長くは離れたくないとも思っているのだ。

自分が両親のように、いつか誰かと結婚する未来はまだ想像出来ない。でも、幼い頃に両親を見て「いいな」と抱いた羨《うらや》ましさは、今でも胸の片隅に残っていた。大人になったら分かるからと父は言っていたから、きっと、理解出来る日は来るのだろう。

バウンゼン伯爵は、親馬鹿だが優しい人だ。

縁談の話が来ているセシル自身に、全て一任している姿を見て、貴族は面倒だけれど、ずっとそばにいてもいいのなら、カティルーナとして娘になってもいいなと思う。カティにとって父はたった一人だから、彼をそう呼ぶ事はないけれど、バウンゼン伯爵もセシルも、伯爵邸の皆がカティは大好きだった。

「……あれ？」

ああ、そうか。簡単な事に気付けないでいたのは、自分の方だったのだ。

唐突にカティは、自分にはもう家族が出来ていたのだと、そう遅れて実感し気付かされた。

彼らが好きだから、カティはそこから離れ難いのだ。

根拠はないけれど、自分は長く家を空けるような冒険は出来ないような気がする。恋しくなって、きっと早々に、家族のいる場所に帰ってしまうに違いないから――。

彼らが喜んでくれるのなら、少しだけ勇気を出して、ドレスを試着してあげてもいいのかもしれない。

未知の世界は怖いから、まだ決意は固まらないし気恥ずかしいけれど、少しずつ歩み寄っていきたいと思えた。カティは、もうバウンゼン伯爵や、セシルのいない日々を考える事が出来なかったからだ。

その時、カティは、不穏な気配を覚えて視線を上げた。

別方向へ視線を落としていたレオルドが、険しい表情で低い唸り声を上げて、口の中で何事かを呟いていた。まるで威嚇する獣のようなピリピリとした空気を察し、カティは驚いてしまった。

「ど、どうしたの？」

「………どこかのオスが、お前の手を取る……種を……子を作って………」

よく聞き取れなくて、カティは眉《まゆ》を顰《ひそ》めた。何故、彼は機嫌が悪くなったのだろうか？

鼻頭に皺を寄せるレオルドの雰囲気に緊張を覚え、久しぶりに気圧されてしまい、カティは落ち着かなくなった。どうしていいのか分からなくなり、椅子の上で肩をすぼめ固まってしまう。

何か話しかけて話題をそらした方がいい。カティはそう考えて、唾《つば》を飲んで乾いた喉を潤した。

「あの、なんで怒ってるのか訊いてもいい……？」

するとレオルドが我に返ったように顔を上げた。彼はカティの怯《おび》えを察すると、自分でもよく分からないというような狼狽《ろうばい》を浮かべ、罰が悪そうに視線をそらした。

「…………怒ってない」

そう言いながら、ちらりと視線を寄越された。それはまるで、子供が気になる何かを盗み見し、許可をもらいたがるような物欲しそうな仕草に似ていた。

カティは、レオルドの視線が自分の手に、強く注がれている事に気が付いた。思わず自分の手を見下ろしたが、彼が何を言いたいのか推測出来ず、彼へと視線を戻して首を傾げた。

「えぇと、どうしたの？」

「……お前、俺の頭を楽しそうに触っていただろう」

「まぁ、普段は手が届かないから、優越感があったのは否定しないけどさ」

「もう触らないのか」

「は……？」

カティが目を丸くすると、レオルドが畳みかけるようにこう続けた。

「嫌な事があったら、親は頭を撫でたりするだろう」

「うん？　まぁそうだね」

「そうすると子供は落ち着く」

「ん？　まぁ、確かにそういう事もあるかもしれないけど……」

話の脈絡が分からず、カティは首を捻った。しかし、一つの推測が脳裏を過《よ》ぎり、まさか、と思って彼の方を二度見してしまった。

「もしかして、落ち着かない時には頭を撫でてもらうと冷静になれるとか、そういうタイプなの？」

そんなふうには見えなくて、カティは、まじまじとレオルドを見た。

すると、彼が恥ずかしさを隠すように顰め面を作り、視線をそらしながら、絞り出すような声でこう言った。

「……獣人だから、だ」

「獣人？」

質問しかけたカティは、ふと、獣人がそれぞれ獣の特性を持っている事を思い出した。

彼は狼らしいから、犬と同じように頭を撫でられるのを好むのかもしれない。しかし、あのレオルドが、『頭撫で撫で』をされている姿は想像がつかなかった。

彼が浮かべる笑みが幼いだとか、どうも子供じみた態度があるなとは薄々感じていたものの、まさか獣の特性であったとは驚きだ。レオルドのこれまでの行動を振り返ると、獣人という種族は、カティが想像していた以上に奥が深い種族だ。毎回、新しい発見があるような気がする。

「……えっと、つまり、何かしら気分が浮き沈みする事を思い出したから、落ち着けて欲しいって事なの？」

確認するように問い掛けてみると、レオルドの金緑の瞳に、どこか期待の色が浮かぶのが見えた。

カティが悩む間にも、レオルドが大きな肩を丸めるように少し頭を下げてきた。カティは、仕方なく席を立って歩み寄ると、恐る恐る彼の赤茶色の頭に両手を置いて、様子を見つつぐりぐりと頭を撫でてみた。

手を動かし始めてすぐ、レオルドのまとう雰囲気が柔らかくなったような気がした。カティの腹辺りに視線を落としていた彼の肩から、ふっと力が抜ける。

「どう？」

「………………イイ」

ぼんやりとした様子で、レオルドがどこか、うっとりと吐息交じりの声を上げるのを聞いて、カティは「ふうん？」と答えつつ首を捻った。

まるで、デカい犬を躾《しつけ》ているようだ。

そう思いながら、カティは、石鹸《せっけん》の匂《にお》いがする彼の頭を撫で回した。相手は犬科の大きな動物だ、と自分に言い聞かせると、不思議と容赦なく彼の頭髪を乱してやれた。

「もうそろそろ落ち着いた？　手、離してもいい？」

「……あと少しだけ」

「獣人って色々と変わってるよね。これ、人族だったら怒るレベルだよ」

「これを習慣付けないか」

ふとレオルドが視線を上げ、切望するようにカティを窺い見た。

何故か、彼の両手は持ち上がっており、カティの腰の方に伸びかけた状態で停止していた。

「……あの、これって獣人の交友とかで必要な事なの？」

「ああ、必要だ」

尋ねると、やけに凛々《りり》しく真剣な表情で、レオルドが強く言い切った。

まぁそれなら仕方がないかと、カティは了承する事にした。彼は友達が欲しいと思っているようだし、こんな簡単な事で機嫌が良くなってくれるのなら、カティとしても安心出来る。

カティが「いいよ」と答えると、何故かレオルドが小さくガッツポーズをして、早速「もう一回やってくれ」とカティの手に頭を押し付けてきた。

◆

カフェでケーキを堪能した後、カティは、レオルドに散歩に誘われて町中を歩き、ついでにとばかりに美術館の中の絵画を紹介され、その足で伯爵邸まで律儀に送り届けられた。

歩いている道中、レオルドは、またしてもポケットからキャンディーを取り出した。ちょうど口直しがしたい気分だったので、カティが彼の目の前で口に放り込むと、何故かまた嬉しそうにへらりと笑われた。

友情に傾いた獣人の変わりようは、何とも不思議な感じがした。気心が知れて警戒心がなくなると、途端に子供っぽくなる種族らしい。

とはいえ、カティはその関係を心地良くも感じた。嫌われるよりはずっといいし、レオルドは案外優しくて、子供っぽいところも意外性があって、少し可愛いと思う。

「うわぁぁあああああん！　僕の可愛いルーナぁぁぁあああ！」

伯爵邸に入ってすぐ、カティは、二階から下りてきたバウンゼン伯爵に泣きつかれた。

「ひぃッ、なんなの伯父さん⁉」

「セバスから聞いたよッ、レオルド君が送り届けたって本当なの⁉　二階から見えたってッ」

伯父の混乱ぶりに危機感を覚え、カティは、彼の腹部に拳《こぶし》を叩き込んだ。

バウンゼン伯爵が静かになったところで、カティは蹲《うずくま》る彼に、レオルドから改めて謝罪をされ、仲良くしたいと打ち明けられて、交友を始めたのだと話し聞かせた。

「な、仲良くしたいってだけ……？」

「うん。友達になりたいんだって」

「……そうか。それは安心し――ッてごめん、カティルーナ！　次の休みの日、つまり三日後なんだけど、彼と一緒にベアウルフ侯爵夫人の茶会に、その、……参加してもらう事になりました」

途端に語尾を弱めた伯父の言葉を聞いて、ベアウルフ侯爵夫人から何度か手紙が届いていた事を思い出し、カティは何も答えられなくなった。

どうやら、ベアウルフ侯爵夫人であるエリザベスは、婚約者候補が出揃ったことで、レオルドを交えて全員と交流を深めているらしい。再三手紙を寄越していた彼女は、とうとう痺れを切らし、伯爵邸に乗り込んできたのだという。

説明を代わったセバスの話を聞きながら、カティは項垂れた。

断りの手紙についても、時間の問題だろうとは思っていたのだ。相手は身分の高い侯爵家の夫人であるし、要求を受け入れるしかないだろう。カティは、家族の負担になるような我が儘《まま》は出来なかった。

エリザベスのことを語った時のバウンゼン伯爵の涙目と、セバスの遠い眼差しで、怖い婦人なのだなとも感じていた。カティは、考えるだけで気が重くなった。

「大丈夫だよ、ルーナ姉さん。エリザベス様は優しい人だよ。今回の茶会も堅苦しいものではないから、いつもと同じでいいと思う」

「……いや、奴との茶会って『飲んで愚痴る会』みたいなものなんだけど？」

「何かあれば、レオルド様がフォローしてくれるよ。僕も、いつか姉さんと一緒に茶会とか参加したいなぁ。家同士のガーデンパーティーとか、色々あるんだよ」

カティより目線が高くなったセシルが、少し大人びた顔で、ふんわりと微笑んだ。

その時は揃えた色の衣装を着ていこうね、とセシルが緊張を解《ほぐ》すように告げた。「僕らきっと双子だと思われるよ」とも言われて、想像すると確かに少し面白そうで、カティも「小さい規模のやつだったらいいよ」「いつかね」と軽い調子で答える事が出来た。

バウンゼン伯爵は、夕食の時間になっても元気がないままだった。彼は「仲良く……」と時々呟き、食事もままならず早々に就寝してしまった。

もしかして、体調を崩しているのだろうか？

カティは心配になり、風呂を済ませた後、こっそり彼の寝室を訪ねた。

「伯父さん、入ってもいい？」

扉をノックして声を掛けると、中から「うぇ!?」と素っ頓狂《とんきょう》な声が上がった。

彼が起きている事が分かったカティは、扉に鍵《かぎ》が掛かってなかったので「失礼しまーす」と勝手に入室した。

大きなベッドで一人横になっていたバンウゼン伯爵が、ガバリと上半身を起こした。就寝着姿の彼は、青年ぐらいにしか見えなくて、カティは思わず笑ってしまった。くすんだ金髪も寝癖がついてふわふわとしており、子供みたいなエメラルドの瞳が、こぼれんばかりに見開かれている。

ベッドのサイドテーブルには、小さなランプの灯《あか》りと、いつでも使用人を呼べるよう銀のベルが一つ置かれていた。

「ど、どどどうしたの、可愛いルーナ」

「ああ、起きなくていいよ、伯父さん。ちょっと元気がなさそうだったから、顔を見にきた」

カティは、近くにあった長椅子を引き寄せ、座りながらそう告げた。

伯父は、どこか驚いたように目を瞠《みは》り、それから懐かしそうに目を細めて、今にも泣きそうな顔で微笑んだ。カティはそれを不思議に思ったが、自分が尋ねたかった内容を思い出し、早速訊いてみた。

「伯父さん、体調でも悪いの？」

「うッ。その、ちょっと腹の調子が……えぇと、昼間に紅茶を飲み過ぎて。――ところで、カティルーナはどうして……？」

「体調を崩している時ってさ、夜一人だと心細いでしょう？　お話でもして、元気づけてあげようと思って」

セシルの体調が安定しなかった頃、カティは、毎日のように弟の寝室に通った。庭師の人にお願いして花を分けてもらい、自分の知っている外の世界を話し聞かせて、体調が良ければトランプ遊び等もした。

口をつぐんでしまったバウンゼン伯爵が、途端に瞳を潤ませた。噛みしめるように息を吸い込み、懐かしさからくる涙を堪えるように、深く穏やかに微笑んだ。

「――カティルーナ、ルーナ。僕の大事な妹の、娘の、可愛いルーナ」

「え。急に改まってどうしたの？」

伯父が今にも泣き出してしまいそうに感じて、カティは戸惑った。熱でもあるのかと思って、額に触れて確認してみたが、肌はしっとりとして冷たいぐらいだった。

改めて伯父を見つめたカティは、バウンゼン伯爵が浮かべる表情に、見覚えがある事に気付いた。

以前、少年グループの活動に加わっていた際に、「ふっといなくなるんじゃないかと思って不安になる」「出ていく時は、ちゃんと言ってね」「勝手にいなくならないで」と、幼少の仲間に言われた事が思い出された。

きっと腹の調子が悪いせいで、不安感が膨れ上がっているのだろう。

大人なのに、この人も子供みたいな人だなぁと、カティは苦笑した。

「大丈夫だよ、伯父さん。私はいきなり消えたりもしないし、どこにも行かないから」

カティは両親が生きていた頃と、セシルにもよくやったように、伯父のシーツの上に上半身を乗せた。

ほら、ここにいるでしょ。そう伝えるように、彼の足をシーツ越しに軽く叩いてやると、バウンゼン伯爵が、くしゃりと顔を歪めながら「うん」と肯いて鼻を啜《すす》った。

「また泣いてるの？　伯父さんは泣き虫だなぁ。だから『泣き虫伯爵』って言われるんだよ」

「うぅ、ごめんね、不甲斐《ふがい》ない伯父さんで、本当にごめん。でもね、その台詞《せりふ》、余計に泣けてくるから、ちょっと控えて欲しいような……」

「元気出してよ、伯父さん。私、父さんの次ぐらいに伯父さんの事が好きだから、泣いてばっかりだと心配になるよ」

涙を拭《ぬぐ》っていたバウンゼン伯爵が、不意にピタリと停止した。彼は目を丸くして、ゆっくりとカティへ視線を戻した。

「ルルル、ルーナ？　その、今なんて――」

「うん、最近気付いたんだけどさ、私、伯父さん達の事、大好きだよ。この家の子になるのもいいかなって。あ、元気が出るんだったら、今度、一着だけならスカートを試着してあげてもいいよ」

思った事を伝え合う、というレオルドとの成果は、こんなところで役に立ったようだ。カティは気恥ずかしさを隠すように、ニカッと少年じみた笑顔を浮かべて見せた。

途端に、バウンゼン伯爵が両手で顔を覆って号泣した。

喜んでくれるだろうと思ったのに泣かれてしまい、カティはギョッとして「体調が悪化したの!?」と慌て、サイドテーブルに置かれていたベルを力任せに振った。すぐにセバスとメイド達が駆け付けて、部屋の様子を見るなり目を丸くした。

メイド達が、温かいお湯とタオルの準備に入ったところで、セバスが困惑を露わにカティを見た。

「お嬢様、これは一体……？」

「伯父さん、体調が悪そうだったから元気付けてあげようと思ったら、余計に泣いちゃって……」

するとセバスがどこか腑《ふ》に落ちたように「なるほど」と額を押さえ、吐息をこぼした。

「だいたい把握致しました。さすが親子ですね」

「は？」

「後は私共でやりますので、お嬢様は、どうぞお部屋にお戻り下さいませ。それから、女子たるもの、一人で男性の寝室に足を運ぶものではありませんからね？」

呆れたように大きく肩を落としたセバスを見て、カティは、何言ってんだ、と怪訝《けげん》な表情を浮かべた。

それが貴族の令嬢の嗜《たしな》みというものであったとしても、一人心細くしている家族がいるのに、性別が違うという理由だけで、そばにいてあげるのが駄目だというのは納得出来なかった。

「――分かった。次はバレないよう窓から忍び込む」

カティは唇を尖《とが》らせ、そう反論した。

すると、何故かバウンゼン伯爵が、一際強く咽《むせ》び泣いた。彼は更に強くシーツに顔を押し当て、「僕がパパになるんだ嬉し過ぎる」「お嫁に行っちゃヤだッ」「どのドレスにしよう」「まだ誰にも渡したくないよぉ！」と、情緒不安定な叫びをこぼし始めた。

カティが若干引いていると、セバスがそれとなく誘導して、彼女を部屋の外に連れ出した。

廊下には騒ぎを聞きつけたセシルが待っていて、彼は困ったように笑い、セバスから彼女を引き取った。セシルは、どういう事があったのか少し気にしたように寝室の方を見ると、察したようにカティへと視線を戻した。

「姉さん、父様はお腹の調子が悪いだけだから、少し寝たら元気になってるから。ね？」

嘘《うそ》をつかないセシルに宥められたカティは、実の息子がいうのだからそうなのだろう、と納得して「うん」と肯き返した。

六章　三者茶会

「母上との茶会、ですか……」

顔を合わせて早々、母であるエリザベスからその内容を聞かされたレオルドは、三日後の午前の予定を、早急に頭の中に思い浮かべた。

エリザベスは、予想とは違う息子の涼しげな表情を見て、美麗な眉《まゆ》を僅《わず》かに寄せ、開いた扇の下で唇を舌打ちする形に歪《ゆが》めた。しかし、すぐに取り繕うと、注意深く彼の様子を窺《うかが》いながら言葉を続けた。

「事故だったとはいえ、わたくしだけ一番目の仮婚約者に会っていないなんて、あんまりでしょう？　それとも、何か不都合でもおあり？」

「いいえ、特にありません」

レオルドは、つらつらと思案に耽《ふけ》りながら即答した。

エリザベスが訝《いぶか》しげな眼差《まなざ》しを向ける中、彼は数秒ほど思案して、ふと唐突に「ああ、そういえば」と彼女と視線を絡めた。

「茶会のケーキは俺《おれ》の方で手配しても？　母上も、チョコは平気でしたよね？」

「――ええ、平気ですわ。あなたが直々に手を加えるなんて、初めてではないかしらね？」

「それから、ドーナツも追加で出したい。ああ、スチュワートと直に話し合った方が早いですね。では母上、これで失礼します」

「……ドーナツ……。あなた、そんな物を食べた事があったかしら?」

しかし、レオルドは母の疑問の声を聞いていなかった。

あっという間にエリザベスの前から去ったレオルドは、すぐに中年執事スチュワートを捕まえて、三日後の茶会について手早く指示を行った。

スチュワートは、侯爵邸で出た事のないドーナツのくだりで沈黙し、こちらから注文した事もないカフェへ新作ケーキを手配させる指示に顔色を悪くさせ、これまでカティとの茶会に出していたハーブのクッキーを、甘いものに変更する内容に身体《からだ》を震わせ、最後は青い顔でどうにか肯《うなず》いた。

これで用はないとばかりに毅然《きぜん》と踵《きびす》を返したレオルドの背後で、スチュワートが珍しく走り出し、「奥様ぁ!」と叫んだ。レオルドは、これにも気付かなかった。

レオルドは、長らくカティに頭を撫《な》でられた感触が残っていて、ふわふわとしていた。

数日前、暴れてしまった光景を見られた時に、初めて向けられたカティの満面の笑顔が忘れられないでいた。恐れられなかったうえ、感激した様子で褒められたのだ。絶対に今の仲良くなった距離感を手放したくないし、もっと笑顔が見られるよう、近づきたい。

母がカティに会いたい、というのも、とても良い事のように感じていた。

ベッドに身を投げ出した後も、レオルドはなかなか寝付けなかった。獣人《じゅうじん》だからだと嘘《うそ》をついて、もう一度頭を撫でさせた光景が頭の中では繰り返し再生されている。

あの一瞬、彼は女性と肌を絡めた時よりも、深く穏やかな充実感を覚えた。ひどく満たされるような気がして、ゆっくりと欲情が煽《あお》られるような心地良さに酔いしれ、ただ一心にカティの指に意識を集中していた。

あの近い距離感が離れ難く、あの細い腰を掴《つか》まえてしまいたいと、手を伸ばしかけた自分に気付いた時は驚いた。

あの距離のまま、あの手で、顔まで触れてくれないものだろうか、と考えてしまう。

何となくだが、物足りないような気がするのだ。

むしろ、触りたい。あの小さな顔を、両手で包み込んでみたい。

さりげなく触れられるようになったカティの手も、いつもしっとりと吸いつくようで、必要以上に握りたくなるのだ。剣を握る手だとは思えないほど華奢《きゃしゃ》で、さぞかし舐《な》め心地も良いだろう。もし、見せつけるようにして指先を舐め咥《くわ》えたとしたなら、カティは、一体どんな顔をして啼《な》――。

そこで、レオルドは我に返り「くそッ」と口の中で悪態をこぼした。

どうした俺、おかしいぞ。とにかく落ち着け、そこで踏み止まるんだッ。

あの子供は男だ。相性が良いから、自分はカティと一番の友達になりたいのだ。友達なら手を握ったり、頭を触ったり、少しのスキンシップぐらいは普通であるはずなのだ。

……友達などいた事もないから、よく分からないが。

レオルドは気分を変えるべく、荒々しく寝返りを打った。込み上げた熱を、普段は常時発揮されている鋼の精神で抑え込む。

今日《きょう》の正午、彼は訪れた治安部隊の支部で、自分の『求婚痣《あざ》』を持っている子供を、自分以外のオス達が構っている様子を見て焦燥に駆られた。カティの身体には自分の『求婚痣』があるのだと宣言してやらねば気が済まず、言い放ってやった時は、どうしてか優越感が込み上げた。

そう記憶を辿《たど》り返したところで、レオルドの思考は、またしても飛んで初めに戻ってしまった。頭を撫で回された、ふわふわとした気持ちが蘇《よみがえ》る。

馬車の中で初めて触れられた感触が忘れられず、最近は、手を握るぐらいでは物足りなく思っていた。今日、カティ自らに歩み寄ってもらい、もう一度頭を触らせる事に成功したのだ。そのうえ、自然な流れで習慣に持っていく事にも同意してもらえた。

思い出したレオルドは、笑顔になってしまう顔を、枕に思い切り押し付けた。

自分がよく分からない。友情って最高だな、とも思うが、何か違う気もする。とても充実している満足感があるのも確かで、今は毎日が楽しくて仕方がないとも思う。

ひとまず、菓子を与える時は、目の前で食べてもらえるようにお願いする事にしよう。キャンディーぐらいでは駄目だと思っていたが、そうではなかったと気付けて今日は良かったと思う。

　レオルドはそう思案し、ようやく眠りに落ちていった。

◆

　バウンゼン伯爵の情緒不安定は、一晩で過ぎ去った。

　彼は早朝から「娘として迎えるぞぉ！」と仮婚約解消後の予定を、再度見直すぐらいに元気が良過ぎて、カティは昨日《きのう》の告白を恥ずかしくも思った。

　ドレスの試着については、一週間後の、バウンゼン伯爵とセシルの休みに、使用人達総出で行われる事となった。メイド達を中心とした使用人達の喜びようも凄《すさ》まじく、カティは「大袈《おおげ》裟《さ》すぎる」と意見したが、セバスは「二年かかりましたから」と涼しげに言った。

「お嬢様は、仮婚約の解消後に、正式にバウンゼン伯爵家に加わって頂く事になります。旦那《だんな》様からは、出来るだけ自由にさせるとのお約束も頂いておりますので、ご安心下さいませ。このセバスも、全力でサポートさせて頂きます」

　令嬢になったとしても、急いで変わる必要はないと、セバスはその後も優しく噛《か》み砕いて語ってくれた。

　家の事に関しては一安心したカティは、続いて、昨日のレオルドの爆弾宣言を憂鬱《ゆううつ》に思いながら、いつも通り治安部隊員として出勤した。

騒ぎ立てられるだろうなと身構えていたのだが、不思議なぐらいに、誰《だれ》も仮婚約の件については触れてこなかった。何人かの獣人の部隊員に「もしかしたらだけどさ。うん、なんか色々と失礼だったな、ごめん?」と半ば疑問形で謝られた。彼らは明確な回答を避け、「これからハッキリするはずだし」と独り言のように口にして、カティから離れていった。

ヴィンセントとウルズは、苦笑していたものの「昨日は大丈夫だったか」と普段と変わらない様子で気軽に話題を振ってきた。カティは「まぁケーキは美味《おい》しかった」と答え、普段通り、彼らとの仕事に取り掛かった。

露骨に動揺を見せたのは、ザガス治安部隊長だった。

午前の活動報告でカティ達が執務室を訪れると、ザガスは若干青ざめ、笑顔にも覇気がなかった。

「隊長、何かあったんですか?」

「は、ははは、カティは今日も元気だな。うん、別に俺はなんともないさ……うん、この通りピンピンしてる……あれだ、別に同性同士など……は、はは、は……」

「……」

なるほど。確かにザガスの戸惑いは正しい。

カティは今のところ、男の子という事になっているのだ。同性婚があるとはいえ、女性の噂《うわさ》が多いあのレオルドが、と考えると難しいものがあるだろう。

レオルドは、意外にも優しくて頼れる男だ。自分のせいで悪いように誤解されるのは嫌な気がして、カティは、彼の名誉のためにも、きちんと訂正するべく教えてあげた。

「隊長、私は事故でうっかり噛まれてしまっただけです」

「……あの態度で、うっかり……………」

どうしてか、信用してもらえなかった。共に報告に来ていたヴィンセントとウルズも、助言してくれなかった。

レオルドは、午前中に部下を引き連れて支部にやってきた。彼はどこか上機嫌で、一度出ていった後、昼食休憩ぴったりに単身で再び支部を訪れた。

「母上との茶会については聞いている。顔を会わせて話をするだけだから、緊張する必要はない。多めにケーキとドーナツも用意するから、好きなだけ食べるといい」

エリザベスとの茶会までの間、レオルドは休憩時間にやってきては「話をしよう」とカティを誘った。タイミングを計ったかのように、キャンディーやドーナツを渡して、目の前で食べるよう促してくる。

菓子をお預けにされるよりは気分が良いので、カティは、別に何とも思わず口にした。

しかし、同時に、別件では困った事も発生していた。

獣人特有の、頭を撫でられたら落ち着くので習慣化したい、と宣言された通り、レオルドは翌日早々から求めてきた。支部にやってきた際、彼は真っ先にカティの前でしゃがむと、期待の眼差しで見上げ「ほら、触って」と、約束が忘れられていないか確認するように促した。

支部だろうと町中だろうと、レオルドが人目を全く気にせず、頭を撫でる事を要求してくる事が問題だった。

まるで大きな犬のようだ。獣人の友情の度合いって、底が知れないなとカティは思った。

とはいえ、前触れもなくレオルドの落ち着きがなくなったり、ピリピリしかけた空気が、それで消えてくれるのは事実だ。カティも次第に、「ん」と一音でレオルドに頭を寄越されるのを合図に、「仕方がない」と諦《あきら》めて、手を伸ばして彼の髪をかきまぜるという一連の流れが出来た。

しかし、周りから向けられる視線を居た堪《たま》れなくも感じていた。支部でそれをやると、同僚達から思い切り視線をそらされるのが精神的に少し堪《こた》える。

「あれだよな……。デカい犬に懐かれる子供の図」

「狼の面影が消え去るっていうのも、衝撃的だよねぇ……」

ヴィンセントとウルズの感想は、もっともな意見だと思えた。レオルドに友達認定を受けてからというもの、カティは、野良狼にうっかり懐かれたような気分も覚えていた。頭を撫でるというのも人族にはない習慣だから、一種の餌付《えづ》けのようで複雑でもある。

しかし、それを口にすると、周りで聞いていた部隊員達が、憐《あわ》れみと同情、それから呆《あき》れを含んだ眼差しをカティへと向けた。

「というより、お前の方が餌付けされてね？」

「上手《うま》い感じで教育が進められているというかさ」

「同じ獣人として言わせてもらうと、確実にアレだな。うん、チビ隊員、どんまい」

「短期間ですげぇ攻め具合だよな、手に頭……うーん、獣人である俺の経験を踏まえると、すぐに満足できなくなるだろうな。まぁ頑張れ、チビっ子！」

意味が分からん。

部隊員たちは、相変わらず気さくに接してはくれたが、レオルドが現れると、猛スピードでカティから離れるようになっていた。ヴィンセントとウルズは、同じ班のメンバーであるので避難する事はなかったが、同僚達と意見は揃《そろ》っていた。曰《いわ》く――。

「狼隊長はな、以前よりおっかない状態なんだ」

「下手したら俺らが瞬殺される」

「獣人にとって、一番ピリピリしている時期に突入しているからな。触らぬ神になんとやら、だ」

最近のレオルドは、以前のように厳しい表情で支部内を歩く事もなく、部隊員達にも悠然と笑いかけているはずなのだが、何故か以前よりも、治安部隊員達の緊張感は高まっているようだ。

しかし、雰囲気が丸くなったとはいえ、強い男として元々持っている怖さがなくなる訳ではない。

カティは、今、有無を言わさない圧力をレオルドから感じていた。

「ここに座るから、頭を撫でて欲しい」

噴水の低い石座席に足を開いて腰かけたレオルドが、にっこりと爽《さわ》やかにそう言ってのけた。清々《すがすが》しいほどの笑顔なのだが、逆らい難い黒いオーラを感じるのは気のせいだろうか。

翌日に、侯爵夫人を交えた茶会を控えたその日、早めに退勤して支部から出た矢先、カティは待ち構えていたレオルドに「一緒に帰ろう」と連れられ、人の往来が続く道の真ん中の、小広場の噴水まで連れてこられた。

この三日で、彼の笑顔はもはや武器に変わりつつあった。何というか、「断るはずはあるまいな？」と、にっこり脅され、要求されているようにも思ってしまうのだ。

どこか間違った方向に吹っ切れて、エスカレートしているような……もしかして友達から、親友へでも格上げでもされたのだろうか？

カティは、獣人の友情のスキンシップに悩まされつつ、レオルドに「ちょっと待って」とひとまず現状について教えてあげた。

「……あのさ、結構軍人さんも出歩いてる時間なんだけど、わざわざこんな往来のど真ん中じゃなくても――」

「今日は仕事が忙しかったから。すぐに欲しい」

精神的な問題などあるようには見えない涼しい笑顔で、レオルドがそう言い切った。

いつもより低く、深い位置に腰を落ち着けたレオルドの頭を撫でるには苦労しそうで、カティは躊躇《ちゅうちょ》した。それに、彼はいつも人目を気にせず、長く強めに撫でられたがるのだ。

カティは周りの人間の多さが気になったが、レオルドの笑顔に気圧《けお》されて、断れないと知り、諦めて手を伸ばした。

彼が早く満足しますようにと念を込めて、カティは、レオルドの髪をぐしゃぐしゃにする勢いで撫でた。体勢がきつく、すぐに足と腰が疲れてきた。

いつもみたいに、こちらに頭を寄せてくれないだろうかとカティが思った時、不意に、両手でガシリと腰を掴まれた。

なんだろうか、と手を止めてレオルドに目を向けると、彼が良い笑顔でにっこりとした。

「ここに膝《ひざ》を置いた方が楽だろう？」

そう言いながら引き寄せられ、彼の足の間に、自然と片膝を落とされた。

彼の頭の位置がやや上がってしまうものの、レオルドが腰を支えてくれているので、確かに体勢としては少し楽だった。カティは流されるまま「ありがとう？」と告げて、彼を見上げる形で手の動きを再開した。

近い位置から見上げている彼の金緑の瞳が、愉快そうに細められた。

腰を左右から掴む大きな手の熱が、じわじわと伝わってきた。頭を撫で続けていると、レオルドが、どこかうっとりと笑むので、まるで好意を真《ま》っ直《す》ぐ向けられていると錯覚しそうになり、カティは、何だか落ち着かなくなった。

「……距離が近いからさ、あんまり見ないで欲しいんだけど。というか、まだ？」

「まだ。もう少し」

「ふうん？　変なの。今日何かあった？」

カティが尋ねると、レオルドは、しばし記憶を手繰《たぐ》り寄せるような間を置いた。

「――シャロン嬢に会ったぐらいだな。ああ、彼女は人族の男との婚約が決まったそうだ」

「また獲《と》られたの!?」

「獲られたも何も、彼女は元々、その男を本気にさせるために俺の仮婚約者になったんだ」

「それは何というか、凄いお嬢様だね……」

そうか、こいつはダシに使われたのか。それはそれで可哀《かわい》そうだな。

普通の男であれば気分が落ちそうな内容ではあるが、レオルドは、ずっと笑顔だった。

「自慢のように惚気《のろけ》話を少々されてな。分からないようなら、試してみればいいと――」

思い出すように語ったレオルドが、そこで、ふと言葉を切った。

カティが「何？」と先を促すと、彼は思案するように一度視線をそらした。独り言のように
「確かに想像以上に『イイ』」と口の中で呟《つぶや》いて、「だが……」と僅かに首を傾けてしまう。

よく分からないが、精神的に落ち着いてくれたようなので、もう腕を下ろしてもいいだろうか。さすがに腕に疲れを覚えて、カティは手を止めた。

その時、まぁいいか、というように笑顔を戻したレオルドが、唐突にカティの腰を持ち上げた。ぐっと持ち上げられた浮遊感に、彼女は「うぎゃッ」と悲鳴を上げ、いきなり不安定になった身体に慌てて、低い位置になった彼の頭を半ば抱えた。

「何すんのッ」

驚きを訴えて睨《にら》みつけると、途端にレオルドが、嬉《うれ》しそうにふわりと目を細めた。

「こうして持ち上げれば、疲れないだろう？」

そう言って、にっこりと笑い返された。彼はひどく楽しそうなのだが、台詞や行動が胡散臭《うさんくさ》く、嵌《は》められている感じがするのは気のせいだろうか。

というか、まだ満足してないのかよッ。

王都警備部隊の人間が足を止めている事が気になったが、レオルドは腰から手を離してくれず、カティは諦めて手を動かしたのだった。

◆

何度も足を運んでいるベアウルフ侯爵邸だが、カティは今、強い緊張を覚えて、普段はレオルドと二人で茶会をする庭園のテラス席に、肩身を縮こまらせ座っていた。

正式な正装服の代わりとして、治安部隊員の隊服で訪れた彼女を真っ先に出迎えたのは、中年執事を押しのけたレオルドだった。彼は上機嫌な様子で、許可も取らずにカティの手を掴むと、待ちきれない様子で茶会の場へと案内したのだ。

今、カティの目の前には、年齢不詳の気の強そうな美女が、にこりともせず座っている。

ケーキやドーナツが並べられたテーブル席には、三脚の椅子があり、軽く自己紹介を行った後、カティは長らく、侯爵夫人に穴があくほど観察されて胃が捻《よじ》れそうだった。

ベアウルフ侯爵夫人であるエリザベスは、真っ赤《まか》な髪をぴしっと結い上げ、上品な紫色のドレスを見事に着こなしていた。想像以上の美貌《びぼう》を持った女性で、切れ長の金色の瞳《ひとみ》に通った鼻筋、知性を覚える形のいい薄い唇は中性的で、女性にしては高い背丈と鋭い眼光もあって、三割増しで怖い。

レオルドの瞳の鋭さは父親似かと思っていたが、どうやら母親似であったらしい。相手は女性であるはずなのに、委縮してしまうほどに威圧感がある。

唐突に、エリザベスがゆっくりと赤い唇の角を持ち上げた。黒いオーラを覗《のぞ》かせるその完璧《かんぺき》な愛想笑いは、昨日レオルドが見せた、含んだような笑顔とそっくりだった。

「初めまして。わたくし、エリザベス・ベアウルフ。そこの愚そ——レオルドの母ですわ」

愚息って言おうとした……うん、見た目の印象を裏切らないきつさだ。

カティはすぐに言葉が発せず、口許《くちもと》の笑みを引き攣《つ》らせて、どうにか会釈を返した。エリザベスは、鳥の羽がふんだんにあしらわれた扇を開いて口許を隠し、ころころと猫のように笑う。

「緊張されるお顔も、可愛《かわい》らしいですわね。泣かしたら実にわたくし好みに――おっほん。いえ、お気になさらないで。どうぞ、緊張せずにお食べになって？」

そう言って、金色の瞳がすうっと細められた。

まるで肉食獣に狙《ねら》いを定められているような気がする。どうしよう。緊張で味が分からないかもしれない。カティは、愉快そうにこちらを観察するエリザベスから視線をそらす事が憚《はばか》れ、しばし硬直していた。

すると、隣に座っていたレオルドが、カティの前にケーキの皿を寄せてきた。

今食べて本当に大丈夫なの、と下からチラリと窺い見ると、安心するようにと言わんばかりに彼がにっこりとした。まるで完璧な紳士にしか見えないが、エリザベスと並ぶと、三割増しに胡散臭く見えるのは気のせいだろうか。

カティはごきちなく笑って、二人の獣人貴族から視線をそらした。目線を手元に落としてようやく、そのケーキが先日、カフェで頂いた美味しいケーキと同じだと気付いた。

美味しい記憶に負けて、カティは、エリザベスを三回ほど盗み見た後、フォークを手に取った。二人ともこちらばかり見ているが、ケーキに手をつける気がないのだろうか、と疑問を覚えつつ、一口目を口に放り込んだ。

途端にカティは、甘い美味しさに緊張感を忘れて、瞳を輝かせた。

一つ目のケーキを平らげると、レオルドが別のケーキを皿にとってくれたので、カティは自然と笑顔で「ありがとう」と礼を述べて受け取った。

しばしケーキを堪能していたカティは、ふと、目の前の威圧感がなくなっている事に気付いた。顔を上げると、何故《なぜ》かエリザベスが、口許に開いた扇をあてたまま目を瞠《みは》っていた。

「……あの、どうかされましたか？」

「――いいえ。いいえ、何でもなくってよ。とても美味しそうに頂かれるものだから」

エリザベスが扇を仕舞いながら「おほほほほ」と美麗に微笑《ほほえ》み、紅茶へと手を伸ばした。

疑問に思い、カティは隣にいたレオルドに訊《き》いてみようと考えた。しかし、目を向けてすぐ、こちらをじぃっと見下ろす強い金緑の瞳に射貫かれて、「うッ」と言葉を詰まらせた。どうやらレオルドは、こちらが手を止めるまで待っていたらしい。

レオルドは、椅子の上でこちらに上半身を向けていた。視線が合うと、どこかそわそわしたように肩を揺らす。

「えぇと、あの、どうかした……？」

「先日と同じケーキを用意させたが、美味しいか？」

「わざわざ同じものを揃えてくれたの？　ありがとう。うん、凄く美味しいよ」

そこまで気を使わなくてもいいのにと驚いてしまったが、緊張しないように計らってくれたと思えば、その気持ちは素直に嬉しかった。カティとしても、また食べたいとは思っていたので、感謝を伝えるべく素直に微笑んで、もう一度「ありがとう」と告げた。

カティの柔らかい笑顔を見たレオルドが、硬直した一瞬後、嬉しくて堪らないという様子でへらりと笑った。

その時、向かいの席から咳《せき》が聞こえて、カティはエリザベスへ視線を移した。

近くに控えていた中年執事が、青い顔で駆け寄ってきて「大丈夫ですか、奥様ッ」と言った。

カティも声を掛けようとしたのだが、ハンカチを口に当てたエリザベスが、素早く片手で制した。

「なんでもございませんわ。お気になさらず、続けて」

……続けてって、何が？

率直な疑問が浮かんだものの、先程までの行動を思い起こしたカティは、食べていいという事だろうと解釈した。

視線をテーブルへ戻そうとしたカティは、エリザベスの後ろに控えていた中年執事と目が合った。白髪交じりの中肉中背の執事は、緊張した様子で、額に脂汗まで浮かべていた。

目が合ったのに無視するのも失礼だろうと思えて、カティは労《いたわ》るように、ぎこちないながらも愛想笑いを浮かべた。すると、中年執事の顔から、ざぁっと音が聞こえるほど見事に血の気が引いた。

そんな下手《へた》な愛想笑いだったのだろうか。

カティは、不思議に思って首を傾けかけたところで、隣からひんやりとした気配が漂っている事に気付いた。

恐る恐るそちらを窺うと、隣の椅子に腰かけていたレオルドが、絶対零度の眼差しで中年執事を睨み据えていた。表情の変化は僅かに眉を顰《ひそ》める程度だったが、静かに憤る様子は、剣先を真っ直ぐ向けられるような鋭い殺気があった。

カティは、思わず条件反射のように硬直した。黙っていると不安に絡め取られるような気がして、どうにか不穏な空気を払拭《ふっしょく》しようと思い立ち、口を開いた。

「あのさッ、……その、ケーキ食べないの？」

思いきって声を掛けると、レオルドの目から殺気が消えた。

消化不良のような不機嫌さは窺えるものの、彼は怒らないという協定を守るように、静々とこちらへ視線を下ろして、複雑な表情を浮かべて見せた。

「えぇと、空気がちょっとピリピリしているみたいだけど、どうかした？」

「………俺は、簡単に見られなかった顔なのに……」

「は？　顔？」

すると、レオルドがふてくされたように唇をへの字に結び、カティの方へ身体を向けて、俯《うつむ》くように屈《かが》みながら「ん」と頭を寄越して来た。

カティは訝しげに思ったが、それで機嫌が戻ってくれるなら仕方がないと考え、彼の頭をガシガシと遠慮なく撫でた。レオルドは背中を屈めつつ俯いており、されるがまま無言だった。

その時、盛大に咳《せ》き込む声が聞こえてきた。

手を止めず顔だけ向けると、口許にハンカチを当てたエリザベスが、こちらに背を向けて肩を小さく震わせていた。紅茶で咽《む》せたのだろうかと思って注視していると、喉の奥で必死に笑いを堪《こら》える声がして、カティは眉を顰めた。

何か面白い事でもあったのだろうか。そう疑問を覚えていると、今にも死にそうな顔をした中年執事が、一歩前に出て「奥様には構わないで下さい」というように首を小さく左右に振り、それから恐る恐る尋ねてきた。

「あの、カティ様？　大変申し訳ございませんが、それは一体……？」

「ん？　ああ、これですか？　獣人って、こうされると落ち着くんでしょう？」

「………………」

執事は無言だった。その横で、エリザベスの肩が更に大きく震え「ぶふッくくくく」と貴婦人らしかぬ声がもれ出した。

二人を訝しげに見つめていたカティは、不意に、触れていた頭を手に押し付けられるような力を感じて、俯いたままのレオルドへ視線を戻した。

目をそらしていたせいもあって、彼の額とこめかみに触れてしまっていた。カティは、両手を彼の頭へ戻しながら「ごめん」と謝った。レオルドは、だいぶ気分が落ち着いてきたのか、こちらに半ば身を乗り出すような姿勢のままだった。

「どう？　そろそろ落ち着いた？」

尋ねてみたが、返事はなかった。

カティは様子を確認すべく、彼の額の左右を手で挟むように持って、少し起こし上げてみた。レオルドは、先程の刺々《とげとげ》しい様子が嘘のように、うっとりと目を閉じていた。撫でる手が止まった事にも気付いていないようで、支えるカティの手に頭の重みをかけてくる。

「おいコラ。重いんだから自分で頭を起こして」

「……手、ひんやりしてる」

「体温は普通だよ。そっちがやたら高過ぎるの」

「…………凄く、イイ……」

「ちょっと、人の話ちゃんと聞いてる？」

面倒になってぐいっと顔を押し返すと、レオルドがふっと瞼《まぶた》を開いた。

金緑の瞳は、まるで別人のように穏やかで、少し潤んでいて、表面上の雰囲気とは裏腹にどこか熱を帯びているような気がした。

その眼差しを、何度か不味《まず》い状況に陥る際に見た事があったような気がして、カティは本能的な危機感を覚えた。いつだったかと記憶を辿る前に、レオルドが、すん、と匂いを嗅《か》ぐように鼻を動かせた。

「……微《かす》かに、何か………」

「メイドさんに朝湯に放り込まれたから、多分それだと思う。うん、とりあえずそれ以上顔は

近づけないでおこうか。言葉が噛み合わないって時点で嫌な予感がするんだけど、半分眠っているなんて事はないよね？」

するとレオルドがこちらを見つめたまま、カティの手の上に、自身の手を重ねて軽く握り込んできた。

「もう一回、噛――」

その時、彼の台詞《せりふ》を遮るように、凛《りん》とした声が響いた。

「『カティ』さん、今すぐ手をお離しになって、わたくしに任せてちょうだい」

命令するような強い指示に、カティは頭で考えるよりも早く、条件反射のようにレオルドから手を離していた。

瞬間、すぐそこまで歩み寄っていたエリザベスが、閉じた扇でレオルドの頭を思い切り打った。中庭に重い殴打音が響き渡ったが、レオルドは痛がる反応の一つもなかった。彼は数秒停止し、それからようやく、醒めたような眼差しをゆっくりと母へ向けた。

「落ち着いたかしら、愚息。面白いものが見られて、とても楽しかったわ」

レオルドが僅かに困惑の色を浮かべると、エリザベスは、察していると言わんばかりに視線で黙らせ、一旦自分の席へと戻るべく踵を返した。

カティは訳が分からず、両者へ視線を往復させていた。椅子に座り直したエリザベスが、それに気付いて妖艶《ようえん》な笑みを浮かべた。

「うふふ、戸惑う表情も可愛いわねぇ、『カティ』さん。ああ、本当に可愛いわぁ、このバ――息子とは大違い。さ、どうぞ、お好きなものをお食べになって？」

ドーナツの乗った皿を勧められ、カティは疑問に思いつつも、促されるままそれを引き寄せた。

エリザベスは、ドーナツを口にして「あ、美味しい」と表情で語るカティを微笑ましく見届けると、レオルドを見て、唇の端をにぃっと引き上げた。

「そうね、母として助言してあげます。まずは、難しい理屈なんて一旦置きなさい。簡単な事よ。『欲しいか』『欲しくないか』の、どちらかでしょう？」

レオルドが、考えさせられるように眉を顰めて黙り込んだ。

エリザベスは愉快そうに目を細めると、猫を被《かぶ》った愛想笑いに戻し、続いてカティへと目を向けた。

「ねぇ、『カティ』さん。少しよろしいかしら？」

一個目のドーナツを胃に収め、紅茶カップを両手で持ち上げたところで声を掛けられ、カティは「はい、なんでしょう？」と答えた。

楽しげに細められるエリザベスの金色の瞳は、すっかり優しい柔和なもので、もう緊張は覚えなかった。

「あなた、レオルドの名前を呼んであげた事はあって？」

「ないですね」

　これまでが名前を呼び合うような仲ではなかったので、カティは、すぐにそう答えた。思い耽っていたレオルドが、訝しむ顔を母へと向けた。エリザベスは息子の視線には一切応《こた》えず、猫撫で声でカティにこう続けた。

「わたくし、仮婚約者の方には全てお願いしているのですけれど、あの子の方を見て、名前を呼んでみせて欲しいの。これで茶会は終わり。――ねぇ、お願い出来るかしら？」

　カティは、隣にいるレオルドへ視線を流した。彼は狐《きつね》に抓《つま》まれたような顔でエリザベスを見て、それからこちらへと視線を戻してきた。

　妙なお願いだとは思ったが、これで茶会はお開きになるらしい。

　無茶なお願いでもないので、まぁいいかと軽く考え直し、カティは上半身をレオルドの方へ向けた。

「レオルド」

　そう呼ぶと、レオルドの目がゆるゆると見開かれた。

　なんだか一本取ってやったような勝利感があって、カティは、思わず笑ってしまった。

七章　獣人《じゅうじん》である彼の恋

レオルドは、夢の中で必死に走っていた。眼前に開けた木々の光景に、ああ、また錯乱していたあの日の記憶かと思った。

夢はそこで途切れて、目覚めたばかりのまどろみにレオルドは一度目を開けて、その意味を考えるように瞼《まぶた》を閉じた。

唐突に思い起こされたのは、浴室でハッキリと見る事が出来たカティの顔だった。あの子供は、折れそうなほど細い首と、小さな肩をしていて、腕一つで抱えられる腰は細く柔らかくて、ひどく軽い身体《からだ》をしている。

カティとセシルが並んで歩いているところは見た事はなかったが、記憶を重ねてみると、見下ろす位置にある頭の高さが、随分違い始めている事にも気付いた。

セシルは、優美に微笑《ほほえ》む少年だ。伯爵家の王子様だと、若い女性の間で話題になっていた。実際に話すと落ち着きが見て取れて、あのエリザベスと、のんびり談笑が出来る点もレオルドは評価していた。

対して、カティは露骨に表情に出る。

取り繕う愛想笑いは下手《へた》くそで、素直過ぎる性格のせいで騙《だま》されやすい。セシルとは違い、悪戯《いたずら》が成功した子供のような顔で笑う癖に、にっこりとすると、まるで花が咲いたように明るくなるのだ。

特に嬉《うれ》しそうに微笑む顔は、まるでセシルと雰囲気が違っていた。信頼しきったように目元を緩めて、普段のやんちゃぶりからは想像出来ないぐらい、まるで幸福な少女のような顔で、とても穏やかに笑うのである。

不意に、もぞり、と小さな疑問が浮かんだ。

ここ数日を振り返ると、自然とカティの性別を忘れているような気がする。最近の行動を振り返り、違和感もない一つ一つの行動を指折り挙げてみたところで、常識や認識といったものが思考を妨げ始め、途端に分からなくなってきた。

レオルドは一旦、その疑問を脇《わき》に置いて、目覚めたばかりの頭で思案を続行する事にした。

あの子供に怖がられたくない。仲良くなりたいから、笑顔を向けて欲しい。

でも、どうしてこの腕で囲ってしまいたくなるのだろうか。毎日でも顔を見て、言葉を交わして、触れていたい。

レオルドはまどろみの中、今度は、そう感じる自分の不明瞭《ふめいりょう》な想《おも》いについて、じっくりと考えてみた。どうして笑顔が見たいのか、どうして優しくしたいのか。どうして、子供のオスにじゃれつかれていた時に、自分は牙《きば》を剥《む》いたのか……。

「――ああ、俺《おれ》は嫉妬《しっと》していたのか」

唐突に、一つの疑問の答えが口からこぼれ落ちた。すると、これまでの苛立《いらだ》ちについても、不思議なぐらい腑《ふ》に落ちた。

目覚めなければならない時間まで余裕があったので、レオルドは、寝返りを打ってもう一度目を閉じた。カティが離れていくかもしれないと感じた時、警戒を解いて近づいてきてくれた時、初めて笑顔を見せてくれた時、この胸に込み上げた様々な感情の波を振り返った。

不意に、初めて顔に触れられた手の感触が、ずっと消えないでいる事を考えさせられた。顔に触れてくれないだろうか、と先日まで考えていた願望が叶《かな》ったはずなのに、またすぐに物足りなさを感じている自分がいる。落ち着いて思い返してみると、多分、浴室以上の触れ合いをしていないからだろうと分かった。

何故《なぜ》なら、想像の中では隙間《すきま》なく身体を重ねて、抱きしめてもいるのだから。

レオルドは、脳裏に過《よ》ぎった欲情の産物のような妄想についても、眠りに落ちそうな気だるい思考の中で、ひとまずは冷静に思い返してみた。

二人は身一つでベッドの上にいて、想像の中でレオルドは、初めての子供を怖がらせないよう微笑んでいる。大丈夫だからと優しい言葉をかけ、こぼれ落ちそうな涙を吸うようキスを落とし、安心させるよう指を絡める。気持ちの良いキスを長めに与えて緊張を解《ほぐ》し、その耳許《みみもと》に唇を寄せながら、腰をとてもゆっくり前へ……。

――ああ、なんて※※おしいんだ。

——※※だ。※※してる。

レオルドは、ふっと目を開いた。

今、何か閃《ひらめ》きかけたような気がするが、もう少しで掴《つか》めるというところで「俺がおかしい！踏み止まれぇ！」という、彼の常識的思考が邪魔して想像が霧散してしまった。しかし、その過程で、一つの驚くべき事実を発見してしまった。

妄想の情景を冷静に見つめ返したレオルドは、カティの性別概念が、そこではひっくり返っている事に初めて気付いた。思えば、事に及ぶまでの手順も全《すべ》てそうだ。

しかも、どうした事か全く違和感を覚えない。

押し倒すところから想像してしまったせいか、勝手に妄想が膨れ上がり始め、レオルドは「ちょっと待て、落ち着け俺ッ」と頭を抱えて、邪《よこしま》な想像を何度も追い払うべくベッドの上で悶絶《もんぜつ》した。

この感じは、友達という規定を大きく飛び越えつつあるような気がする。もう頭の中は、カティと致すまでの想像が止まらなくなっていた。初めてでも痛くない、あらゆる方法が豊富に脳裏を駆け巡ってさえいる。

おかしい。友情一つで、身体が欲しくなったりしないはずでは……？

「…………」

レオルドは、しばし悩まされたまま沈黙した。

今日《きょう》は午前中には抜けられそうもないので、昼休憩一番に、カティに会いにいこう。

カティと居ればその答えが引っ張り出せるような予感がして、レオルドは下半身に溜《た》まり始めた熱を精神力でどうにか抑え込むと、早々に起床した。

◆

レオルドが既に自宅を出た朝一番、バウンゼン伯爵邸内に「みぎょぉぉおおおお!?」という奇声が響き渡った。

声の持ち主はカティのものであったが、バウンゼン伯爵を彷彿《ほうふつ》とさせるそれは、悲鳴なのか驚愕《きょうがく》の雄叫《おたけ》びなのか判別の難しい叫びだった。

その叫び声が響き渡った瞬間、今日の仕事について、朝食の時間を待ちながらセバス、セシルと共に段取りを確認していたバウンゼン伯爵が、飲んでいた紅茶を「ごほッ!?」と盛大に噴き出した。彼の向かいにいたセシルも珍しく飛び上がり、執事のセバスが、ギョッと後ずさった際に思い切りテーブルの角に足をぶつけた。

一人風呂を好むからと、セッティングした薔薇《ばら》湯《ゆ》の浴室にカティを押し込み、別の仕事に入ろうとしていたメイド達も「何事ですか!?」と足を止め、窓を磨いていた男性使用人が脚立から滑り落ちた。

ある使用人は、赤い絨毯《じゅうたん》の敷かれた階段の中腹で派手に転がり、ある者は飛び上がった際に飾られている高価な大壺《おおつぼ》に背中があたり、それを近くにいた同僚が慌てて押さえた。

厨房《ちゅうぼう》ではコック達がうっかり手を滑らせて、あわや大惨事になりそうなところを、職人としてのプライドを総動員して阻止した。外で庭師が運んでいた土をぶちまけて頭から突っ込み、伯爵家の専属馬車を用意していた使用人と御者、屋敷の門の警備にあたっていた衛兵が「敵襲か⁉」と屋敷を振り返った。

直後に訪れた、しん、という嫌な静寂の中、あのセバスでさえ一瞬思考が停止し、行動を起こせないでいた。

口許《くちもと》の水気を布巾《ふきん》で拭《ぬぐ》ったバウンゼン伯爵が、茫然《ぼうぜん》としたように顔を持ち上げた時、バタバタと騒々しい一つの足音と共に、複数の女性使用人の悲鳴が近づいてきた。

それから数秒もしないうちに、優雅な朝の一時が行われていた伯爵の部屋の扉が、破れんばかりの勢いで開いて、そこから一人の少女が飛び出した。

「伯父さん！　これ見て！　なんだか薄く――」

室内に慌ただしく飛び込んできたのは、カティだったが、直視したバウンゼン伯爵が途端に「ぎにゃぁあああ！」と情けない悲鳴を上げてソファから転げ落ちた。普段は動揺など見せないセシルが、ソファを蹴《け》る勢いで立ち上がり、セバスも「なッ」と目を剥いた。

部屋の出入り口に立ったカティは、ズボンは着ているものの、衣服のない上半身の胸を、幅のないタオル一枚で雑に隠し巻いているだけの姿をしていた。

「ルーナ姉さんッ、なんて恰好《かっこう》で走り回ってるの！」

「お嬢様ッ、た、たた頼みますからお歳《とし》をお考え下さいませ！」

「可愛《かわい》いルーナ！　嫁入り前に何て姿を晒《さら》しちゃってんのぉおおおお!?」

バウンゼン伯爵達から言わせれば、カティは当人が思っている以上に、後数ヶ月で十六歳と呼べるぐらいには成長していた。着痩せする胸は、小振りながら柔らかい膨らみを主張しており、腰のくびれも男性にはない細い丸みを描いている。タオルの幅が足りず露出した腹は、無駄な肉もついておらず、形のいい小さな臍《へそ》と腰骨を覗《のぞ》かせていた。

阿鼻叫喚《あびきょうかん》する三人の男達に対し、隠すところを隠しているという認識があるカティは、怪訝《けげん》そうに眉《まゆ》を顰《ひそ》めた。

「何慌ててんの？　だから、ここ見てよ。ほら、肩のところのあ――」

「うわぁぁぁあああ!?　姉さんッ、お願いだからタオルをもっと上げて！」

歩み寄るカティに気付き、母親を知らないセシルが慌てて顔を両手で覆った。

普段冷静な老執事セバスも、「嘘《うそ》だろ信じられねぇ！」という驚愕を露《あら》わに狼狽《ろうばい》した。

「このバッ――お嬢様！　無遠慮に引き上げすぎです、ウエスト部分が見え過ぎていますから！　というか何で貴女《あなた》様はッ、用意してある下着の全部を穿《は》かないのですか!?」

「下着が何枚もあったらたまらないよ。必要最低限のパンツとかあればいいじゃん」

「僕の可愛いルーナッ、『パンツ』なんて言葉を平気で口にしちゃいけません！」

「伯父さん、何で新聞かぶってんの？　というかさ、だからこれ――」

そこで、ようやくカティに追い付いたメイド達が、「お嬢様ぁぁああ！」と叫んで彼女に飛びかかった。メイド達は、運び途中だったシーツを大慌てでカティの身体に巻き付けると、うっかり外れてしまわないよう、しっかりと固定する作業にも取りかかった。

ぎゃあぎゃあ騒ぐ女性陣の声を聞きながら、バウンゼン伯爵が、魂の抜け殻のようにソファに座り込んだ。セシルが、ほとほと困り果てたように小さく頭を振り、セバスが額に手をあてて深すぎる溜息《ためいき》を吐いた。

長いシーツを身体に巻きつけたカティは、廊下でハラハラと見守るメイド達を不審そうに見やった後、思い出したように伯父達へと向き直った。

「そんな事どうでもいいんだってば、痣《あざ》を見てよ。ちょっと薄くなってる気がしない？」

そんな事……と三人の男達は絶句しかけたが、相手はカティだしな、と共通の呟《つぶや》きを心の中でこぼした。『求婚痣』の変化について問われたので、一旦思考を切り替えて、カティの方へ歩み寄る。

言われてみれば、白い肌にしっかりと刻まれた『求婚痣』の黒い紋様は、確かに輪郭部分が薄くぼやけ始めているようにも見えた。

ここに獣人がいたのなら、匂《にお》いが薄くなっている事を確認出来ただろうが、とバウンゼン伯爵とセバスは思案して眉を寄せた。

「ヴィンセントに聞いたんだけど、この痣って、消える十日くらい前から薄くなるんだって」

「え、そうなの？　僕知らなかったよ」

バウンゼン伯爵が答えながら、ふと視線を上げて「待てよ、という事は……」と威厳の欠片《かけら》も見られない童顔で、じっくり考えを巡らせた。

彼の頭の中で、必要以上の余計な想像まで展開されている事を察したセバスが、出来るだけ早くカティを部屋に帰すために、「旦那《だんな》様のお考えは正しいかと」と控えめながらに口を挟んだ。

「つまり、お嬢様の『求婚痣』は十日ほどで消えるという事です。来月には、もう仮婚約者ではなくなっているという事にございましょう」

このまま何事もなければですが、とセバスは小さな声で続けた。

しかし、喜び跳び上がったバウンゼン伯爵は「やったぁ！」と声を上げて、続けられたセバスの冷静な推測を聞いていなかった。近くにいたメイド達も黄色い声で「ようございましたッ」と叫び始め、早々にカティを浴室に戻すべく、喜々として部屋から連れ出してしまう。

部屋がようやく元の三人に戻ったところで、セシルがそれとなく目配せしてきたので、セバスは疲労感を滲《にじ》ませつつ「今は放っておきましょう」と言い、再び額に手をあてながら視線を落とした。

本当に、カティには毎度騒がれて困る。いや、以前メイドが風呂に入れようとした際、背中を晒したままタオルを胸元にあてただけの姿で、屋敷内を逃走されたよりはマシだが……。

先日、セバスは、カティを送り届けたレオルドを見掛けていた。

あれは、王都警備部隊が誇る最強の狼《おおかみ》隊長というよりは、恋に腑抜けた一人の男――もとい尻尾《しっぽ》を振る手懐けられた大型犬のようだった。今は無自覚のようだが、あの様子だと、もうすぐレオルドは、自分の気持ちを正確に自覚してしまうだろう。

セバスとしては少々複雑だが、代々軍の総帥を務める最強の狼侯爵家であれば、カティを安心して任せられるのも確かだ。

「相性が良いのは確かですからね……何せ、正式な『婚約痣』までつけてくれましたし」

あれは本来、婚約が決まった相手へつける相思相愛の証《あかし》だった。愛し合いたいという本能を前に、心身共に夫婦になる前に行う婚約儀式になるので、色香も出ていない子供に、あれ程までに執着するような『求婚痣』を刻み残せる獣人も珍しい。

相性が良い程に深く噛《か》み、相手側も、相性が良いほどに紋様を美しく咲かせて、それは二年を超えるまで消えないとも言われていた。

セバスとしては、早々にカティを貰《もら》われてしまうのは癪《しゃく》であるので、二年以上にも及ぶレオルドのカティへの八つ当たりも踏まえて、しっかりと待ってもらう事は決めていた。問題は、子離れの出来ていないバウンゼン伯爵だろうか。

そう、つらつらと考えていたセバスは、主人に呼ばれて現実に引き戻された。

「先に仮婚約の解消について知らせを届けた方がいいかな。ね、セバスはどう思う？」

「……旦那様、何度も言っておりますが、気が早過ぎます」

今日中にでも本婚約の話が舞い込んで来たら、この人どうなるんだろうな、とセバスは少々不安になった。

◆

風呂と朝食を済ませたカティは、運動がてら、走って治安部隊の支部へと向かった。

なんだかひどく身体が軽い気がした。バウンゼン伯爵が「痣のない身体にドレスを着せたい！」と主張し、ドレスの試着が来週へと延期された事もあるが、一番は『求婚痣』が消える兆候のせいだろうとは思う。

ようやく仮婚約という縛りから解放されるのだ。『求婚痣』は、レオルドとの仲をこじらせた原因でもあったし、これで彼も義務感などに縛られる事もなく、カティを一人の友人として思う事が出来るだろう。

カティは、友達がいないレオルドに、人族の友人関係について教えてあげるつもりだった。ひとまず、贈り物に関しては早々に教えてあげるつもりだ。そんな事をしなくとも、友達なら離れていかないと彼には伝えたい。

多分、彼はカティを子供だと思っているのだ。ヴィンセント達は、カティを子供扱いしないから贈り物もしない。

獣人の友情のスキンシップには少し困らされているが、取り繕わなくなった今のレオルドと、気軽に話せる関係は心地良かった。最近は親友に格上げもされているのか、打ち解けたように真《ま》っ直《す》ぐ信頼を向けられるのも嬉しく感じている。

彼が言うように、出会い方が悪かったのだろう。成長変化というタイミングでなければ、出会って早々からすぐにでも、親世代、子世代で良い友人関係を作れていた別の未来もあったかもしれない。

そこまで考えた時、カティはある事を思い出して、思わず走る足を歩みに変えてしまった。

「——……そういえば、あいつって女好きだっけ?」

最近は、レオルドが女性と歩いている光景を目撃する事もなくなっていたので、すっかり忘れていた。根の悪い変態野郎であったのは誤解だとしても、女の子ですと紹介されていたら、このような関係にはならなかったかもしれない。

仮婚約者ではなくなった後、女である事が知られたら、仲良く出来ないのだろうか。

そうだとしたら、少し寂しいなと感じた。

早朝の見回りから戻ってきた班もあって、支部には多くの部隊員達の姿があった。カティは、いつものように同僚達に挨拶《あいさつ》を返し、受け付けの女性事務員に出勤の確認を行い、相棒達を探した。

何人かの部隊員が、すれ違いざま足を止めて、カティを不思議そうに見やった。彼らは何を言うでもなく、互いの顔を見合わせて首を傾《かし》げる。

班のミーティングを行っていたグループの一人が、途中で説明を途切らせて、歩くカティを見送り、同班のメンバー達に「どうしたんだ」と指摘された。珈琲《コーヒー》を片付けようと立ち上がった別の男も、目の前を通過するカティを「おや」と眉を上げて目で追いかける。

カティは、それを訝《いぶか》しげに思いながら、ヴィンセントとウルズの姿を探した。朝が早い彼らは既に奥の席に腰かけていて、カティに気付くと手を上げて「こっちだ」と声を掛けてくれた。

「また朝からこんなに食べてんの？」

彼らの座るテーブルの上には、食べられた『ハリッシュ』の包み紙が六個転がっていた。カティが「信じられん」と半眼を向けると、二人がほぼ同時に「育ち盛りだから仕方ない」と声を揃《そろ》えた。

「俺もウルズも、来年あたりには成長変化が来るだろうからな。というか、人族もこれぐらいは食うのに、お前が小食、過ぎ……――」

カティが席に腰を落ち着けたところで、ヴィンセントが唖然《あぜん》とした様子で口をつぐんだ。頬《ほお》杖《づえ》をつきかけたウルズも、中途半端な姿勢のまま固まり、僅《わず》かに目を見開く。

一体何だ、とカティが軽く睨《にら》みつけると、一度ヴィンセントに目配せしたウルズが、黒い耳を垂れさせて、おずおずと口を開いた。

「あのさ、カティ。狼隊長の匂いが弱くなっているけど……気のせい、じゃないよね？」

「今朝《けさ》起きたら痣が少し薄くなってたから、そのせいかな。匂いも弱くなるんだね」

獣人である彼らが気付くぐらいだから、あと十日で『求婚痣』が消えるのは確実らしい。

カティはそう思いながら、テーブルにあった本日の巡回ルート表を手に取った。ヴィンセントがテーブル越しに身を乗り出す様子を見て、ウルズも慎重に一つ肯《うなず》き、カティに向き直った。

「そのせいなのかは分からないけど、その、普段よりカティの匂いが滲んでいるような気がするんだよね」

「前言ってた『妙な匂い』ってやつ？」

「多分それだと思うんだけど……ちょっと、嗅《か》がせてもらってもいい？」

「この前みたいに、くすぐったくしないんだったら良いよ」

一度だけ二人に目を留めたカティは、すぐに巡回ルート表へ視線を戻して、行動予定を頭に入れ始めた。

今日も定時には上がれそうだと理解したところで、カティは顔を上げた。探るようにこちらを凝視する相棒達に気付いて顔を顰《しか》めると、ヴィンセントが言い辛《づら》そうに「あのさ」と、周りに聞こえないよう声を潜めつつ言った。

「お前、ちょっと笑ってみろ。出来れば前髪も上げてから」

「は？　なんで？」

「カティ、僕からもお願いしたいな。少しだけでいいから、付き合って？」

ウルズに申し訳なさそうに言われてしまい、カティは、訳が分からないまま前髪を上げた。意識してにっこりと笑ってみたが、口許が引き攣《つ》っているのが自分でも分かった。

「これでいい？」

確認すると、二人が溜息を吐きつつ肯いてくれたので、カティは額から手を離した。

視線を外したヴィンセントが、露骨に落胆した様子で顔を片手で静かに覆った。ウルズも、肘《ひじ》をついて両手を顔にやった。二人の耳と尻尾は力なく伏せられ、第七班のいるテーブルは妙な悲壮感が漂った。

「ちょっと、突然何なのさ？」

「………あのな、カティ。間違ってたら、マジでごめんな。全く思いつきもしなかったけど、もしかしてお前、女なのか？」

どこか確信した様子で、ヴィンセントが目も向けないままそう呟いた。

そろそろ性別を偽らなくとも良くなる事を考えて、カティは「うん」と答えた。すると、途端にウルズが「信じられないよ」と口の中で痛々しい細い声で呟いた。

「道理で小さいまんまで、女の子みたいな顔して小食だと……」

項垂《うなだ》れる二人を不思議そうに見て、カティは小首を傾げた。

「というか、ヴィンセントもウルズも、何で突然分かったの?」

「女性には特有の香りがあって、僕《ぼく》らは判別が効くんだよ。どこかで嗅いだ事があると思ったら、前までのは変化の段階の匂いだったんだね……多分、これからもっと強くなると思うけど、大丈夫なの?」

ウルズが、心配そうな眼差《まなざ》しをカティに寄越した。

相変わらず優しい友人だなと思いながら、カティは「うん」と肯いた。

「近いうちに、伯父さんの子として正式に発表されるから」

カティが答えるそばで、ヴィンセントが、背もたれに寄りかかって天井を仰いだ。

「ずっと三人でやっていきたいのになぁ。こんなに気が合う良い奴《やつ》なのに、何でお前女なんだよ……」

「女の子はこの仕事出来ないの?」

「いや、希望者がないってだけで性別は関係ねぇよ。俺が入隊した時は一人いたし。だから申請書には性別の記載がないんだ」

すると、ヴィンセントのそばから、ウルズが「未《いま》だに信じられないというか、実感がないよ」と動揺が収まらない様子で顔を向けた。

「言われてみたら女の子に見えなくもないけど、あのカティだよ? 僕らと揃って『最強の末成年班』の名を知らしめて、『部隊一の小さなトラブルメーカー』の称号もあるのに」

「まぁ、そうだよなぁ。あのカティがって感じだよな」

　二人の獣人少年は、それぞれの方向へ視線を向けて、残念そうに溜息を吐いた。カティは、

「おいコラ」と彼らを睨みつけた。

「さっきから何か失礼じゃない？　相棒で親友じゃん。私が女の子じゃ駄目なの？」

「怒るなよ、カティ。全然ダメじゃねぇよ。女だろうが男だろうが、お前は俺達にとって最高の相棒で、大事な親友だ」

　カティは、改めて向けられた嬉しい言葉に心が落ち着き、性別を隠していた自分の方が悪かったなと気付かされて反省した。怒ってしまった事が恥ずかしくなり、「ありがとう。それから、隠しててごめん」とはにかんだ。

　ヴィンセントの明るいブラウンの瞳が、どこか眩《まぶ》しいものを見るように穏やかに笑んだので、カティもつられて、ふんわりと笑った。


　それでも結婚をして子供を産んだら、――いや、相手が獣人だとしたら余計に大事にされるから、このままではいられないだろう。

　ヴィンセントは、多分カティにはまだ理解出来ないだろうと分かって、言葉にしないまま目を細めた。

三人で班のトップを目指そうかと思っていたほど、これまで家にも出世にも興味がなかった『暴れる少年獣人コンビ』の二人は、カティとの活動を気に入っていた。だからこそ、どうしようかとも困っていたのだ。

獣人は、一度信頼して親友と定めた者を生涯大事にする。今更カティが女性だと知っても、ヴィンセントとウルズの気持ちが変わる事はない。

けれど、関われなくなってしまうぐらいに引き離されるのは、とてもじゃないが耐えられないのも事実だった。獣人にとって、親友は家族のような特別な存在なのだ。顔を見る事が出来ない状況に追い込まれれば、心配が我慢の限界を超えて、邪魔する者を片っ端から倒してでも会いにいくだろう。

まるで自分の身体の一部のような存在で、相手が幸福でなければ許せない。――それが、獣人が『親友』に抱く深い情だった。

ヴィンセントは、カティがいずれ治安部隊を卒業してしまった後について、早急に思案した。あの狼隊長も、獣人の親友関係を本能的に理解してくれるぐらいまで落ち着いたら、敵認定を解いてくれるだろう。獣人が一番ピリピリと殺気立つのは、惚《ほ》れた相手と、確実に結婚出来る約束を取り付けられていない間だ。

つまり、婚約までしてしまえば、あの狼隊長も少しは丸くなってくれるだろう。獣人は結婚する相手としか本婚約をしないのだから、婚約破棄の制度は存在していない。

「――そうだな、俺は家の事とか真面目《まじめ》に考えて、とりあえずは警備部隊でも目指すか。社交とかでも関わり続けられるし、貴族としての位もあれば接点は確実に増えるしな」

「うん、僕もそっちの線で動くよ。だって僕らは親友で、最高のコンビだからね」

ヴィンセントは、相槌《あいづち》を打ったウルズと視線を絡め、互いに苦笑を浮かべた。

気になるのは、『求婚痣』が薄れ始めたカティに対して、レオルドがどう反応するのかだ。

思い返すと、あの狼隊長は、無意識にカティを女性としてエスコートしているようでもあったので、騒動には発展しないとは思うのだが……。

彼らがそんな事を考えていると、カティが上機嫌に立ち上がった。

「よっし！　今日も張り切って巡回して、町を乱す不届き者をぶっ飛ばそうか！」

こっちの気も知らないで、とヴィンセントは頬杖をついた。純粋なところはカティの美点だが、どうして彼女はここまで中身が幼いのだろうかと、思わず憐《あわ》れみの眼差しを向けてしまう。

ヴィンセントとウルズの視線の先で、カティが「何なの」と可愛い顔を顰めた。

◆

女だと知られても、宣言された通り、ヴィンセント達の態度が変わる事はなかった。カティは、普段通り彼らと午前中の仕事にあたり、レオルドがやってこなかったので、久しぶりに彼らと町の食堂で昼食をとった。

治安部隊長であるザガスに呼ばれたのは、午後一番の巡回の後だった。

集団スリを行っていた少年達を三人で叩《たた》きのめし、一旦支部に戻って報告書を作成していた時、カティは別の班の隊員に、ザガスが一人で来るよう呼んでいると伝えられたのだ。

「……あのな、カティ。その、警備部隊の人事官から連絡があってな？　狼隊長は忙しくて、正午の休憩を取れなかったらしい」

カティが到着して早々、ザガスは、視線を泳がせながらそう切り出した。

彼の顔色の悪さは気になったものの、カティは眉根《まゆね》を寄せつつも「はあ」「そうなんですか」と適当に相槌を打って、呼び出された本題が出てくるのを待った。

「狼隊長と昼に会えていないだろ？　だから、お前の午後の三部の仕事を休憩扱いにするからさ、狼隊長と――」

「ちょっと待って下さい、なんでわざわざ休憩に？　というか、どうして警備部隊の人事官から連絡が来るんですか」

「ほ、ほら、だってお前、アレだよ、うん。狼隊長の仮婚約者だし？　だから連絡を寄越すのも普通だし、休憩とか休暇が取れるのも仮婚約の特権であって……」

ザガスは、しどろもどろに言葉を続け、取り繕うような咳払《せきばら》いをした。

「とにかく、時間を作ったから頼むよ、カティ。狼隊長の時間を作るために、向こうも死ぬ気で仕事を進めているから。うん、これマジだからね。皆死ぬ気で頑張ってるから」

昼休憩に会えなかったカティとレオルドのために、部隊が全力バックアップで会える時間を作っているのだという。

妙な話だとカティは思った。以前までは、仕事でレオルドの顔を見掛けるのも数日に一回であったし、仮婚約者だから毎日会わなければならない、という決まりもなかったはずだ。

「隊長、別に急ぎ時間を作る必要はないと思います。あいつとは昨日《きのう》も会ったばかりですし、明日《あす》とか明後日《あさって》とか、時間がある時には顔ぐらい会わせられるでしょ。というわけで、私は仕事に――」

「待て待てッ、踵《きびす》を返すな話を終わらせるな！　このままだったらウチと警備部隊本部が高い確率で壊滅するから！　既に本部の方がやばい感じになってるって泣きつかれたから……、待ってお願い行かないでぇええええッ！」

必死な声で呼び止められ、カティは、足を止めて訝しげに上司を見つめた。

「性質の悪い冗談は程々にして下さいよ、隊長。そんなんだから結婚も出来ないんですよ」

「……一言多い、そして辛辣《しんらつ》過ぎる」

ザガスは、カティが戻って来る様子を見て心底安堵《あんど》しながら、今起こっている問題について回想した。

ザガスの元に、その緊急連絡が入ったのは、一時間ほど前の事だった。

出勤時は上機嫌だった王都警備部隊の隊長であるレオルドが、勃発《ぼっぱつ》する仕事に不穏な空気をまとい出したのが事の始まりだ。予定を狂わされて苛立つのは珍しくないが、尋常ではないほど殺気立っており、数日前に同じ状況になった際には、旧商会跡地が壊滅した――らしい。

しかも、今回はその比ではないのだと、ザガスの元へ連絡を寄越した年配の人事官が、必死な様子で訴えた。

レオルドは仕事を増やした窃盗団を本気で殺しにかかり、周りの部下全員で止めに入って負傷者が多発した。剣を片手に本部の一部を破壊し、鬱憤《うっぷん》を晴らすように訓練場で部下達を強制指導し、更に負傷者を多数出した。殺気にあてられた部下達が続々と失神し、現在、彼の執務室には絶対零度の魔王が君臨している状況だという。

獣人でもトップクラスの強さを誇るレオルドは、軍人なら誰もが知る恐ろしい男である。新人時代から既に、素手で大男を吹き飛ばし、コンクリートを打ち砕くレベルの歩く壊滅兵器であったというのに、成長変化を終えて更に身体が強化され、より一層仕事に打ち込むようにもなっていた。

そんな仕事一筋であった男が、仕事が増えて憤るという異常事態については、原因が分かっている。獣人特有の、求婚期のピリピリとした危うい緊張状態のせいである。

全治安部隊員と、レオルドに付き従って支部に訪れていた王都警備部隊の男達は、それを目《ま》の当たりにして実感していた。あの狼隊長が、凶悪な表情で周りの男達を牽制《けんせい》しつつも、カティを前にすると「自分は無害な獣人ですよ」とアピールする豹変《ひょうへん》振りには、震え上がったものだ。

獣人のオスとして、トップの魅力も持つレオルドは、望めばどんな女も手に入る男である。獣人らしかぬ冷血ともいわれていたにもかかわらず、彼は十代半ばの子供に対して、怖がられたくないし良く思われたい、と言わんばかりに餌付《えづ》けまで始めたのだ。

相手は上部の王都警備部隊とはいえ、ザガスはそこまで優しい男ではない。通常であれば、狼隊長がご乱心であると緊急連絡を受けたとしても、面倒な事には関わりたくないから、そっちの問題にうちを巻き込むな、と言っているところだが、今は状況が悪かった。

ザガスは今日の朝、自分の部下から不穏な情報をもらっていたのだ。カティがレオルドにつけられた『求婚痣』が、消え始める段階に入っているのだという。

もしここで見て見ぬ振りをして、後日にレオルドが、更に薄くなった『求婚痣』を前にしたらどうなるか。

カティは、普段から遠慮のない対応を取るので、その時の台詞《せりふ》や態度によっては、レオルドが暴走する可能性は非常に高い。恐らく、彼はカティの安全を確保したうえで、会えない原因を作った治安部隊と警備部隊本部を潰《つぶ》しにかかるだろう。

ザガスはここ二年と数ヶ月で、カティという子供をよく理解していた。あれは素直過ぎる半面、危機管理能力や、駆け引きが全く出来ない、今時珍しいタイプの人間である。

つまり、軽視してカティに任せたとしたら、確実にレオルドの地雷を踏む。これは間違いない。

連絡をもらった人事官に痣の件を伝えたところ、通信機越しにガタガタと音を立て「至急時間を作って会わせましょう！」と言われ、ザガスもそれを了承した。自分達の平和のためにも、カティには、レオルドを宥《なだ》めてもらわなければならないのだ。

さて、どう説得したものかと、ザガスは部隊一幼い部下を前に逡巡《しゅんじゅん》した。

「カティ、狼隊長はな？　その、精神的に不安定というか……」

「頭撫《な》でればいいじゃないですか。獣人って、それで落ち着くらしいですよ？」

んな恐ろしい真似《まね》出来るか！　獣人にとって、首から上は逆鱗《げきりん》みたいなもんなんだぞ!?

ザガスは叫び返したくなったが、レオルドが吹き込んだ嘘であると察して、慌てて口を閉じた。カティは物を知らないから、騙されやすい性格には上司として心配を覚えるほどだ。

恐らく、レオルドは、そうしてまでカティに触れられたかったのだろう。

ここで彼の企《たくら》みを妨げたら、死亡決定だ。そして、今起こっているであろう魔王降臨による被害を、カティに知られたとあっては、捕まえきれていない求婚相手に自分の印象を悪くさせた、という獣人特有の、迷惑極まりない逆鱗に触れる事となる。

うん、斬られるな。確実に、首と胴体が離れる。

剣一本で物の数分とかからず、軍船を簡単に細切れに出来るレオルドならやれる。軍の次期総帥に相応《ふさわ》しい人外じみた強さは、圧巻の一言に尽きた。

カティは、突然ガタガタと激しく震え始めたザガスに「大丈夫ですか？」と声を掛けた。

「カ、カカカカティ君や。仮婚約という制度を使って、忙しくてクタクタでご飯も食べられていない狼隊長に、やっさしい部下達が気を使って休憩を取らせようとしてくれているんだから、き、きき協力してあげよう。な……？」

「あいつ、ご飯食べてないんですか？」

「そうなんだよ、朝も抜いたらしくってッ。出るついでにしっかりと食ってもらって、それからチラッとこっちに来させる感じかな!?」

「ふうん……？」

カティだったら、多分一食抜いただけで動けなくなるだろう。レオルドは無駄に大きな男だから、もっと大変に違いない。

「まぁ、それなら仕方ないですね。三部の外回りは行かないで、こっちで待機している事にします」

「すまないな、ほんっとうにすまないが、よろしく頼むぞ！」

カティは、ザガスの必死さが気になったが、これ以上訊《き》かれたくないという空気を察して、素直に執務室を後にした。

そういえば、彼は毎日ポケットにキャンディーを入れていたから、好きでもあるのかもしれない。

カティの経験からすると、疲れている時は糖分の摂取が一番効くのだ。いつもお菓子をもらっている側であるので、お返しの意味も込めて、今の所持金で買える物を探してあげよう。友人、下手すると親友認識されているので、『友達からの贈り物』と喜んで受け取ってもらえるかもしれない。

カティは一階に戻ると、書類作業にあたるヴィンセントとウルズに、午後の三部の巡回には行けなくなった件を伝えた。続いて、ちょっとキャンディーを買ってくる、と告げると妙な顔をされたが、カティは徒歩数分の距離にある菓子屋まで足を運び、そこでバラ売りの包み紙キャンディーを三粒購入した。

午後三時。落ち着いた時間に、レオルドはやって来た。

慣れたように支部に入って来た彼は、普段通り涼しげな表情をしていた。多忙だったとは思えないほど、きっちりと隊服を着込んでいる。

それでも疲れているかもしれないと思い、カティの方から歩み寄ったのだが、目が合うと途端に彼が瞳《ひとみ》を輝かせて、足早に向かって来た。

あれ、おかしいな。疲れているようには見えないんだが……。

カティは違和感を覚えたものの、食事が取れた事で疲労も回復したのだろうと推測した。

「こんにちは。ご飯は食べられたの？」

「ん？　普通に食べたが」

なるほど、やはり先程ちゃんと食べたという事か。

そう思案している間も、カティは、休憩と書類処理にあたっている部隊員達が、出来るだけ視線を合わせないよう避けながら、チラチラとこちらを見てくる気配を強く感じた。訝しく思い、左右に視線を巡らせて同僚達の様子を窺《うかが》うと、大慌てで視線をそらされたあげく、全員が瞬時にこちらに背を向けた。

普段から視線をそらされる事は多かったが、今日に限っては、同僚達の張り詰めた緊張感は尋常ではないような気がした。朝に妙な視線を寄越して来た隊員達が、そそくさと奥の席へ避難するのも見える。

その時、レオルドが、すんっと鼻を動かした。

一階広間にいた部隊員達が、ビクッと身体を強張《こわば》らせた。カティが、ますます訝しげに彼らを見やっていたところで、レオルドが不思議そうに首を捻《ひね》った。

「俺の匂いが薄くなっているような気がするんだが」

「朝起きたら少しだけ紋様が薄くなってた。あと十日ぐらいで消えるみたい」

自分達を悩ませていた仮婚約が、ようやく終わる事を教えてあげようとしたカティは、背後から次々と上がった椅子を激しく蹴り倒す音に驚いて、「何事⁉」と振り返った。

そこにいた全員が立ち上がり、この世の終わりを見るようなひどい顔で、こちらを凝視していた。彼らの目は「会って早々にその話題かッ」「こんなところで話すなよッ」「地雷を踏むんじゃない！」「頼むから穏便にッ」と器用に語りかけてくる。

地雷ってなんだ、とカティは顔を顰めた。

レオルドへ視線を戻すと、彼はどこか茫然とした様子でこちらを見下ろしていた。しばらく待っても反応がなくて、カティは、不思議に思って首を捻った。

※

きょとんとしたカティを前に、レオルドは激しく混乱していた。

早く『求婚痣』が消えてくれれば、と思っていた二年以上も前の己《おのれ》の非を思い起こした。しかし、そんな日が来る事を、最近は、まるで考えてもなかった事にも気付いてしまった。

仮婚約者でなくなる事が、お互いの希望だったはずで――……。

それがなくても仲良く出来るのが、友達だ。

「『求婚痣』が、消える……」

茫然としたまま呟けば、目の前の子供が、戸惑うように窺ってくるのが分かった。

ああ、そうだよな。ずっと消えるのを望んでいたのは、子供自身もそうなのだとレオルドは思い出した。彼がうっかり噛んでしまったがために、王都から出られなくなったと、昔はよく怒っていたものだ。

「あの、もしかしてさ。仮婚約だったから仲良くしたかっただけ……？」

カティにおずおずと尋ねられて、一瞬その言葉を理解するのが遅れたレオルドは、慌てて力強く否定した。

「違うッ」

「ほっ、そうなんだ。じゃあさ、これからも友達でいて良い？」

「友達……？」

「うん。女たらしなところもあるけどさ、良い奴だって分かったから、そこがモテてるんだろうなぁとも思うし。沢山の女の人がいるんだから、すぐに誰かと結婚出来るよ！　友達として応援してる！」

そう言いながら、励ますような良い笑顔を向けられた。それは、温かい花が咲くような満面の笑みで、物凄《ものすご》く可愛《かわい》くて――。

レオルドは、ショックのあまり数秒ほど思考が止まった。

これまで色々と遊んではきたが、カティの口から改めて、他《ほか》にも女の人が沢山いるのだからと指摘されるのは、まるで全身を圧し潰されるような衝撃があった。勝手に結婚して幸せになれ、と突き付けられているようで、一気に血の気が引く。

今は遊んでいないんだと言おうにも、ショックが大き過ぎて、すぐに口が動いてくれない。

レオルドは、確かに女遊びが好きだった。彼の強さに惹《ひ》かれるメスは後を絶たないが、それは一時の遊びであって、カティのように、その強さを「凄いね！」と褒めてくれるような人はいなくて……。

二年と少し前、カティに「女たらしだからアウト！」と早々に宣言された台詞が、レオルドの脳裏に蘇《よみがえ》った。

くそッ、過去の自分を殴りてぇ！

成長変化が遅かったことを棚に上げ、二十代中盤まで毎日のように遊び続けてきたが、せめて二十歳では落ち着いていた方が良かったのかもしれない。十代のオスが、その方面で好奇心旺盛なのは仕方のない事だし、精神力が鍛えられていないと、発情時期の『お遊び』を控えるなんて到底無理だ。

絶句していると、目の前で、子供がきょとんとした様子で首を傾げた。

くすんだ金色の髪は柔らかそうで、大きなエメラルドの瞳と、「どうしたの」と問い掛ける蕾《つぼみ》のような唇も、食べてしまいたいほどに愛らしい。

レオルドは「可愛いな畜生！」と心の中で叫び、頭を抱えた。

友達のままなんて嫌だ。というより、友人枠のままだなんて絶対に無理だ、耐えられない。

何故なら、レオルドは、カティとそれ以上の事がしたいのだ。

あらゆる方法で啼《な》かせたいし、自分というオスを、カティの全身の隅々まで刻み付けたい。相手が子供だとしても、最後まで致さなければ、――互いが気持ち良くなるぐらい全然オーケーな気がする。

その方法が、瞬時にレオルドの脳裏に浮かんだ。

初めは服をあまり取らなければ、多分、そんなには怯《おび》えられないだろう。愛し合う方法について教えるとしたら、動きも全部再現した方がカティのためになる。

そうだ、これは決して邪な思念などではない。カティはまだ快楽を知らないので、一人だと恥ずかしくて心細いだろうから、レオルドも一緒に気持ち良くなってあげるのだ。気持ち良くなるのは悪い事などではないし、服を着たままだって方法はいくらでもある。

「………………」

有りだ。最後までしなければ許される。

例え、相手がまだ十五歳の子供だとしても、少し待てば、十六歳として身体が最低限には熟すのだ。それまでは、致さないのであれば気持ち良くなるぐらい全然悪い事ではない！

そこまで考えたところで、レオルドは唐突に我に帰り、硬直した。

俺は、今、何を考えていた……？

この子供と友達以上になりたいという感情の昂《たかぶ》りを、彼は今一度、冷静になった思考で整理してみた。

仮婚約を解消されたくないぐらい手放したくなくて、むしろ、カティ以外の婚約相手など考えられないいし、どこかのオスに獲《と》られるなんて考えたくもない。つまり、これまで感じていた嫉妬は——。

レオルドが、ぐるぐると混乱しそうになる自分を抑えていると、カティが思い出したように、掌に拳《こぶし》を落とした。

「忙しくて疲れてるって聞いたからさ。そういう時は、糖分を摂取した方がいいから、はい、ご褒美」

集中していたレオルドは、手に触れられて、僅かにビクリとした。

動揺していたせいで咄嗟《とっさ》に反応出来ずにいると、目の前の子供が、掌に三個のキャンディーを載せて、掌を握り込ませてきた。

レオルドは、遅れてゆっくりと視線を下ろした。触れられているカティの手と、自分の掌のキャンディーを何度も確認するように見て、話を聞くため背を屈《かが》めてカティと目線を合わせた。

「このキャンディーは一体……？」

「私の話聞いてた？　疲れた時は糖分が一番だし、頑張ったご褒美！」

「……『ご褒美』……………」

レオルドは、思わずオウム返しのように呟いていた。

いちいち言い方が可愛いのは、どうにかならないだろうか。衝撃の余韻で思考が定まらないというのに、追い打ちを掛けられて余計に脳がぐらぐらとする。

「店の人に試食品もらったんだけどさ、凄く美味《おい》しかったよ。味は、うーんと、……ケーキによく載ってる赤いククルの果物っぽかった！」

上手《うま》い表現を見付けたというように、カティが得意げに笑った。先程試食したキャンディーの味を思い出したのだろう。目元を緩める幸福そうなカティの表情を見て、レオルドは不意に、婚約の先に待つ、教会での結婚式を想像してしまっていた。

妄想のように過ぎった未来の挙式で、カティは何故か長い髪をして、美しいウエディングドレスを身につけていた。

その光景が、全く違和感もなく、レオルドの胸にすとんと落ちてきた。

「まだお仕事は残っていると思うけどさ、甘い物を食べたら頭もすっきりして、残りの時間も頑張れると思うよ」

「『お仕事』……」

「うん。だから、お疲れ様」

目の前で、カティがふんわりと微笑んだ。だからもらってね、とキャンディーを握る彼の手を、小さな手で押してくる。

ああ、なんて幸福な家庭が似合う子だろう。

レオルドは、その想像一つで心が震えるのを感じた。微笑むカティの顔は、ゆっくりと次の成長を目指すように少しだけ大人《おとな》び始めていて、その表情は、もう男の子には見えなかった。

ぐるぐると渦巻いていた感情が、一つの答えを見付けて静まり返る。

冷静になった五感に、ふわり、と香る匂いがある事にようやく気付いた時、レオルドは思わず「そうか」と呟いてしまっていた。

※

やはり、レオルドは疲れているようだ。

カティは、キャンディーを用意した甲斐《かい》を覚えながら、彼の手にしっかりと握り込ませた。今日も町の平和を守ったのだろうと考えると、自然と労《ねぎら》いの心が込み上げて「お疲れ様」と告げた。

ふと、触れているレオルドの手の体温が急激に上がったような気がした。

変だな、と思いながら彼の顔を見つめ返すと、レオルドがゆっくりと瞬《まばた》きした。彼は腑に落ちたように「そうか」と口の中で呟いて、悟りを得たような表情のまま、その場で片膝《かたひざ》を折ってしまった。

「え。いきなりどうしたの？」

手を握り返されてしまい、カティは戸惑いながらそう尋ねた。

すると、下から覗き込んで来たレオルドが、途端に蕩《とろ》けるような穏やかな笑みを浮かべた。

嬉しくて仕方がない、というように微笑む眼差しには、友情も親愛も飛び抜けるような強い熱が宿っているような気がして、カティは動けなくなった。

こちらに少し顔を寄せたレオルドが、匂いを嗅ぐように鼻を動かして「ああ、やはりそうか」と熱く低い囁《ささや》きをもらした。

彼はそっと手を離しながら身を起こすと、キャンディーをポケットにしまい、改めてカティを見下ろした。一瞬緊張したカティの警戒心を解すように、宥めるような甘い微笑みを浮かべる。

レオルドの微笑みは、幼い頃《ころ》に両親が浮かべていた、とても優しくて温かいものに似ていて、カティは警戒心を忘れて見入ってしまった。一体いつ、両親がそのような笑みを浮かべていたのか、うまく思い出せない。

ぼんやり見つめていると、大きな両手で頬《ほお》を包まれた。見上げる首を支えるように優しく持ち上げられ、指先で目尻を、頬を、唇をゆっくりとなぞられた。

「――好きだ」

その時、不意に艶《つや》のある低い声が、ぽつりと降って来た。

カティが言葉の意味を呑《の》み込めず、大きな目を瞬かせると、レオルドが蕩けるように笑んで穏やかな口調で続けた。

「お前が好きだ。俺は、お前が誰よりも愛《いと》おしい」

「好、き……？」

「ああ、なんて愛おしいんだ。好きだ、愛してる。どうか俺の愛を受け入れて、俺の妻になって欲しい」

言葉のままに顔が近づいて来て、唇に柔らかい何かが触れた。それは惜しむような吐息をカティの唇に残して、ゆっくりと離れていった。

一瞬にして頭が真っ白になり、カティは茫然としたまま、好き、愛してる、の言葉を何度も反芻《はんすう》して考えた。

見下ろすレオルドの表情は、父が母に、母が父に向けていたものと同じだった。そう考えている間にも、こちらを見つめるレオルドの瞳が穏やかに細められて「可愛い」と言われてしまい、鈍いカティも、次第に顔に熱が集まるのを感じた。

この人は、本当に私の事が好きなんだ……。

というか今、もしかしなくても本気のプロポーズをされて、キスされたんじゃ……？

妻になってくれという事は、結婚してくれという意味だ。彼は、周りに沢山の女の人がいるのに、こんなにも女らしくない自分と夫婦になりたくて、キスしたくなるぐらいには魅力を感じてくれていて、母が父と愛し合ってカティを産んだような事も、全部したい訳で――……。

ようやく理解が追い付き、カティは、ぼふっと音を立てるぐらいの勢いで真っ赤《まか》になった。

我に返った事で、ここが治安部隊の詰所である事も思い出してしまい、唖然としたように向けられる多くの視線に、更に羞恥心《しゅうちしん》が込み上げて首まで赤く染めた。なんで、どうして、という戸惑いよりも、胸に込み上げる別の感情に、カティは混乱もしていた。

こんなにも好きだと全身で語られたら、これまでの事を強く意識してしまったのだ。

大きくて怖い男なのに、レオルドを可愛いなと感じる事が増えていた。犬みたいに頭を撫でるのは少しだけ楽しくて、仮婚約が終わったら、こうして何度も会えなくなるのかと想像し、寂しいとも感じていた。

もしかしたら、好き、なのかもしれない。

でも、それが友人としてなのか、懐いてくれた可愛らしさなのか分からない。

初めての愛の告白に真っ赤になって震え、一生懸命に答えを探そうとするカティの姿は、どこから見ても可憐《かれん》な一人の少女だった。目撃者となった部隊員達は、最近何人かの獣人の同僚が「狼隊長は間違ってないよ。チビっ子は可愛い女の子だ」と言っていたのを思い出した。あの時は「冗談はやめろよ」と馬鹿《ばか》笑いしたものだが、ようやく納得してしまう。

レオルドが、真っ赤になって戸惑うカティの様子を見て、ふっと笑うような吐息をついた。

先程までの沈黙が嘘のように、彼はまるで、自分がどれだけ魅力的なオスであるか知っているかのような自信を漂わせ、確実に落とせると言わんばかりに、悠然とカティを覗き込んだ。

「俺の事は、嫌い？」

僅かに首を傾けながら、レオルドがふんわりと、慈愛たっぷりの柔らかい微笑みを浮かべた。

カティは、どう答えれば良いのか分からず固まっていた。レオルドは、きつくも見える凛々《りり》しい顔立ちをしているはずなのに、優しい王子様のようにしか見えない表情と仕草に、余計に熱を煽《あお》られて涙腺《るいせん》が緩む。

視線をそらそうにも、大きな手でガッチリと顔を包まれているため動かせなかった。逃げられない状況に、カティは、心の整理がつかず泣きそうになった。

彼の手を離そうと無意識に華奢《きゃしゃ》な手を当てたが、力が入らないせいで、触れる程度に終わってしまう。

「えっと、えぇと、あの、その」

「難しい事は考えなくていい。嫌いか、そうでないかだけ、まずは教えて？」

「き、嫌いじゃ、ない…………」

「友達になってくれると言ったけど、それは、引き続き『仲良くしたい』と思ってくれていると受け取っても？」

「う、うん。お話しするの、楽しいし……」

レオルドは屈強な軍人で、決して可愛い男ではないはずなのに、あざとく小首を傾げる様や言葉を区切るタイミングが絶妙で、カティは、促されるままに本心を答えていた。

そう、楽しいんだ――口の中で呟いたレオルドが、どこか含むような艶やかな笑みを浮かべた。一瞬、それは捕食者の舌舐《したな》めずりに見えた気がしたが、彼はすぐに優しげな微笑みに戻ってしまい、カティは警戒心を覚える暇もなかった。

「本当の名前を教えてくれ」

「ふぇ？　な、なんでそれ知……ッそういえばごめん！　その、私は男じゃなくて女なんだけど、ずっと誤解させ続けてごめ――」

「謝らなくていい」

新たにパニックになりかけたカティに、レオルドが、安心させるようににっこりと笑いかけた。

「『匂い』を嗅いで、女である事には気付けたから」

思い返せば、彼は先程どこか納得したような顔で、そうか、と呟いていた。

恐らく、あの時性別に気付いたのだろう。そう理解したカティは、「あれ？」と一つの疑問を覚えた。そうだとすると、彼はカティが女性であると知らないうちから、こんなにも好きになってくれていたとも考えられないだろうか。

そのままの私を好きになったって事？　だとすると、それって凄く純粋に惚れられているんじゃ……――。

でも、いつから『好き』が始まったのだろう？

思考がよそに行きかけたカティは、顔を包むレオルドの指に目尻《めじり》をなぞられ、「ひょわ!?」と声を上げた。ハッとして視線を戻すと、かなり近い距離にレオルドの金緑の切れ長の瞳があった。

再び目が合うと、レオルドが「名前を教えて」と、どこか色っぽい声で囁いた。吐息が触れるほどの距離から微笑まれて、顔が熱過ぎてくらくらした。

「カ、カティルーナ」

自分の煩《うるさ》い心臓の音を聞きながら、カティは、どうにか口を開いてそう答えた。

途端にレオルドが笑みを蕩けさせ、強くなった彼の色気に圧されて、カティは「ひぃッ」と声にならない悲鳴を上げた。

頭がパンクしそうだ。この状況で、プロポーズの返事なんて考えられる訳がない。

もはやカティの思考回路は、言葉を選ぶ事も出来ないぐらいに沸騰しきっていた。いつの間にか、レオルドが片方の手をカティの後頭部に回し、逃がさないようしっかりと固定していた。

蕩けんばかりの笑みにたじろいだカティは、その時になって初めて、後ろにも引けない状況になっている事に気が付いた。

「――カティルーナ、愛しいルーナ」

「ぴゃ!?」

鼻が触れそうな距離から覗き込まれて、カティは跳び上がった。

正式な名をレオルドの低く艶のある声で呼ばれると、非常にくすぐったいような恥ずかしさがあった。どうしてなのか分からないが、特に愛称を口にされると、逃げ出したいぐらいの羞恥に駆られる。

「答えは今すぐでなくともいい。少しでも俺に好意を感じてくれているのなら、もう一度、改めて求愛する事を許して欲しい」

「きゅ、求愛……？」

「本来『求婚痣』は、想いを伝えて、拒絶されなければ初めてつけられるものだ。チャンスがあるのなら、俺は、プロポーズからきちんとやり直したい」

カティは上手く考えられず、話も出来ない自分に泣きたくなった。大人の冷静さを持ったレオルドに、こんなにも頼りない子供だと嫌われたら、と想像したら目尻にじわりと涙が浮かんだ。

そう考えところで、カティは、はたと気付かされた。

もしかしたら自分が思う以上に、レオルドの事が好きになっているのかもしれない。

カティは、沸騰する頭でぐるぐると考えた。レオルドは、早急にプロポーズの返事を要求してはいない。もう一度仮婚約をして、考える時間を与えてくれると言っているのだ。

少しでも好意があるのなら、もう一度『求婚痣』をつけさせて欲しい、という彼の優しい提案を思い起こしながら、カティは「本当に？」と確認するようにおずおずと尋ねた。レオルドが、やけにゆったりと目を細めて「勿論だとも」と穏やかに微笑んだ。

「返事はゆっくりで構わない」

「あ、あの、痛くしない……？」

　カティの瞳が不安そうに揺れるのを見て取り、レオルドは安心させるように深く肯いた。

「大丈夫だ、痛くしない。ベアウルフ家は首に近いところを噛まなければならないが、出来るだけ痛くならないよう配慮する。舐めれば傷口も早く閉じるから、熱も持たないだろう」

「そうなんだ、ちゃんとやれば傷口もなくなっちゃうんだね。……また肩を噛まれるのは、ちょっと怖いけど」

「怖くはしないから」

　レオルドが宥めるように微笑み、ほっとするカティの背中に腕を回して、流れるような動きで片方の手も取りながら「行こう」と促した。「痛くないように直接肌の上から噛むから」と言われたカティは、素直に彼について歩き出した。

　歩きながらレオルドが、身体が成人に達していないので一晩はだるくなるはずだから、そのまま送ろうと優しく提案してくれた。正式にバウンゼン伯爵にも挨拶をしておくから、これからも引き続き、仮婚約者としてゆっくり互いの事を知っていこう、と続ける。

「馬車を用意しよう。少し時間がかかるから、往来のある場所で噛むのは紳士としては避けたい」

　仲が悪かった頃のレオルドを知っているから、彼の口から紳士として、と語られるのは変な気がした。

　それでも、直前までの行動を振り返れば、ちゃんと大人なのだなと思わずにいられなくて、カティは納得して「うん」と肯いた。

「だから安心するといい」

最後にそう言って、レオルドがにっこりと笑った。

爽《さわ》やか過ぎる笑顔なのに、一瞬悪寒が走り抜けたような気がして、カティは首を捻った。

そんな二人の様子を見ていた同僚達が、カティを青い顔で見送った。

「あっさり捕獲されちまったぞ、チビっ子」

「流れるような動きだったな」

「卑怯《ひきょう》だ。なんて策士な男なんだ……」

「優しい男設定だったらさ、せめてチビ隊員が十六になるまでは、噛むのを待ってやれよ」

「熟してない身体で『求婚痣』とか、負担になるもんなぁ」

彼らは口々に呟き、全員で彼女の無事を祈り、揃って合掌した。

上司の様子を確認すべく、隠れて待機していた王都警備部隊のアルクライド達は、小さな子供に同情しつつも、涙を呑んで「俺達に明日が来るぞッ」と静かに喜びを分かち合った。

終章　もう一度、貴方《あなた》と仮婚約を

一等馬車の御者に「合図を出したら、ゆっくり走らせてくれ」と告げ、レオルドはカティを先に馬車へ乗せた。

改めて馬車内で向かい合った途端、カティは何だか落ち着かなくなった。好きだと告白された直後なので、レオルドの微笑《ほほえ》みには以前とは違う緊張感を覚えて意識してしまう。

「おいで、カティルーナ」

向かい側に座ったレオルドが、そっと両手を広げて、安心させるように穏やかな声色でそう告げた。

「あの、それはどういう……？」

「近づいてくれないと、噛《か》めないだろう？」

諭すように言われて、カティは、恐る恐る彼の方へ歩み寄った。ここに座って、と膝《ひざ》の上を指示されてしまい、どういうふうに座ればいいのか分からず、レオルドを見つめ返した。

すると、向かい合う必要があるので跨《また》いで座ってくれればいいから、と言いながら脇《わき》の下から掬《すく》い上げられてしまい、あっという間にレオルドの足の上に腰を落ち着けられた。

不安定な姿勢を支えるように、大きな腕が腰に回って、しっかりと抱えられた。尻《しり》と太腿《ふともも》の下にある鍛えられた彼の体温に、これまで意識してこなかった羞恥《しゅうち》を覚えて、顔に熱が集まった。

カティは、近くなったレオルドの胸板と、こちらを見下ろす顔の近さに落ち着かず身じろぎしたが、後ろへ引こうにも、彼の腕が邪魔して叶《かな》わなかった。

「少し襟を開いて欲しいんだが、構わないか？」

「……………えぇと、なんか、その、緊張して今すぐ広げられる自信がな――」

「大丈夫だ。俺がやろう」

安心させるような微笑みを向けながら、レオルドが、片手だけで器用にカティのジャケットの前を開けた。

慣れたようにシャツの第三ボタンまで開けられ、『求婚痣』のある肩にするりと熱い手が滑り込んできた時、カティは、彼の少しかさついた大きな手と熱に、思わずビクリと身を強張《こわば》らせた。

それを見たレオルドが、「大丈夫だから」と穏やかな声色で言い、半分も開《はだ》けさせない位置で、襟をずらす手を止めた。彼は緊張するカティに、柔らかく笑んで宥《なだ》めるようにこう告げた。

「これ以上はめくらない。紋様を刻むだけだから恥ずかしく思う必要はない。だから緊張せず、安心して任せてくれればいい」

そう言ってにっこり笑いかけられた。

しかし、金緑の瞳《ひとみ》がギラリと仄暗《ほのぐら》い熱を孕《はら》んでいるように思えて、カティは、本能的に安心

出来ないような何かを感じた。こんなにも爽《さわ》やかに笑っているのに、ひどく威圧感を覚えるのは気のせいだろうか。

身じろぎすると、股《また》の下にある彼の足の形や温もりが余計に感じられて、少しも落ち着けなかった。そうしている間に、腰と肩をそっと引き寄せられ、まるで抱き締めるようにゆっくりと首筋に顔を埋められた。

首元に触れるレオルドの吐息に、カティは、ビクリと肩を跳ねさせた。もう噛むのだと思った途端に、緊張でガチガチに硬直してしまう。

すると、背中に回っていたレオルドの大きな手が、すぐには噛まないから、と宥めるように優しく叩《たた》いてきた。

カティは、父や母にされていた時と同じように、穏やかな心音のリズムで背中をトントンと叩かれて、自然と身体の強張りも解けていった。しばらく待っても、レオルドが動く気配はなかった。

「何も怖くない。大丈夫だ、急《せ》かしたりしない」

レオルドが、耳元で心地良い低さと声量でそう囁《ささや》いた。

「ゆっくり、優しくするから」

「――うん」

その声を聞いていると、不思議と「彼に任せておけば大丈夫なんだ」とも思えて、カティは、全身を包む心地良い体温に完全に身を預けた。

背中をトン、トンと叩きながら、僅《わず》かに持ち上がったレオルドの鼻先が首筋を掠《かす》った。

「カティルーナ。ああ、ルーナ。俺《おれ》の名前を呼んでくれ」

吹きかけられた吐息は、やけに熱く感じて、カティはレオルドの言葉を不思議に思いつつも口を開いた。

「？　レオルド」

「怖がる必要はない。痛くないように、時間をかけてゆっくりやるから。だから、何も心配しなくていいんだ」

カティの身体《からだ》がすっかり弛緩《しかん》した頃合いを見計らい、レオルドが、背を叩いていた手を止めた。

レオルドは、唇を肩にそっと押しつけてチロリと舌先を這《は》わせた。やわやわと解《ほぐ》すようなキスを落としながら、小さな身体をぎゅっと抱き締める。

すぐに噛まれると思っていただけに、ねっとりと肌の上を舐《な》められて吸われ、カティは不意打ちのような刺激に震えた。キスは一つ一つがひどくゆっくりで、何度か、試すように首のすぐ下をカプリと甘噛みされた。

カティは、ぞわぞわと身体が震えるような痺《しび》れに、堪《たま》らず熱い呼気を吐き出した。

湿ったリップ音が耳朶《じだ》を撫《な》で、肌を愛撫《あいぶ》する生々しい舌の熱に、ビクビクと身体が反応するのを止められない。痺れるような感覚を逃がそうと身じろぎすると、更に腰を引き寄せられて拘束が強くなった。

肩に触れていたレオルドの唇が、次第に首筋にまで上り、耳のすぐ下にチクリと焼けるような刺激が走った。

思わず肩が跳ね、カティは「んッ」と声を上げてビクリと肩を揺らした。彼の唇が戻るように首筋を辿《たど》りながら「ああ、ルーナ」と甘い声で名を呼び、鎖骨の上の敏感な部分を唇と舌で撫で、吸いつき、水音を上げながら丹念に舐め回した。

「ふぁ、ゃ、レオルド……今の、変な感じがしてヤだ……ぁっ……なんで吸うの……？」

「すぐに噛んだら痛いから、消毒しているんだ」

恍惚《こうこつ》とした低い声で囁き、レオルドは吐息で笑った。匂《にお》いを嗅《か》ぎながら、官能的な欲求を満たすように白い肌をたっぷりと味わい、カティの混乱に便乗して、更に腰を抱き寄せて身体を擦《こす》りつける。

ああ、なんて愛《いと》おしいんだ――……。

そう掠れた低い声が聞こえた時、首のすぐ下に、ゆっくりと歯を立てられた。

肌に歯を押し当てられ、ぐっと進められた瞬間、腰まで響くような甘い痺れが肩から背中に走り抜け、カティは堪らず「あッ」と仰《の》け反っていた。

先程まで散々唇でなぞられ、舐められ、吸われた肌が敏感になっていたせいなのか、予想していたような刺される痛みはなかったものの、腰が跳ねるような別の強烈な刺激に、カティの涙腺が緩んだ。

レオルドは、カティをしっかりと押さえ込んだまま口を離さなかった。自分の身体に押し付けるように抱き込み、柔らかな肉体の熱と匂いを感じながら、ひどくゆっくり歯を突き立ててゆく。

「んぅ……レオルド、少し痛い………」

カティは、鈍い痛みを覚えてそう声を絞り出した。抱き締められているせいなのか、肩を噛まれているせいなのか、呼吸が苦しくて「はぁ」と吐息をこぼした。

触れている身体から怯《おび》えを察し、レオルドは押し進めていた歯を一度止め、宥めるようにカティの背中を優しく撫でた。脇腹をなぞり、腰から太腿へ指を這わせてカティの意識を肩からそらすと、快楽にビクリと跳ねた身体を押さえ付けて歯を押し進め、傷口にたっぷりと自分の唾液《だえき》を馴染《なじ》ませる。

肌に快楽を与えるのも、痛みを紛らわせるために愛撫するのも、獣人《じゅうじん》の正式な婚約式だった。

レオルドは時間を掛けて、もっとも美しい『求婚痣』を刻みつけるべく、彼女を噛み続けた。

どれぐらい噛まれていただろうか。肩からふっと圧迫感がなくなり、カティは身体から力を抜いた。

「お、終わったの……？」

「ああ、終わったよ。――さぁ、今度は傷口を治そう」

レオルドが唇を舐め、脱力するカティの身体を引き上げて、再び身体を密着させた。

カティは噛まれる前の比にならないほど、噛み傷を執拗《しつよう》に舐められた。ねっとりと舌で撫で上げられ、何度も吸われて、何故《なぜ》か耳まではまれた。喘《あえ》ぎながら「変な声が出るし、変な感じがするから止めて欲しい」と訴えたのだが、レオルドに「傷が残るから駄目だ、我慢して」と深い声色で却下された。

生理的な涙がこぼれ落ち始めて、しばらく経《た》った頃《ころ》、彼のいう治療とやらが、ようやく終わってくれた。

カティはもう、指先一つ動かす元気も残っていなかった。

ぐったりするカティの目尻の涙をちゅっと吸い、レオルドは妖艶《ようえん》な笑みを浮かべた。彼は御者に聞こえるよう、背もたれ側の壁を後ろ手でノックした。

動き出した馬車の中、レオルドは、カティの首のすぐ近くに新しく咲いた『求婚痣』の紋様を眺めた。美しい黒い線をそっと指でなぞると、魅惑的に金緑の目を細め、熱を持つカティの顔を晒《さら》すように、柔らかいくすんだ金の髪を優しく梳《す》き上げる。

気付くとカティは、流れるような動作で横抱きにされてしまっていた。

間近からうっとり見つめてくるレオルドの微笑みに気付き、カティは、再び思考が沸騰するような熱を思い出して、強い眩暈《めまい》を覚えた。短い間に散々混乱が続いたというのに、凛々《りり》しい彼の顔が、ゆっくりと下りて来て――。

「よく頑張ったな、カティルーナ。少し眠るといい」

そっと触れるような二度目のキスをされ、離れ際に、唇をペロリと舐められた。

ああ、その唇にも吸いついてしまいたいな、とレオルドが吐息交じりにそんな言葉を呟《つぶや》いた。

まだ早いかな、とぼやきながら、彼はカティの唇を親指でなぞった。

カティは、羞恥と忍耐の限界を迎えて、とうとう意識を失った。

※

夜に少し熱が出たので、大事を取って、仕事先には休みの連絡が届けられた。

カティが目を覚ましたのは翌日の朝遅くで、彼女の口から、彼とは引き続き仮婚約をする事にしたのだと告げられたバウンゼン伯爵は、青い顔のままゆっくりと肯《うなず》いた。

「……うん、聞いたよ」

既に昨日《きのう》、バウンゼン伯爵とレオルドの間で、仮婚約についての話は終わっていた。彼はそれを思い出しながら、そっと視線をそらして小さく震えた。

バウンゼン伯爵のそばには、笑顔のセシルと、相変わらず冷静沈着な面持ちをしたセバスがいた。

「姉さん、おめでとう。どうして仮婚約を続けてもいいと思ったのか、訊《き》いてもいい？」

おめでとう、という言葉に、カティは疑問を覚えた。

しかし、先日の事を思い出して、すぐに考える余裕がなくなった。言い表せないような恥ずかしさが込み上げ、カティは、落ち着かず裾《すそ》を指でいじりながら言葉を探した。

「その、レオルドが、考える時間をくれるって言ってくれたから……」

ああ、なるほど、とセシルは笑顔のまま固まった。昨日の、レオルドの迅速な手腕と行動力には驚かされたが、上手《うま》く言いくるめられている姉を実際目にすると、良いとも悪いとも言葉が出てこない。

昨日、レオルドがカティを、大事そうに抱えて伯爵邸にやってきた時は、大変な騒ぎになった。彼は使用人の誰にもカティを渡そうとせず、自分で寝室まで彼女を運び入れた後、すぐにバウンゼン伯爵との面会を求めた。

バウンゼン伯爵は話し合いの開始早々、彼の威圧感と話術に完全に負かされた。

もはや、レオルドの圧勝だった。姉が幸せになれるのなら素敵だな、とこれまで考え見守っていたセシルも、恋する獣人貴族の本気を垣間見て「姉さん、大丈夫かな」と一抹の不安を覚えたほどだ。

不安や怯えからも守るよう遠ざけられた、何も知らない可愛《かわい》らしいカティを前にして、セバスがそっと吐息をもらした。

「既に、正式な婚約まで結ばされてしまったのですがね……」

確実にお嬢様を囲い込む気ですよ恐ろしい、と続けた彼の呟きは、昨日の羞恥に悩まされるカティの耳には入っていなかった。

昨日レオルドは、バウンゼン伯爵に婚約書を仕上げさせた。その際彼は、しばらくカティには仮婚約という設定で交流を続ける事を説明した。邪魔をしなければ早急に物にするつもりはないので安心して欲しい、と素晴らしい笑顔で、露骨に脅しまでかけていった。

今日《きょう》は、ベアウルフ侯爵夫婦を交え、改めて話し合いがされる予定だった。本日中にも、バウンゼン伯爵は『カティルーナ・バウンゼン』として、カティを令嬢として迎え入れる申請も終えなければならない。

忙しくなりますね、とセバスは鈍い頭痛を覚えて目頭を揉《も》み解した。

カティルーナの教育に関しても、レオルドが昨日で主導権を握ってしまったので、セバス達だけで動く訳にはいかなくなった現状も考えものだった。通常であれば、将来の侯爵夫人として相応《ふさわ》しい教育を、忙しくこなさなければならないが……。

相手は獣人のオスである。セバスとしては、レオルドがどこまで妥協してくれるのか予想もつかないでいた。

深く愛して大事にしてくれるのは有り難いが、その愛が、底無しの超ド級の重さなのが問題なのだ。

これから社交に出なければならないカティに、最強の守り手が出来た事を喜ぶべきなのか、面倒な婚約者が付いてしまったと悩むべきか、セバスには分かりかねた。今すぐ嫁いでしまわないのが幸いである。

セバスは、昨日の衝撃から回復の兆しが見えないバウンゼン伯爵を見て、「やれやれ」と小さく頭を振った。

まずは主人を励ますべく、ひとまずセバスは、カティのドレスの試着の件を口にする事にしたのだった。

あとがき

初めまして、百門一新と申します。

多くの作品の中から、このたびは本作をお手にとって頂き、誠にありがとうございます。

デビュー作で初のあとがき、とても緊張しております。……というか、晩亭シロ様のイラストが素敵過ぎる。カティが可愛い、猛烈に可愛い、と身悶えております。素敵なイラストを本当にありがとうございます！


本作は、勘違い×求愛ラブとなっております。

一筋縄ではいかない個性的な人間のドタバタというか、続く勘違いや、それによって引き起こされる二次、三次被害と言いますか、「お前ここでそれしちゃう⁉」という感じで繰り広げられる騒動が好きでして、肩の力を抜いて面白さを詰め込みました。

むしろ、面白おかしく困らせるの、好きですね。

コメディの中に人間らしさ、シリアスの中にコメディを織り交ぜるのが好物です。

今回の作品につきましては、かなり恋愛面を濃くし、楽しく書かせて頂きました。完璧だと思われていた男が、斜め上にぶっ飛んだ妄想や苦悩するところなど、読み進めながら「お前、もう好き過ぎるんだよッ」と好きに突っ込んで頂いて、ドキドキ・ニヤニヤでお楽しみ頂けたら幸いです。

本作のイラストを描いて頂いた、晩亭シロ様、本当にありがとうございました。レオルドやカティだけでなく、他のキャラクターも素敵で、どのイラストもキャラクターの個性や雰囲気が出ていて素晴らしかったです。本当に、ありがとうございます。

初めての事で色々とお世話になり、タイトルに悩んだ際にも、一緒になって悩んでくれた担当編集者様、本当にありがとうございました。また、本作にたずさわって頂けたすべての方々と、応援してくれた方々に感謝を申し上げます。

この本を手にとって頂けた皆さま、本当にありがとうございます。

二〇一七年九月　百門一新

獣人隊長《じゅうじんたいちょう》の(仮《かり》)婚約事情《こんやくじじょう》
突然《とつぜん》ですが、狼隊長《おおかみたいちょう》の仮婚約者《かりこんやくしゃ》になりました

2017年11月1日　初版発行
2021年9月6日　第5刷発行

著　者■百門一新
発行者■野内雅宏
発行所■株式会社一迅社
〒160-0022
東京都新宿区新宿3-1-13
京王新宿追分ビル5F
電話03-5312-7432(編集)
電話03-5312-6150(販売)
発売元：株式会社講談社
(講談社・一迅社)

印刷所・製本■大日本印刷株式会社
ＤＴＰ■株式会社三協美術

装　幀■小沼早苗(Gibbon)

落丁・乱丁本は株式会社一迅社販売部までお送りください。送料小社負担にてお取替えいたします。定価はカバーに表示してあります。
本書のコピー、スキャン、デジタル化などの無断複製は、著作権法上の例外を除き禁じられています。本書を代行業者などの第三者に依頼してスキャンやデジタル化をすることは、個人や家庭内の利用に限るものであっても著作権法上認められておりません。

ISBN978-4-7580-4998-6
©百門一新／一迅社2017　Printed in JAPAN

●この作品はフィクションです。実際の人物・団体・事件などには関係ありません。

この本を読んでのご意見
ご感想などをお寄せください。

おたよりの宛て先

〒160-0022
東京都新宿区新宿3-1-13
京王新宿追分ビル5F
株式会社一迅社　ノベル編集部
百門一新《ももかどいっしん》 先生・晩亭《ばんてい》シロ 先生

第11回 New-Generation

アイリス少女小説大賞

作品募集のお知らせ

一迅社文庫アイリスは、10代中心の少女に向けたエンターテインメント作品を募集します。ファンタジー、時代風小説、ミステリーなど、皆様からの新しい感性と意欲に溢れた作品をお待ちしております！

金賞　賞金100万円　＋受賞作刊行

銀賞　賞金20万円　＋受賞作刊行

銅賞　賞金5万円　＋担当編集付き

応募資格　年齢・性別・プロアマ不問。作品は未発表のものに限ります。

選考　プロの作家と一迅社アイリス編集部が作品を審査します。

応募規定　●A4用紙タテ組の42字×34行の書式で、70枚以上115枚以内（400字詰原稿用紙換算で、250枚以上400枚以内）

●応募の際には原稿用紙のほか、必ず ①作品タイトル ②作品ジャンル（ファンタジー、時代風小説など） ③作品テーマ ④郵便番号・住所 ⑤氏名 ⑥ペンネーム ⑦電話番号 ⑧年齢 ⑨職業（学年） ⑩作歴（投稿歴・受賞歴） ⑪メールアドレス（所持している方に限り） ⑫あらすじ（800文字程度）を明記した別紙を同封してください。

※あらすじは、登場人物や作品の内容がネタバレも含めて最後までわかるように書いてください。

※作品タイトル、氏名、ペンネームには、必ずふりがなを付けてください。

権利他　金賞・銀賞作品は一迅社より刊行します。その作品の出版権・上映権・映像権などの諸権利はすべて一迅社に帰属し、出版に際しては当社規定の印税、または原稿使用料をお支払いします。

締め切り　2022年8月31日（当日消印有効）

原稿送付宛先　〒160-0022 東京都新宿区新宿3-1-13 京王新宿追分ビル5F
株式会社一迅社 ノベル編集部「第11回New-Generationアイリス少女小説大賞」係

※応募原稿は返却致しません。必要な原稿データは必ずご自身でバックアップ・コピーを取ってからご応募ください。※他社との二重応募は不可とします。※選考に関する問い合わせ・質問には一切応じかねます。※受賞作品については、小社発行物・媒体にて発表致します。※応募の際に頂いた名前や住所などの個人情報は、この募集に関する用途以外では使用致しません。